Carla Westham

Night and Day:

Gefallener Engel

Carla Westham

Night and Day:

Gefallener Engel

(Band 1)

Magnifico Verlag
Düsseldorf

Bibliografische Information der Deutschen Nationalbibliothek:
Die Deutsche Nationalbibliothek verzeichnet diese Publikation in der Deutschen Nationalbibliografie; detaillierte bibliografische Daten sind im Internet über http://dnb.dnb.de abrufbar.

Design und Umschlaggestaltung: @gentur Jänker, Landsberg
Druck und Bindung: PPPP Service & Verlag, Gladenbach
Printed in Germany

ISBN 978-3-00-048645-6

Inhaltsverzeichnis

Kapitel 1

Er starrte mit offenen Augen an die Decke. Schwaches Mondlicht erleuchtete das elegante Schlafzimmer und ließ die Umrisse der modernen Möbel erahnen. Die Bettdecke war zurückgeschoben, die Hände in das Laken verkrampft. Wieder eine Nacht ohne Schlaf, zu sehr brütete er mit seinen Gedanken über das, was er verloren hat. Wut, Verzweiflung, Trauer, immer wieder jagten die Dämonen ihn aus dem Schlaf. Die Wirkung des Whiskeys, der ihm zumindest für ein paar Stunden Schlaf vergönnte, ließ nach. Dabei war die Nacht noch nicht zu Ende, der Wecker neben dem Bett zeigte 2:45 Uhr.

Der Kopf schmerzte, er rieb sich die Augen, drehte sich unwillig zur Seite und drückte sich dann mühsam hoch. Dumpf sah er aus dem Fenster des Penthouses, glitzernd lag Chicago zu seinen Füßen, der Mond versteckte sich hinter einem seichten Schleier aus dünnen Wolken. Es war mitten in der Nacht, der nahende Frühling kündigte sich schon durch wärmere Nächte an, trotzdem fröstelte er.

Langsam stand er auf und ging vorsichtig Richtung Bad. Unsicher tastete er nach dem Lichtschalter und blinzelte im aufblitzenden Neonlicht der Leuchtspiegel. Ein dumpfes Pochen in seinem Kopf war die Antwort.

Verdammt, stellte er unzufrieden fest, *ich sollte mit der Scheiße aufhören*!

Jeden Morgen ärgerte er sich über die Folgen des Alkohols, aber es musste nur wieder Abend werden, damit der

Whiskey im Kampf gegen Einsamkeit und Trauer wieder sein bester Freund wurde. Schmeckte der hochprozentige Alkohol gestern Abend noch so gut, jetzt widerte ihn der fade Geschmack in seinem Mund an. Er stellte sich widerwillig vor den Spiegel.

Das Gesicht im Spiegel ist das Gesicht von Michael Clay, immer noch sehr attraktiv, kantig, männlich, selbstbewusst. Aber nun lag ein Schatten auf den grauen Augen, der Bart war stoppelig, die Augenringe verrieten ein dringendes Schlafbedürfnis und über der Nasenwurzel hat sich eine tiefe Falte schräg eingeprägt, als würde er ständig über etwas nachdenken. Die Schläfen waren ergraut und von dort kämpften sich ein paar feine graue Strähnen ihren Weg nach oben durch das kupferbraun leuchtende Haar, das ihm lockig in die Stirn fiel. Ernst blickte ihm sein Konterpart ins Gesicht.

„Clay, du siehst scheiße aus", murmelte er, während er seine rot geränderten Augen musterte. Fahrig fuhr er sich mit einer Hand durchs Haar, zog sich die Pyjamahose herunter und setzte sich mit einem Seufzer auf die Toilette. Den Kopf auf die Arme gestützt wartete er geduldig, bis sich die Blase vollends geleert hatte, zog sich die Hose hoch, spülte und wusch sich die Hände. Fast mechanisch waren die Bewegungen, immer noch spürte er den Alkohol, den sein Körper in den letzten Stunden noch nicht zersetzt hatte.

Er entschied sich dafür, aus dem Kühlschrank noch ein Bier zu holen, vielleicht schaffte er ja noch ein paar Stunden Schlaf bis zum Morgengrauen, er wird einen anstrengenden Tag mit einem prallen Terminkalender überstehen müssen. Er stieß die Türe auf, durchquerte das Schlafzimmer Richtung Korridor und tapste barfuß den Gang entlang Richtung Küche. Zielstrebig ging er auf den Kühlschrank zu, würdigte der halbvollen Whiskeyflasche auf dem Wohnzimmertisch keines Blickes. Vorsichtig zog er die Kühlschranktür auf, wie immer gut gefüllt von Zoe, seiner langjährigen Hausdame. Auch ein paar Bierflaschen zählten zum Inventar und er griff dankbar eine der kleinen Flaschen. Sein Blick flog kurz über die Speisen, die sorgfältig verpackt und geordnet in den Regalen lagen. Er schluckte, sein Magen rebellierte kurz und er verwarf den Gedanken, etwas zu essen. Das Bier sollte reichen. Mit einem sanften Laut schloss sich die Kühlschranktür, der Griff in die Schublade zum Flaschenöffner war Routine, das vertraute Plopp des Kronkorkens versöhnte ihn ein klein wenig mit seinem Magen und er setzte das kühle Nass so lange an die Lippen, bis die Flasche leer war. Der herbe Geschmack war jetzt das Richtige. Mit einem tiefen Aufstoßen ließ er die Luft aus dem Magen und wischte sich mit dem Handrücken die Schaumreste vom Mund. Das tat gut!

Und während er noch so entspannt an der Küchenzeile lehnte, sah er es: es war nur eine winzige Reflektion im Augenwinkel, aber sie war ihm nicht entgangen. Im schwachen Licht der gedimmten Küchenstrahler konnte er eine Bewegung auf dem Bildschirm des Fernsehers ausmachen, die nicht von ihm stammen konnte. Dafür stand er zu weit weg. Es war die Spiegelung eines Menschen, der sich geduckt hinter dem Wohnzimmerregal versteckte.

Clay erstarrte, der Schreck ließ seinen Magen verkrampfen, wie auf einen Schlag war er stocknüchtern, seine Sinne kämpften sich durch den Gedankennebel nach vorne.

Wer ist das? Wie kommt er hier rein? Ein Einbrecher? Hier im 26 . Stock mit allen Sicherheitsvorkehrungen? Was soll das…?

Ungläubig versuchte er, aus der Spiegelung etwas von dieser Person wahrzunehmen. Vermutlich glaubte sie sich unerkannt, gut getarnt, also musste er so tun, als hätte er sie nicht gesehen, um sie nicht nervös zu machen. So ruhig er konnte, stellte er die Flasche auf der Stellfläche des Küchentisches ab, zwang sich, gleichmäßig zu atmen und seine Bewegungen nicht zu schnell auszuführen. Sein Herz klopfte ihm bis zum Hals, aber er schritt ruhig und gemächlich in Richtung Balkon. Einen kurzen Moment zögerte er, vielleicht war die kauernde Person doch bewaffnet? Er könnte ja erst Theo, seinen persönlichen Bodyguard, wecken und dann gemeinsam die Person überwältigen. Aber er verwarf den Gedanken wieder, vermutlich wäre sie in der Zwischenzeit schon abgetaucht auf demselben unbekannten Weg, den sie hier hereinkam.

Er war jetzt in Höhe des Regals, das dem Eindringling als Versteck diente, er verlangsamte seine Schritte und spannte seine Muskeln an. Gut, dass er sich in den letzten Monaten wieder verstärkt einem intensiven Kampftraining widmete, um die Wut abzubauen, die immer noch regelmäßig von ihm Besitz ergriff. Die intensive Beschäftigung mit sich und seinen Grenzen half wenigstens für kurze Zeit, wieder er selbst zu sein. Seine Muskeln und Sinne arbeiteten daher wie auf Knopfdruck.

Blitzschnell griff er um das Seitenteil des Regals, bekam einen Arm zu fassen und zog ihn ruckartig zu sich heran. Gleichzeitig schob er sein linkes Bein dem Gegner vor die Knie und zog ihn über seinen Oberschenkel. Überrascht von der Hebelkraft fiel der schlanke Körper ächzend der Länge nach auf den Boden. Mit einer geübten Bewegung knickte Clay die Hand des Armes um, den er zuerst erwischte, um dann den kompletten Arm auf den Rücken zu biegen. Sein Gegner bog seinen Oberkörper vor Schmerz nach oben. Geschickt setzte er sein rechtes Knie auf die unteren Rückenwirbel auf. Den anderen Arm umschloss er mit seiner kräftigen Rechten.

Schmerzhaft zuckte der Körper unter ihm auf, als er den unnatürlich angewinkelten Arm nach oben drehte. Es war ein helles Stöhnen und er bemerkte sofort, dass es eine Frau war, die er so unsanft zu Boden drückte und der er nun den Arm auf eine Weise verbog, die den Kugelansatz des Oberarms schmerzhaft aus der Knochenpfanne zog.

„Was machst du hier! Wer bist du und wie bist du hier hereingekommen“, herrschte er sie an.

„Bitte tun Sie mir nicht weh, ich habe ihnen doch gar nichts getan“, wimmerte es hell und panisch vom Grund seines Wohnzimmerteppichs und er spürte eine schwache verzweifelte Bewegung des gepeinigten Körpers, um die Lage seines Knies auf dessen Rücken zu verlagern. Vermutlich lag er mit seinem ganzen Gewicht drauf. Langsam dämmerte es ihm, dass er ziemlich grob zu der Lady am Boden war, aber seine Wut war noch nicht verraucht.

„Antworte mir“, stieß er hervor und verlagerte nur ein wenig sein Gewicht.

„Bitte Sir, ich bin kein Einbrecher, ich habe ihnen nichts gestohlen! Lassen sie mich gehen, bitte!“ schluchzte die junge Frau unter ihm, er hatte inzwischen gemerkt, dass sie seiner Kraft nichts entgegenzusetzen hatte.

„Sag mir, wie du heißt“, befahl er barsch.

„S... Sophie“, kam es stockend aus ihrem Mund.

„Und was hast du dann hier gemacht, wenn du nichts gestohlen hast?“ Sein Ton war eisig, er war richtig wütend. Wie kam diese Person dazu, bei ihm einzudringen, in sein Apartment, mitten in der Nacht? Er hatte sich mächtig erschrocken.

„Ich habe den Flügel gesehen, ich wollte ihn sehen, darauf spielen...“ Ihre Stimme wurde leiser.

Überrascht lockerte Clay den Griff und ließ ihren schmerzenden Arm etwas sinken.

„ Ich wohne nebenan, unser Balkon grenzt an den ihren und ich kann ihn mühelos überklettern, ihre Balkontür stand offen, so kam ich rein... bitte Sir, ich wollte ihnen keinen Ärger machen, ich habe mich von meiner Neugier leiten lassen!“

Clays Blick wanderte zum Balkon, tatsächlich stand die Balkontüre offen, die Gardinen raschelten noch im leichten Wind, der ständig die Fassade hier oben im 26. Stock umspielte. Clay erkannte, dass von dem Mädchen keine Gefahr drohte. Er ließ ihre Arme los und setzte sich auf den Boden neben sie. Langsam und stöhnend setzte sie sich auf und rieb sich ihren verbogenen Arm. An der Druckstelle, die Clay umklammert hatte färbte sich ihre Haut rot. Vorsichtig rieb sie sich die wunde Stelle, der Arm hing hilflos herunter. „Sie haben mir weh getan“, schmollte Sophie und schaute ihm unverwandt ins Gesicht. Sie hatte ein erstaunlich hübsches Gesicht, sehr natürlich, hohe Wangenknochen mündeten in einen vollen, weiblichen Mund. Die Proportionen stimmten perfekt, die Haare schimmerten golden, es war in einem dicken lockeren Knoten im Nacken befestigt. Ein paar Locken umspielten die blassen Konturen mit großen, grüngoldenen Augen. Die Pupillen waren weit geöffnet, Angst und Scham spiegelten sich gleichermaßen wider.

„Sei froh, dass ich dir nicht das Genick gebrochen habe“, zischte er, immer noch hatte er Schwierigkeiten, seine Wut zu zügeln, „das ist Hausfriedensbruch, ich sollte wirklich die Polizei rufen.“

„Nein, bitte keine Polizei, bitte bringen sie mich nicht in Verlegenheit, ich werde es nicht wieder tun, versprochen!“

Ihre Art erinnerte Clay an ein Kind, das beim Naschen erwischt wurde. Sie hatte etwas Kindliches, Naives an sich und sie sah ihn mit diesen großen unschuldigen Augen an, er spürte, wie sein Widerstand und seine Wut nach und nach brachen wie Wellen am Strand und das brachte ihn völlig aus dem Konzept.

„Was hast du hier gewollt? Du willst mir doch nicht ernsthaft erzählen, dass du nur den Flügel ansehen wolltest. Das kannst du doch auch tagsüber, du musst nur mal klingeln, die

Haustür befindet sich direkt unterhalb der deinen", ätzte er und verzog sein Gesicht zu einem spöttischen Lächeln.

Tatsächlich haben sich die neuen Nachbarn oberhalb seines Penthouses einen riesigen Komplex errichtet, der zwei Stockwerke umfasste. Sophies Apartment grenzte wohl direkt neben dem seinen, der Zugang war aber nur über das Penthouse oben möglich, daher teilte er sich den Lift mit seinem Nachbarn, es war der einzige in diesem Gebäude. Erst vor wenigen Wochen wurden die Bauarbeiten fertiggestellt.

Und als wäre das noch nicht genug, fallen nachts auch noch junge Damen in sein Wohnzimmer. Seltsamerweise hatte er von diesem Mädchen weder etwas gesehen noch gehört. Was allerdings nicht so unwahrscheinlich war, war er doch kaum zuhause.

„Ich kann sie nur nachts sehen und ich habe sie sehr oft am Klavier spielen hören. Ich habe sie so oft vom Balkon aus dabei beobachtet. Es sind immer so traurige Lieder..."

Ihr Blick ruhte fest auf seinem Gesicht, ihr ernster Ausdruck ließ sie jetzt etwas älter wirken, „heute haben sie nicht gespielt und die Balkontüre war offen, da dachte ich, sie schlafen bestimmt noch..."

Clay spürte ein unangenehmes Ziehen am Rücken, der Gedanke, beobachtet worden zu sein, war ihm unangenehm. Wie alt mochte das Mädchen sein, 18 vielleicht? Erst jetzt bemerkte er, dass sie nur Shorts mit einem Hemdchen trug, nicht unbedingt das Outfit eines Kriminellen!

„Möchtest du dir nicht etwas überziehen?" Er wollte sich schon wieder ohrfeigen für seine antrainierte Höflichkeit, aber etwas an diesem Mädchen irritierte ihn, weckte in ihm so etwas wie Beschützerinstinkte.

„Nein, mir ist nicht kalt. Ich werde jetzt auch wieder gehen, ich möchte sie nicht weiter stören."

Sie machte Anstalten, aufzustehen, aber es fiel ihr sichtlich schwer, ihre ramponierten Arme versagten noch den Dienst. „Warte, ich helfe dir und vielleicht solltest du noch etwas trinken, bevor du gehst, ich fürchte, ich habe dich ziemlich hart rangenommen". Die Doppeldeutigkeit dieses Satzes ließ ihn innerlich lächeln, aber ihre Antwort nahm ihm fast den Atem:

„Ich habe es verdient!" Und konterte mit diesem Blick, der ihm fast die Sinne nahm. Er schrieb es seinem immer noch vom Alkohol benebelten Gehirn zu, dass seine Hände fast automatisch ihre schlanke Taille umfassten und ihr aufhalfen, vorsichtig brachte er sie bis an die Küchentheke und setzte sie auf einem der Stühle ab. Nachdenklich holte er ein Glas aus dem Schrank und schenkte aus einer Plastikflasche Wasser ein. Er stellte es vor ihr auf die Theke und nahm sich dann selbst noch ein Bier aus dem Kühlschrank. Mit einer zügigen Bewegung öffnete er den Deckel und nahm das Plopp gar nicht wahr, so war er mit seinen Gedanken beschäftigt.

„Du bist also ein suizidgefährdeter Klavierfan mit Vorliebe für die Dunkelheit", fasste er nach einem großen Schluck ihre Aussagen zusammen. Dabei starrte er ihr unentwegt in die Augen, fast, als könnte er dort der Wahrheit auf die Spur kommen. Sie drehte ihr Wasserglas nervös in der Hand und bestätigte nickend, dabei lächelte sie wieder ihr schüchternes

Lächeln. Sie nahm einen kleinen Schluck und antwortete schließlich pflichtbewusst: „Ja, das kommt der Sache sehr nah. Ich habe schon seit Tagen mit dem Gedanken gespielt, über die Brüstung zu klettern, ich wollte dieses schöne Instrument aus der Nähe sehen."

Ein liebevoller Blick wanderte zu seinem Steinway Flügel, schwarz glänzend und monströs stand es in der Mitte des Raumes und schien an diesem Abend die stumme Hauptrolle in dem ungewöhnlichen Zusammentreffen zu spielen. Der Deckel war geschlossen.

„Ich wollte auch auf dem Flügel spielen, ihn wenigstens berühren". Ihre Stimme wurde leise, fast hingebungsvoll, einen Moment lang machte sie die Augen zu. Clay studierte ihr perfektes Profil mit der geraden Nase, die Lippen waren leicht geöffnet...

Wer ist dieses verdammt hübsche Weibsbild und was an ihr verwirrt ihn derart? Oder ist es schlicht die Tatsache, dass sie jetzt und hier in meiner Küche sitzt mitten in der Nacht?

Wie, um sich von seinen eigenen Gedanken und die Richtung, in die sie gingen zu lösen, schüttelte er den Kopf und nahm noch einen Schluck Bier. „Hast du denn gespielt? Oder hattest du Angst, ich wache dabei auf?"

„Ich habe gespielt, ich habe das Tastenbrett auf stumm gestellt, dann konnten sie mich nicht hören. Ich brauche mich selbst nicht zu hören, ich habe alle Töne im Kopf!"

Immer noch blickte sie ihn an, selbstbewusst, fast trotzig.

Vielleicht ist sie doch erst siebzehn, fuck, aber ganz schön mutig...!

Einer Eingebung folgend stellte er die Flasche ab, schlenderte zum Klavier und öffnete den Deckel des Flügels. Tatsächlich, die weichen Polster waren auf die Saiten abgesenkt. Sie hatte das Klavier stumm gespielt! Eine Welle der Erleichterung und des Staunens ging durch ihn hindurch, ihre Geschichte stimmte also, aber warum in Teufels Namen musste sie dafür in fremde Wohnungen schleichen?

„Sophie", Clay drehte sich um und sah ihr in die grünen Augen, in denen sich das Mondlicht mit goldenen Reflexen spiegelte, „ich bringe dich jetzt an die Tür, deine Eltern machen sich vielleicht schon Sorgen. Morgen rede ich mit ihnen, vielleicht können sie dir ja ein Klavier kaufen. Das ist zumindest ungefährlicher, als von Balkon zu Balkon zu springen."

Er seufzte und schüttelte den Kopf.

Wütend streckte Sophie ihr Kinn vor: „Nein, meine Schwester wird für mich niemals ein Instrument kaufen, sie hasst alles, was ich tue! Sie hört mir noch nicht einmal richtig zu!"

Ihre Stimme wurde wieder laut und ihre Hände ballten sich zu Fäusten.

„Schwester?" Clay horchte auf. „Du lebst bei deiner Schwester? Was ist mit deinen Eltern?"

„Die sind beide tot, bei einem Autounfall ums Leben gekommen..." Sofort war Sophie wieder gefasst. „Meine Schwester kümmert sich um mich. Aber ich spreche nicht mehr mit ihr. Wir sind so...", sie rang nach Worten, „ so verschieden, sie lebt ein völlig anderes Leben und ich weiß einfach nicht, wohin ich sonst gehen soll..." Ihre Stimme vibrierte leicht, sie verstummte und wandte ihren Blick ab, fixierte irgendeinen Punkt am Fenster. Clay starrte sie an, er wusste nicht, ob sie weiterreden wollte, deshalb sagte er nichts.

Er war zutiefst betroffen, Verlust und Tod sind ein schwieriges Thema für ihn, er wusste nicht, wie er reagieren sollte, ob er überhaupt etwas sagen sollte, konnte er doch nicht einmal über seinen eigenen Verlust sprechen. In selben Moment drehte sie sich wie zum Trotz um und stellte das Glas auf den Tisch.

„Ich nehme an, ich habe sie schon genug vom Schlaf abgehalten, ich werde mich wieder zurückziehen.“ Sie presste die Lippen zusammen, als würde sie bereuen, was sie bereits gesagt hatte und wandte sich plötzlich Richtung Balkontüre. Gerade als sie loslaufen wollte, hielt Clay sie am Arm zurück. Sie zuckte unter der plötzlichen Berührung ihres lädierten Armes.

„Nein“, sagte er bestimmt, „zur Tür geht es da entlang“, er zeigte auf den Ausgang der Küche zum Korridor. „Du nimmst die Haustüre, ich möchte nicht, dass dir bei der Turnerei noch etwas passiert“, und unter ihrem schwachen Protest schob er sie Richtung Haustüre zum angrenzenden Lift.

„Ich nehme an, dass du dort oben erwartet wirst und jemand die Tür öffnet?“ Clay schaute ihr prüfend ins Gesicht, dann wanderte sein Blick unbewusst ihren schlanken Körper hinab, der nur vage von den knappen Shorts und dem Top bedeckt wurde. „Ich möchte nur sicher gehen, dass du es bis in dein Zimmer schaffst“, grinste er. Ihr Gesicht errötete leicht und sie senkte den Blick, um seinem intensiven Blick zu entgehen.

Der Ping des Lifts war das Kommando, sich wieder in die Augen zu schauen. Ein schmales Lächeln zauberte sich in ihre Mundwinkel. „Ich kenne den Code für die Sicherheitstür und bis in den nächsten Stock klaut mich keiner“, entgegnete sie mit einem koketten Augenaufschlag, drehte sich um und stieg in den Fahrstuhl. Sie tippte den Code auf dem Keypad für das oberste Stockwerk ein und wandte sich nochmal um.

„Wie heißen sie eigentlich?“ fragte sie lächelnd, als wäre es ihr gerade eingefallen.

„Michael“ kam es automatisch und abwesend von seinen Lippen, dann schloss sich die Aufzugstür und er starrte auf den Punkt, an dem vorher noch diese faszinierenden Augen waren, die einen förmlich durchschauten. Nachdenklich fuhr er sich mit den Fingern durch seinen Zehn-Tages-Bart.

Kapitel 2

Als Clay diesen Morgen seine gewohnte Routine im Bad abspulte, war irgendwie alles anders. Was sonst in stumpfen, unbewussten Bewegungen ablief, kam ihm diesmal irgendwie vertrauter vor. Das Putzen der Zähne, der Schaum, der ihm von den Lippen tropfte, das Stutzen seines Barts oder auch nur die tägliche Dusche, alles Tätigkeiten, die sonst leer und ohne Gedanken ausgeführt wurden, sie waren heute erfüllt von den Gedanken an die Geschehnisse der Nacht. Er versuchte, sich an das Gesicht und diese Augen zu erinnern, die ihn heute Nacht so neugierig musterten.

Seit dem Tod seiner Frau vor fast genau einem Jahr waren ihm Gesichter fremd geworden, er mied es, sich auch nur zu lange mit einer Person zu beschäftigen, da er in ihren Gesichtern entweder Mitleid oder eindeutiges Interesse lesen konnte und das brauchte er gerade nicht. Für ihn gab es keine andere Frau in seinem Leben – und die eine hatte er durch einen schrecklichen Autounfall verloren. Es war, als hätte man ihn zweigeteilt und eine Hälfte fehlte jetzt. Es war eine schreckliche Zeit der Trauer, für ihn immer noch unfassbar, er fand keine Worte dafür und das einzige, was ihn nicht völlig am Leben verzweifeln ließ, war seine Arbeit. Aufstehen, ins Büro fahren, abends nach Hause, vom Alkohol betäubt ins Bett fallen, das hielt ihn am Leben. So seltsam das klingt, aber der Erfolg löschte seine negativen Gedanken aus. Nur in der

Nacht, da muss er mit sich und seinen Gefühlen klar kommen. Und es war auch diese Nacht nicht besser, mit dem einzigen Unterschied, dass in dieser Nacht ein blond gelockter Engel mit grünen Augen in sein Wohnzimmer geflogen kam...

Er genoss das warme Wasser auf seiner Haut, tauchte ein in seine Gedanken und bemerkte erstmals nach langer Zeit wieder den Duft der Badetücher, als er aus der Dusche kletterte. Rundum erneuert lief er nackt in die großzügige Garderobe neben seinem Schlafzimmer. Fein säuberlich waren seine Anzüge und Hemden aufgereiht, Zoe hat mal wieder ganze Arbeit geleistet. Sie ist nun schon seit fünf Jahren seine Haushälterin und sie schafft es immer wieder, so unauffällig und diskret seinen Haushalt aufrecht zu erhalten. Auch sie hat es sichtlich mitgenommen, wie sein Privatleben mit einem Mal ins Chaos stürzte. Sie war an seiner Seite, in ihrer sensiblen, herzlichen und liebevollen Art, eine große Stütze in der schweren Zeit. Er lächelte sogar ein wenig, als er die sorgfältig zusammengelegten Krawatten inspizierte, sich eine davon nahm und mit geübten Griffen um den Hals band. Er band die Krawatte ein Stück kürzer als üblich, denn er trug seine Anzüge mit Weste. Damit verhinderte er, dass das Ende unter der Weste hervorblitzte. Er hatte sich für einen schwarzen Anzug mit feinen Nadelstreifen entschieden, immerhin kam heute der Vorsitzende der Geschäftsführung der Barclays Bank, ein wichtiger Partner für seine künftigen Investitionen. Ein prüfender Blick in den Spiegel, das musste reichen, dann nahm er sein Jackett und schlüpfte in die passenden Schuhe. In der

Küche traf er auf Zoe, die gerade mit dem Frühstück beschäftigt war.

„Guten Morgen, Zoe!"

„Guten Morgen Mr. Clay, Frühstück wie üblich?"

Zoe bereitete bereits Eier mit Speck und einem Stück Vollkornbrot, sein Lieblingsfrühstück, zu. Wie immer lächelte sie über das ganze Gesicht, sie war wirklich eine Frohnatur, und deutete auf den Platz an der Küchentheke. Die Küche war wieder sauber geputzt, keine Flaschen oder Kronkorken ließen eine Benutzung vermuten. Sicher waren auch alle leeren Bierflaschen im Kühlschrank wieder aufgefüllt.

Zoe stellte ihm das dampfende Essen auf die Platte und mit einem wissenden Lächeln einen Kaffee mit Zucker und Milchschaum. Sie erntete einen anerkennenden Blick und lächelte, als wäre ihr Tag für heute gerettet. Zügig machte sie sich daran, die schmutzige Pfanne wegzuräumen.

„Vielleicht sollten wir die Essensliste für die nächste Woche besprechen, wenn Sie heute Abend Zeit haben, Mr. Clay."

Ach ja, heute ist Donnerstag, morgen ist ihr Einkaufstag.

„Natürlich, Zoe, wir können das ja beim Abendessen besprechen. Ich bin heute rechtzeitig da."

Er ging im Gedanken noch einmal seinen Arbeitsplan durch, aber es fiel ihm nichts ein, was ihn aufhalten könnte. Dabei fiel sein Blick auf das Klavier. Zoe hatte die Tastenklappe wieder geschlossen als Staubschutz. Nichts verriet, was sich gestern Abend hier abgespielt hatte. Dabei fiel ihm ein, dass er ja noch einen Besuch bei seinen neuen Nachbarn abstatten sollte, eigentlich war dies aus Höflichkeit schon geboten, aber er kann sich nicht erinnern, dass er überhaupt jemanden wahrgenommen hatte. Vielleicht hatten sie ihn wahrgenommen, aber er seine Umgebung nicht?

Er sah auf die Uhr, es war kurz vor acht Uhr morgens. Vermutlich war noch keiner wach. Er beschloss, heute Abend nach der Arbeit vorbei zu schauen. Er schob seinen Teller von sich, kletterte behende vom Barstuhl und durchschritt das große Wohnzimmer. Es wurde beherrscht von einer großen modernen Sitzgruppe, die weit mehr als nur einer Person Platz bot. Die Fensterfront bot einen atemberaubenden Blick auf die Skyline der Stadt, die gerade für einen neuen Tag erwachte. Bereits jetzt sind die Straßen schon wieder voll und bald pulsieren die Lebensadern der Großstadt in schnellem Takt.

Clays Blick war aber nicht von der Stadt gebannt, er schaute links am Apartment vorbei, wo der Balkon sich fast übergangslos an das Nachbarapartment schmiegte, nur von einer Trennscheibe getrennt. Hier musste sie heute Nacht entlang gehangelt sein. Der Spalt zwischen der Außenmauer und der Scheibe war nur ein paar Zentimeter breit, da kam auch Sophie mit ihrer zarten Gestalt nicht durch, sie muss also mit den Füßen auf die Mauer gestiegen sein.

Woah, ganz schön mutig, dachte sich Clay, als er die Höhe abschätzte, *hier geht es locker 100 Meter in die Tiefe, Sophie ist entweder schwindelfrei oder extrem kurzsichtig.*

Er schüttelte den Kopf, nicht auszudenken, wenn ihr etwas passiert wäre. Er musste dringend mit der Schwester sprechen, entschlossen drehte er sich um und wandte sich zum Lift, dort stand schon sein Fahrer und Bodyguard Theo, ein freundlicher und sanfter Hüne, der mit Zoe zu den Stützen seines fragilen Privatlebens wurde. Mit einem aufmunternden Lächeln reichte ihm Theo sein Jackett und drückte die PIN für den Fahrstuhl. Der Screen gab an, dass sich der Lift im oberen Stock befand, dort verweilte er auch eine Zeit lang, bevor die Ziffer wieder von 27 auf die 26 umsprang. Währenddessen tauschten die beiden die üblichen Formalien aus.

„Guten Morgen, Mr. Clay."

„Guten Morgen, Theo, sind meine Geräte schon im Wagen?"

„Alles schon verstaut, ich habe sie auch noch mal geladen und für Sie eingewählt."

Bevor sich Clay für die umsichtige Vorbereitung bedanken konnte, ging die Tür des Fahrstuhls auf und zum ersten Mal hatte Clay keine Worte für das, was er sah. Und er konnte nicht sagen, ob es an der Person lag, die im Fahrstuhl stand, oder ob es daran lag, dass überhaupt jemand in diesem Fahrstuhl stand, der sonst eigentlich ausschließlich von ihm benutzt wurde.

Kapitel 3

Vor ihm stand eine Frau, die genauso gut frisch vom Laufsteg kommen könnte. Groß, schlank, mit einer Figur, die einfach atemberaubend war, in einem Outfit, das ihre unnatürlich schmale Taille perfekt betonte. Sie trug eine eng anliegende Hose aus schwarzem glänzendem Material, die bis hoch hinauf in die Taille reichte und sie dadurch extrem betonte. Darüber ein Oberteil aus weißer Seide, komplett durchsichtig und darunter eine Art Bustier mit raffinierter Schnürung. Alles komplett aufeinander abgestimmt, selbst Schmuck und Tasche und nicht zuletzt die gewagten Highheels stammen aus derselben Werkstatt.

Allein das hätte schon ausgereicht, um einen Mann buchstäblich den Atem zu nehmen, wenn da nicht noch dieses Gesicht gewesen wäre, das ihn völlig in seinen Bann schlug. Ebenmäßige, blasse Züge mit hohen Wangenknochen, eine gerade Nase und wunderschöne volle Lippen. Die Augen waren von einem fast unnatürlichen Kobaltblau und bildeten einen strengen Kontrast zu den schwarzen Haaren, die in einem scharfen Bob mit kurzem Pony dem Gesicht einen Rahmen gaben, wie bei einem abstrakten Bild. Eine absolute Schönheit, wenn sie nur nicht so stark geschminkt gewesen wäre, die ausdrucksvollen Augen gefärbt zu Smokey Eyes mit bis zu den Augenbrauen getünchten Lidern. An den schwarz umrandeten Augen war der Mascara kaum noch auszumachen. Dazu ein Lippenstift, der die vollen Lippen richtig zur Geltung brachte. Sie erinnerte Clay unwillkürlich an die Models auf dem Laufsteg, auch der Gesichtsausdruck stimmte, sie war so ernst und fast schon abweisend, die Kälte war fast spürbar.

Die andere Person war eine in einem schwarzen Anzug gekleidete etwas kleinere Frau mit kurzen braunen Haaren, die fast schon männliche Züge aufwies. Eine Hälfte des Gesichts war narbig, fast als hätte es dort Verbrennungen erlitten und wäre durch viele Operationen halbwegs wieder hergestellt worden. Es gab ihrem Gesicht ein maskenhaftes Aussehen. Die unversehrte Hälfte ließ erahnen, dass sie wohl auch mal attraktiv war. Vielleicht war sie ein Bodyguard, das würde auch die Ausbeulung des eng anliegenden Jacketts erklären, worunter er ein Pistolenhalfter vermutete.

Nach einer gefühlten halben Ewigkeit und noch bevor die Türen sich wieder schließen konnte, setzte sich Clay und sein Begleiter in Bewegung. Und weil er sich nicht sicher war, dass seine Stimme ihm gehorchte, nickte er den beiden Personen nur höflich zu und drehte sich mit dem Rücken zur Tür.

Was ist denn mit mir los? Ich benehme mich wie ein Teenager bei seinem ersten Date...

In dem beklemmenden Schweigen, das nun entstand, machte er zumindest einen Anfang, Konversation zu betreiben, doch klang seine Stimmer unendlich steif. Er räusperte sich, um sicher zu gehen, dass seine Stimme noch da war.

„Ich nehme an, sie gehören zu den neuen Nachbarn aus dem 27. Stock. Ich wohne direkt unter ihnen und habe mich noch nicht vorgestellt. Mein Name ist Clay, Michael Clay und das ist mein Bodyguard Theo. Wir werden uns jetzt wohl zwangsläufig öfter über den Weg laufen…"

Clay zwang sich zu einem Lächeln, obwohl er die Situation in dem engen Fahrstuhl nicht unbedingt für ein offizielles Willkommensgespräch passend fand, vor allem wusste er nicht, was er von dieser Frau und dem seltsamen Bodyguard halten sollte. Sein analytisches Denken hatte in dem Hormonrausch, der gerade seinen Verstand lähmte, ebenfalls ausgesetzt. Diese Augen, die ihn gerade intensiv musterten, verstanden seinen Versuch, die Stille zu meistern, wohl nur als höfliche Geste, denn sie erwiderte erstmal – gar nichts.

Verdammt, die mustert mich gerade von Kopf bis Fuß, ohne rot zu werden. Das ist verdammt abgebrüht – und sexy!

Erschrocken über seine Gedanken und die Richtung, in die sie führten, schloss er die Augen.

Hatte ich sie nicht gerade genauso angeschaut, gibt sie mir gerade frecherweise das zurück, was ich vorgemacht habe?

In dem Moment, als er die Augen wieder öffnete und den Fahrstuhl innerlich verfluchte, dass er so lange bis zur Parkgarage brauchte, verzogen sich ihre herrlich geformten Lippen zu einem angedeuteten Lächeln.

Wow, sie kann doch lächeln…, nur ihre Augen lächeln nicht mit!

Langsam streckte sie die rechte Hand aus und in einem lässigen, aber klaren Bleib-mir-vom-Leib-Unterton erwiderte sie nach einer gefühlten Ewigkeit: „Freut mich sie kennenzulernen, mein Name ist Sherman, Eva Sherman."

Ihren Bodyguard stellte sie lieber mal nicht vor, warum auch.

Michael ergriff ihre Hand fast automatisch, er blickte wie hypnotisiert in diese Augen, die ihn so unverfroren musterten. Ihr Händedruck war fest und erstaunlich warm. Ihre manikürten Finger blieben lange genug in seiner Hand, um das Knistern zu spüren, das Clay unwillkürlich zusammenzucken ließ. *Spürte sie das auch oder bildete er sich das ein?*

Immerhin war die Spannung jetzt raus, die Energie entladen, die Türen öffneten sich. Froh, der Enge und dem unguten Gefühl im Fahrstuhl entkommen zu sein, drehte Clay sich um und wollte eben den Fahrstuhl verlassen, als er bemerkte, dass auch Mrs. Smokey Eyes sich anschickte, den Fahrstuhl zu verlassen. Sofort wandte sich Clay zur Seite und ließ ihr den Vortritt, ganz der Gentleman und erleichtert, sich wieder seiner guten Manieren zu erinnern. Das gab ihm auch Gelegenheit, unauffällig ihr Profil zu studieren, denn sie würdigte ihn beim Aussteigen keines Blickes.

Die schwarzen, bläulich schimmernden Haare waren im Nacken bis zur Scheitelspitze hochrasiert, nur die Seitenlängen reichten bis zum Ohr, die asymmetrische Frisur unterstrich bis ins Detail die Haltung dieser überaus attraktiven, aber unnahbaren Frau. Alles an ihr war teuer. Clay wusste, was Schmuck und Accessoires einer Frau kosten können, er war immer sehr großzügig und interessiert daran, schöne Frauen auch entsprechend auszustaffieren. Aber dieses

Prachtexemplar hier war von Kopf bis Fuß und bis zum Parfüm perfekt abgestimmt, sie war entweder die Muse Karl Lagerfelds oder aus einem Grund, den er gerne herausfinden möchte, millionenschwer. Schwer zu sagen, wie alt sie war, unter der dicken Lage Make-up konnte man nur schwer Nachweise für das richtige Alter erkennen.

Vielleicht doch schon dreißig...

Von ihrem selbstbewussten Auftreten beeindruckt, kam Clay letztlich zum Schluss, dass sie wohl näher an seinem Alter ist, als es auf den ersten Blick schien. Er war 34 und es kam ihm vor, als würden sie sich auf Augenhöhe begegnen, was nicht nur an der Tatsache lag, dass sie mit den schwindelerregenden Absätzen fast in seine Augen blickte.

„Mrs. Sherman", jetzt hat sein Verstand wieder sein Sprachzentrum erreicht, „wäre es möglich, dass ich sie in einer angenehmeren Atmosphäre treffen könnte als hier in der Parkgarage?"

Die Absätze hörten auf, auf den Betonboden zu klacken. Langsam drehte sie sich um, Erstaunen und kühle Entschlossenheit auf dem Gesicht. Sie wollte wohl gerade etwas erwidern, was nicht zu seinem Vorteil war, doch Clay kam ihr zuvor: „ Ich möchte gerne mit ihnen über Sophie reden..."

„Sophie!?" Das Erstaunen in ihrem Gesicht gewann die Oberhand. „Woher kennen sie Sophie?" Und jetzt kam auch noch ein wenig Misstrauen dazu. Immerhin hatte er ihr Interesse geweckt.

„Sophie hat mich heute Nacht besucht und ich würde mich gerne mit ihnen über ein paar Dinge unterhalten. Ich bin es nicht gewohnt, dass mich halbnackte junge Damen in meinem Wohnzimmer überraschen…"

Eine Mischung aus Entsetzen und Wut flog für einen Sekundenbruchteil über ihre schönen Züge, dann hatte sie sich wieder in der Gewalt. „Kommen sie heute Abend hoch, ich bin ab 18.00 Uhr in meinem Apartment. Ich schicke ihnen die PIN für den Aufzug auf ihr Handy."

Sie sprach kurz und knapp wie bei einer Anweisung, die keinen Widerspruch duldete, drehte sich auf den hohen Absätzen um und schritt zügig zu einem schwarzen Mercedes, der schon in der Auffahrt stand.

Die kurzhaarige Frau mit dem schwarzen Anzug sprang zur rechten Hintertür der langen S-Klasse und riss die Tür auf. Clays Kiefer klappte nach unten. Das Innenleben bestand aus porzellanweißen Leder, die Mittelkonsole war zu einem Tisch ausgebaut und an der Lehne des Vordersitzes befanden sich zwei Monitore und gesteckte Telefone, es glich der Ausstattung in einem Büro, nur auf engstem Raum.

Wow, die Frau scheint im Auto zu arbeiten, vom Shopping weit entfernt. Karl Lagerfeld schied also aus.

Clay pfiff leise durch die Zähne, *Mrs. Sherman ist ein Arbeitstier… ein extrem gut Aussehendes!*

Da fiel ihm plötzlich etwas ein: „Woher haben sie denn meine Mobilnummer?"

Aus dem Auto heraus blickte sie kurz zurück und warf ihm einen warnenden Blick zu. „Ich weiß alles über sie Clay, ich habe bereits alles über sie recherchiert, von der Sozialversicherungsnummer bis …." und ihr Blick wanderte nach unten,

„zu ihrer Schuhgröße!“ Die Tür klappte zu, Mrs. Bodyguard blickte ihm kurz in die Augen und grinste.

Clay hielt den Atem an, sein gesamtes männliches Selbstbewusstsein rutschte in diesem Moment in die Hose. Wie konnte sie so souverän seinen ganzen Auftritt beherrschen, er hatte das Gefühl, dass sie jeden seiner Atemzüge persönlich dirigierte. Erst, als der schwere Wagen mit den grollenden acht Zylindern die Schranke passierte, löste sich der Zauber wieder, mit dem sie ihn förmlich verhexte und er atmete wieder aus.

Theo holte ihn mit einem dezenten Räuspern wieder ins wirkliche Leben zurück, er hatte keine Ahnung, wie lange er da gestanden hatte und dem verschwundenen Fahrzeug hinterher schaute. Seinem Fahrer und Bodyguard war jedenfalls nicht entgangen, was sich zwischen den beiden abspielte. Er hielt ihm die Tür seines Audi SUV auf, der ihm als Dienstfahrzeug diente. Ohne sein Grinsen zu verbergen, hielt er Clay rechts hinten die Tür auf. Ernst schaute ihn Clay für einige Sekunden an, doch dann ließ er sich von Theos schelmischer Art anstecken und verzog kopfschüttelnd seinen Mund zu einem Lächeln.

Der Audi bot bequem Platz für vier Personen, nur jetzt war der Beifahrersitz ganz nach vorn geklappt, um Clay mehr Beinfreiheit zu geben. Er mochte deutsche Autos, sie gaben ihm ein Gefühl der Sicherheit. Außerdem war das Fahrwerk wesentlich sportlicher und ausgereifter als in amerikanischen Wägen. Clay streckte seine Beine aus und machte es sich bequem auf seinem Sitz. Normalerweise holte er jetzt sein

Notebook raus und checkte erst mal seine Termine. Heute war alles irgendwie anders, die Begegnung im Fahrstuhl wirkte noch nach. Gedankenverloren blickte Clay aus dem Wagenfenster, sah die Häuser an ihm vorbei ziehen, als der Audi langsam Fahrt aufnahm.

Seine Gedanken drifteten von dem intensiven Kobaltblick der weiblichen Erscheinung in seinem Lift zu einem weichen, warmherzigen Ausdruck aus haselnussbraunen Augen, die ihn verliebt anblickten. Er schloss die Augen und genoss den vertrauten Anblick, den sein Gehirn ihm suggerierte. Warm floss die Wärme und Zuneigung durch seine Adern, als er an seine Frau Diandra dachte. Er stellte sie sich vor, wie sie ihn umarmte, ihre warmen Lippen auf die seinen drückte. Er konnte ihren Duft wahrnehmen, das weiche braune Haar kitzelte in seiner Nase.

Sie war noch so gegenwärtig, so nah, es tat noch so weh, daran zu denken, dass sie ihn nie wieder berühren wird, er ihre Stimme nie wieder hören würde...

Es war ein Frühlingstag, mild, sonnig, wie heute, Diandra bestand darauf alleine zu ihrer Mutter zu fahren, sie wusste, dass er viel um die Ohren hatte. Sie packte den Kleinen in seinen Kindersitz und klemmte sich hinter das Steuer. „Mach dir keine Sorgen um mich, Michael“, erwiderte sie auf seinen besorgten Blick, „es ist noch wenig Verkehr und ich mache genug Pausen, dafür wird unser Kleiner schon sorgen!“ Sie lachte ihn an und gab ihm einen intensiven Abschiedskuss. Er nahm sie noch einmal in den Arm und küsste sie innig zurück. „Danke, dass ich alleine fahren darf“, flüsterte sie ihm noch zum Abschied ins Ohr und er bereute heute wie damals, dass sie ihn dazu überreden konnte. Es war der letzte Kuss ihres Lebens.

Michael konnte sich kaum noch daran erinnern, was passierte, als die beiden Polizisten plötzlich in sein Office kamen.

...ein Tanklastzug

...Fahrer eingeschlafen

....Auto zermalmt

....sofort tot

...es tut ihnen so leid ...

Nur noch Gesprächsfetzen drangen in sein Gehirn, es war, als hätte jemand Watte in sein Ohr gepackt. Sein Schreibtisch entfernte sich vor seinem inneren Auge, der Schock lähmte seine Gedanken und Wahrnehmung. Für Minuten, Stunden, Tage konnte er nicht begreifen, dass seine Familie ausgelöscht war. Dass das Glück, das er noch am Morgen gespürt hatte, am Nachmittag ausradiert war. Clay öffnete schnell die Augen, als der Schmerz wieder drohte, von ihm Besitz zu ergreifen. Sein Magen zog sich zusammen, es war, als würde ihm jemand mit einem Messer in den Bauch stechen.

Ich darf mich nicht von meinen Erinnerungen überwältigen lassen...ich muss mich endlich verabschieden, von Diandra und William, aber es tut so weh...werde ich das jemals schaffen? Es zieht mich immer wieder in meinen Gedanken so tief nach unten, dabei dachte ich immer, ich wäre so stark!

Sein Sohn William war gerade zwei Jahre alt geworden, er sah so friedlich aus, als er auf der Totenbahre lag. Blass und zerbrechlich wie Porzellan lag er da, keine Verletzung war sichtbar. Er wurde mit dem Kindersitz aus dem Auto geschleudert, so groß war die Wucht des Aufpralls. Er brach sich dabei das Genick, ein schneller Tod. Die Ärzte in der Klinik hatten ihm erlaubt, sich von ihm zu verabschieden.

Seine Frau hat er nie wieder gesehen. Sie ist in dem Wrack, das von dem LKW frontal zerdrückt wurde, eingeklemmt worden und bis zur Unkenntlichkeit verbrannt, es kam jede Hilfe zu spät. Sie war im sechsten Monat schwanger, es wäre ein Mädchen geworden und es war ein absolutes Wunschkind. Wie hatten sie sich auf das zweite Kind gefreut! Sie wollten noch viele Kinder haben, Diandra war verrückt nach den Kleinen und sie ging völlig auf in ihrer Mutterrolle, er hätte es ihr so gegönnt!

Mit einem tiefen Seufzer verabschiedete sich Clay von seiner düsteren Gedankenwelt, er drehte sich im Sitz und nahm sich sein Notebook aus der Tasche, um sich auf seine Termine für heute vorzubereiten. Theo bedachte ihn mit einem sorgenvollen Blick aus dem Rückspiegel, aber das bekam er gar nicht mit.

Kapitel 4

Wuchtig ragte das verspiegelte Gebäude der Clay Investments in den Himmel. 48 Stockwerke hoch beherbergte die großzügige Anlage unzählige Büros. 480 Menschen, arbeiten alleine hier in der Zentrale, 1200 andere noch in New York, Washington und San Franzisco. Clays Imperium weitet sich von Jahr zu Jahr aus und es kommen immer neue Standorte hinzu. Er hat sein Geld mit guten Beziehungen verdient. Firmen aufzukaufen und mit Geld und guten Leuten zu sanieren ist sein Kerngeschäft. Die Co-Investoren, die er fand, waren bereit, an seine Managementfähigkeiten zu glauben und beteiligten sich mit großer Rendite an seinen Aufkäufen.

Bisher finden sich noch kaum schwarze Schafe in seinem Portfolio, von renditeschwachen Firmen trennte er sich rechtzeitig. Die Finanzkrise trieb ihm noch zusätzlich lukrative Firmen mit schwacher Finanzdecke in die Arme, die aber perfekte Zahlen ablieferten, sobald sie finanziell auf sichere Beine gestellt und personell von Michaels Spezialisten unterstützt werden. Clay Investments war extrem erfolgreich in den letzten Jahren. Auch ein Verdienst harter Arbeit, ein gutes Gespür für den Markt und ein gutes Händchen für Neuakquisen.

Clay blickte sich noch ein letztes Mal für diesen Tag in seinem großzügigen Büro um, klappte sein Notebook zu und kabelte es von der Dockingstation ab. Er ordnete noch einmal seinen Schreibtisch und rückte im Aufstehen seinen Anzug zurecht. Es war ein anstrengender Tag, er hasste es, mit Banken über Theorie und Praxis zu philosophieren, er macht gerne Nägel mit Köpfen und das Verhandeln mit Banken ist wie Laufen mit rohen Eiern, stets muss man aufpassen, nichts zu zerbrechen.

380 Millionen Dollar war sein nächster Coup schwer, da standen viele Fragen im Raum. Aber Barclays war sichtlich angetan von seinen erfolgreichen Operationen, seine Pläne für ein neues Logistikcenter des kürzlich angekauften PC Distributors Megabit fanden Anklang. Zuletzt gab es seitens Barclays eine vorläufige Zusage, was einem Startschuss für das neue Vorhaben gleichkommt. Das hat er auch seinem Team zu verdanken, die wieder mal tolle Vorarbeit geleistet hatten. Er gab sich für heute zufrieden und freute sich schon auf die kommende Vergabe an die Architekten.

Mit einem gut gelaunten Gruß verabschiedete er sich von seiner Sekretärin im Vorzimmer und erntete ein freundliches Lächeln:

„Einen schönen Abend noch, Mr. Clay."

Melinda hatte eine ruhige rauchige Stimme, sie war ein warmer und geduldiger Mensch und behielt selbst in hektischen Situationen einen kühlen Kopf. Nicht zuletzt war sie loyal zu allen Mitarbeitern, egal ob oberste oder unterste Etage, sie hatte für alle ein Lächeln übrig. Sie war die Idealbesetzung in einer Schaltzentrale, die keine Fehler erlaubte und sie war, was Michael am meisten schätzte, vor allem diskret. Er duldete kein Ausplaudern von Betriebsinternas, weder unter den Mitarbeitern, noch nach außen. Diskretion war oberste

Priorität, im Geschäft wie im Privatleben. Melinda war seine rechte Hand und Vertraute, egal, um was es ging. Sie war ihm da und ging nach ihm, auch an diesem Abend blieb sie länger als der Chef.

Theo wartete geduldig am Wagen vor dem Gebäude, als Clay aus dem Aufzug im Erdgeschoß stieg. Es war kurz vor halb sechs, ungewöhnlich früh für seine Verhältnisse, aber er hatte ja noch eine Verabredung. Er kletterte wieder in den vertrauten SUV und Theo fädelte sich geschickt wieder in den Feierabendverkehr.

„Wie war ihr Tag, Sir?" Theo versuchte die Stille im Wagen zu überbrücken, als er merkte, dass Michael stumm und gedankenverloren aus dem Fenster blickte.

„Erfolgreich", kam es von hinten zurück, „eigentlich ein Tag, um einen guten Tropfen aufzumachen!" Theo runzelte fragend die Stirn, „soll ich eine Flasche Bollinger kühl stellen lassen?"

„Aber nein", lachte Michael, „Champagner trinkt man nur zu Zweit..." und sofort wurde er wieder ernst, „ein Glas Whiskey tut es auch." *Oder auch zwei...*

Ging es zurück ins Penthouse befiel ihn immer wieder die Angst vor der Einsamkeit. Diese Momente, die er so hasste, wenn er sein Büro verließ, wenn Theo und Zoe sich abends zurückzogen. Dann standen er und die Whiskeyflasche einsam da und sie wurden immer dann beste Freunde. Er hasste diesen Alkohol, er schmeckte ihm nicht mehr, aber er half.

In diesem Moment vibrierte sein Blackberry und eine unterdrückte Nummer kündigte eine SMS an. Er öffnete den Anhang und es stand nur eine 4-stellige Zahl dort:

4781

Was zum Henker...?

Und da erinnerte er sich, es war die PIN für den Zugang mit dem Aufzug im 27. Stockwerk. Er sah auf die wertvolle Patek Uhr an seinem Arm und der Zeiger stand fünf Minuten vor sechs Uhr. Das war timing! Mrs. Sherman ist auf Zack, das musste er anerkennen. In diesem Moment fuhr der Audi über die Rampe ins Parkuntergeschoß. Sanft hielt Theo den Wagen direkt am Lift, sprang aus dem Wagen und hielt seinem Boss die Tür auf.

„Ich bringe ihnen die Sachen in ihr Penthouse, kümmern sie sich nicht darum, gehen sie gleich zu ihrem Termin", offerierte er Michael, der dankbar nickte.

„Sagen sie Zoe, dass es mit dem Abendessen später wird, wäre schade, wenn es kalt werden würde..!" Und verschwand schon im Lift. Er tippte 4781 in das Keypad und der Lift nahm ihn lautlos mit bis ins 27. Stockwerk.

Als sich die Türen öffneten, stand er in einer Art Vorraum, den er in seiner baugleichen Wohnung mit Bildern und Teppichen ausgelegt hat. Hier aber war nichts zu sehen außer dem kalten Granit, mit dem der Boden bedeckt ist, lediglich ein paar Meter weiter sah er eine weitere Tür, die wiederum mit einem Keypad versehen war. Kein Griff außen, kein Türschloss und insgesamt wirkte sie sehr massiv. Eine Kamera oberhalb der Tür beobachtete ihn misstrauisch. Vermutlich wurde er schon im Parkgeschoß überwacht. Er nahm sich vor, das nächste Mal dort unten nach Kameras Ausschau zu halten. Eine weitere Kamera entdeckte er oberhalb der Lifttüre. Es glich einem Hochsicherheitstrakt, hier sollten unerwünschte Besuche in jedem Fall ausgeschlossen werden.

...oder auch Menschen eingeschlossen!

Noch bevor er seine seltsamen Gedanken weiterführen und sein Finger das moderne Panel mit dem Zeichen für die Klingel drücken konnte, ging die Tür auf und die Frau im schwarzen Anzug stand vor ihm.

„Guten Tag Mr. Clay, schön, dass sie es so pünktlich geschafft haben!“ Sie begrüßte ihn freundlich, aber reserviert. „Ich bin übrigens Cathy, wir hatten uns noch nicht vorgestellt“ und gab ihm mit einem kräftigen Händedruck die Hand. „Treten sie ein, Mrs. Sherman wird in ein paar Minuten für sie da sein. Kim wird sie bis dahin versorgen, möchten sie einen Kaffee?“ Sie winkte Clay in einen Raum, den er für die Küche hielt, jedenfalls stand eine nüchterne, aber mit allen Geräten ausstaffierte Designerküche in einem überdimensionierten Raum, der von einer großen von der Decke hängenden Kaminschale in Tropfenform beherrscht wird. Darin flackerte tatsächlich ein echtes Feuer, das aber nicht viel Wärme abgab in der Kühle des Raumes. Der alles beherrschende Farbton ist schwarz, als Kontrast wurden weiße Accessoires gewählt. Nur so viel, dass der Raum nicht leer wirkte.

„Ja, gerne, einen Cappuccino bitte, wenn es ihnen nichts ausmacht“, kam es automatisch von seinen Lippen, während er beeindruckt das Interieur studierte. Er fand trotz seiner

Suche nichts Persönliches, kein Foto, keine Erinnerungen, nur ein großes abstraktes Bild an der dem Fenster gegenüberliegenden Wand – natürlich schwarz-weiß gehalten. Alles war stilistisch perfekt abgestimmt und so sauber, als würde gar keiner hier wohnen.

Es war wirklich alles mit Bedacht ausgewählt, nur die Farbwahl machte ihm zu schaffen. Clay war froh, einen angenehmen Farbkleks in Form einer zierlichen Asiatin zu sehen, die fast lautlos den Raum betrat. Sie war in einem Áo dài gekleidet, dem traditionellen Kostüm der Vietnamesen und sie schien auch von dort zu kommen. Sehr attraktiv, mit großen Augen, aber auch sehr schüchtern, fast angstvoll kam sie näher, um direkt auf die Kaffeemaschine zuzusteuern. Mit geübten Griffen bereitete sie ihm einen Cappuccino zu, legte Zucker und Löffel liebevoll auf ein Serviertablett und kam damit wieder lautlos zurück.

Es lag an ihren Zehensocken, die jedes Geräusch auf dem Fliesenboden dämpften, dass sie sich fast ohne Geräusch fortbewegen konnte, nur das Rascheln ihres bunten Kleides war zu hören. Ohne ihn anzuschauen, stellte sie die Tasse und das Zubehör auf die Theke der Küche. Schließlich zog sie sich dezent zurück, nicht ohne einen angstvollen Blick in seine Richtung geworfen zu haben.

Clay fragte sich gerade, ob er wirklich solch eine angsteinflößende Erscheinung war oder er sich mal wieder rasieren sollte, als sein Blick auf einen seltsamen Tisch fiel, der definitiv nicht zum Essen bestimmt war. Er war ziemlich groß mit einer massiven Steinplatte und stand vor der großen Glasfassade, die bereits untergehende Sonne warf ihr goldenes Licht darauf. Er nahm sich die Cappuccinotasse und schlenderte direkt auf den seltsamen Tisch zu. Nippend nahm er sich Zeit, den Tisch genauer unter die Lupe zu nehmen.

Auf der marmorierten Oberfläche war weißer und schwarzer Marmor im Schachbrettmuster eingelassen, darauf Figuren in sehr phantasiereicher Ausführung. Clay hatte schon viele Schachfiguren gesehen, je nach Kultur und Land unterschiedlich, aber diese hier waren von solch außerordentlicher filigraner Schönheit, er war ganz gefangen von der Kunstfertigkeit des Künstlers. Er verstand nicht viel vom Schach, aber er konnte erkennen, dass die Figuren nicht wahllos da standen, sondern mitten in einem Spiel. Er studierte die Anordnung und versuchte die weißen Figuren zu bewegen. Aber irgendwie ließen sie sich nicht vom Untergrund lösen. Clay stutzte. Er nahm eine schwarze Figur in die Hand und sie ließ sich ohne weiteres lösen. Er folgerte daraus, dass Schwarz an der Reihe sei.

In Ruhe studierte er die außergewöhnlichen Figuren aus schwarzem Granit und weißem Alabaster, die sich so würdevoll auf dem überdimensionalen Brett darstellten. Es war eine asiatische Herstellung, die Bauern waren Krieger, König und Königin stellten jeweils den Kaiser und Kaiserin von China dar, Turm und Pferd waren sehr an die Figuren des Kaisers Chin angelehnt, der Tausende von Statuen aus Ton im heutigen Xiàn in sein Grab stellen ließ.

Clay hatte in etwa das Bild aus dieser Zeit vor Augen, denn in vielen Antiquitätenläden konnte man diese Figuren kaufen.

Mit dem Unterschied, dass diese Figuren hier aus sehr edlem Material gefertigt und nicht aus Ton gebrannt wurden. Fasziniert konnte er die Augen nicht vom Brett lösen und studierte die Anordnung der Figuren. Es sah aus, als stünden sie gerade inmitten einer Schachpartie, nicht zufällig zusammengewürfelt.

Schließlich konnte er nicht widerstehen; er setzte den schwarzen fein ziselierten Krieger, den er schon in der Hand hielt, vorsichtig ein Feld weiter, es schien ihm der beste Zug, um die weiße Gegenseite herauszufordern. Kaum setzte er die Figur wieder auf dem Brett, setzte sich wie durch Geisterhand ein weißer Turm in Bewegung, zog gemächlich querüber das Feld und setzte sich zwei Felder neben dem eben gesetzten Krieger. Wenn er jetzt nicht seinen Krieger in Sicherheit brachte, war er weg, kein guter Zug!

Clay war sprachlos, es hatte nur Sekundenbruchteile gebraucht, bis der Gegner nach zog. Er dagegen musste wesentlich länger über den nächsten Zug nachdenken.

Verdammt, wer war eigentlich sein Gegner?

„Ein Schachcomputer" klang es von der anderen Seite des Raumes, als hätte jemand seinen Gedanken erraten. Es war eine Stimme, die er schon kannte, dunkel, kalt und emotionslos. „Ich verwende ihn zum Üben, er ist mit allen Daten und wichtigen Schachzügen der letzten Jahre gefüttert. Ich hoffe, sie haben mich nicht schachmatt gesetzt…?"

Clay drehte sich bei ihren Worten um. Ja, sie stand dort im Türrahmen, lässig an eine Türwange gelehnt, die Arme verschränkt. Er hatte sie nicht gehört, wer weiß, wie lange sie schon dort stand. Hatte sie ihn beobachtet? Es kribbelte in seinem Rücken.

„Sie spielen Schach?“ kam es ungläubig aus seinem Mund, „ich kenne kein weibliches Wesen, das überhaupt Schach mag, geschweige denn,....“

„...gut spielt?“ vollendete sie den Satz und bewegte sich katzenhaft auf ihn zu. Ein amüsiertes Lächeln war auf ihrem Gesicht. „Ich spiele ausschließlich Schach, es ist das einzige Spiel, das mich fasziniert. Es ist perfekt geschaffen, um zu gewinnen. Man muss nur sämtliche Strategien kennen. Selbst ein Schachcomputer wird irgendwann passen.“ Ein arroganter Zug legte sich um ihren Mund und ihr Blick wurde intensiver. „Es ist eine Leidenschaft, fast eine Obsession....“

Ihre Augen funkelten in tiefblauem Kobalt, sie war ihm jetzt ganz nahe, ein kurzer Blick auf das Schachbrett und sie lächelte erleichtert. „Es ist noch nicht zu spät...!“ Sie beugte sich vor, zog einen Krieger ein Feld diagonal hinter den schwarzen Krieger, um ihn zu schützen. Automatisch setzte sich der Turm wieder in die entgegengesetzte Richtung in Bewegung.

Langsam dreht sie sich wieder um und blickte in Michaels Gesicht. „Aber sie sind nicht gekommen, um mit mir Schach zu spielen, nehme ich an...?“

Ihr Gesicht war jetzt nur noch wenige Zentimeter von Michaels Gesicht entfernt, er wunderte sich ernsthaft, wie sie es schaffte, das Make-Up den ganzen Tag so perfekt zu erhalten. Vermutlich hat sie eine Visagistin 24 Stunden beschäftigt. Ihr

Parfüm war dezent im Gegensatz zu ihrem Auftreten. Aber es blieb im Gedächtnis, es war..., außergewöhnlich, so wie sie!

„Ich habe mit meinem Vater oft Schach gespielt, aber mir fehlt leider die Übung!“ Michael fühlte sich zu einer Entschuldigung genötigt, aber wofür war ihm nicht ganz klar.

Sie blickte ihn an, als wäre er ein ungezogener Schüler. *Gott, was macht diese Frau mit ihm?* Ihr prüfender Blick fiel auf die Cappuccinotasse.

„Soll ich sie ihnen abnehmen?“ Eine schlanke Hand griff bereits nach dem leeren Gedeck, dabei berührte sie mit ihren Fingern Michaels Hand. Es war ihm, als würde Strom durch die Stelle jagen, es knisterte förmlich. Er schluckte nervös.

Dann war es also im Lift doch kein Zufall! Woaahh, spürte sie das denn nicht auch?

Wie die Figuren auf dem Schachbrett bewegte sich die kleine Asiatin an ihre Seite, um Eva sofort wieder das Porzellan abzunehmen. War sie die ganze Zeit hier im Raum gewesen? Er hatte sie nicht kommen hören. Schon war sie raschelnd wieder hinter dem riesigen Küchenblock verschwunden. Er schüttelte den Kopf, als könnte er nicht glauben, dass alles so passiert, wie er es wahrnimmt.

Michael erinnerte sich wieder daran, weswegen er gekommen war und setzte zu einem Satz an, doch sie kam ihm zuvor. „Sie wollten doch etwas mit mir besprechen, setzen sie sich doch.“ Minimal lächelnd deutete sie auf einen der schweren Lederstühle am Esstisch. „Ja, danke“ kam es einsilbig zurück und er folgte ihrer Einladung.

Michael hätte sich ohrfeigen können, dass seine gewohnte Souveränität in diesem Raum scheinbar außer Kraft gesetzt wurde. Sie setzte sich ihm gegenüber, lehnte sich abwartend zurück und legte einen Arm auf die Lehne, die Hand führte sie mit dem Zeigefinger an ihre Wange, spreizte den Daumen unter das Kinn und strich mit dem Mittelfinger leicht über die Lippen. Eine nachdenkliche Geste, aber bei ihr wirkte sie sehr erotisch. Unwillkürlich musste Clay auf ihre Lippen starren. Mühsam zwang er sich zu einem klaren Gedanken.

„Gestern Nacht war ihre Schwester Sophie in meinem Wohnzimmer. Sie muss über die Balkonbrüstung geklettert sein und ist in mein Wohnzimmer spaziert. Ich habe sie dabei ertappt, wie sie auf meinem Klavier gespielt hat."

Die etwas brutale Überwältigung spare ich lieber aus…

Die kobaltblauen Augen schimmerten kalt, ihre Stimme veränderte sich schlagartig. „…und hat das Klavier einen Schaden genommen?" wollte sie wissen.

„Nein", entgegnete er, „nur meine Privatsphäre!"

Sie zog ihre Lippen nach unten, was einen ziemlich verächtlichen Ausdruck auf ihr sonst so hübsches Gesicht zauberte.

„Und jetzt möchten sie eine Wiedergutmachung ihres seelischen Schadens? Wieviel möchten sie? 10.000 Dollar? 20.000 Dollar? Was möchten sie dafür haben, dass sie für immer den Mund halten?" Ihre Augen glitzerten kalt.

Michael war schockiert. Sie hielt ihn für einen Erpresser, der sich bei ihr meldete, um Geld für die nächtliche Ruhestörung zu erpressen. Er holte tief Luft.

„Ich will weder Geld noch irgendeine Genugtuung für das, was passiert ist. Ich mache mir nur Sorgen um Sophie, sie ist noch so jung und hat keine Ahnung, was sie da tut. Außerdem scheint sie gerne Klavier zu spielen und wünscht sich ein Instrument, was ja in diesem Apartment…“ und er machte mit dem Arm eine ausladende Bewegung, „nicht wirklich ein Platzproblem zu sein scheint.“

„Ich bin hier, um ein gutes Wort für sie einzulegen, denn scheinbar sind sie beide sich nicht wirklich einig über die Dinge, die wirklich wichtig im Leben des anderen zu sein scheinen. Ich kann mir aber lebhaft vorstellen, warum.“ Und es war ihm in diesem Moment wirklich klar, warum die beiden Schwestern ein Problem miteinander haben.

Sie funkelte ihn an und das Glitzern in ihren Augen ließ ihn wirklich erschaudern. Ganz leise und ohne eine Spur von Emotion, erwiderte sie kalt:

„In diese Wohnung kommt weder ein Instrument noch wird hier Musik gespielt. Hier lebe ich und Sophie ist nur geduldet. Vergessen sie das nicht, Clay!“

Er schluckte schwer, irgendwie verlief das Gespräch nicht nach seinen Vorstellungen.

„Was ist denn mit Sophie los? Warum tut sie das…?“ Er versuchte, das Gespräch wieder in eine andere Richtung zu lenken.

Aber sie drehte sich nur einfach um und bemerkte fast wie nebenbei: „Ich habe hier einen Scheck über 30.000 Dollar, sie unterschreiben eine Verschwiegenheitserklärung und die

Sache ist vom Tisch." Das Thema schien für sie abgeschlossen zu sein.

Verdammt, wofür hält sie mich...?

Clay war ziemlich angepisst, seine Wut über ihr Verhalten gab ihm wieder Aufwind. Er machte sich in einem etwas lauteren Tonfall Luft: „Wofür halten sie mich eigentlich? Ich bin hier um zu vermitteln! Ich bin an ihnen überhaupt nicht interessiert, ihre Schwester braucht Hilfe und sie wissen das. Ich brauche ihr verdammtes Geld nicht! Ich habe selbst genug und wissen sie was, es macht nicht wirklich glücklich!"

Sie hielt im Schritt inne. Langsam drehte sie sich um und musterte ihn ruhig. Ihr Blick war von einer gewissen Bewunderung und Skepsis.

„Deswegen sind sie hier? Sind sie so eine Art Samariter? Ich habe noch nie erlebt, dass sich jemand für uns als Mensch interessiert hat, es ging immer nur ums Geld. Und sie machen doch hier wohl keine Ausnahme? Reichen ihnen 30.000 Dollar nicht, wollen Sie mehr? 50.000 Dollar? Kein Problem, ich schreibe einen Scheck aus..."

Clay platzte der Kragen: „ Stecken Sie sich doch ihr Scheiß Geld wohin, sie haben überhaupt nicht kapiert, was ich hier will und das ist traurig, immerhin geht es um ihre Schwester. Sie ist wirklich ein außergewöhnliches Mädchen. Ich möchte ihr helfen und ihr Geld ist mir dabei scheißegal!"

Clay drehte sich um und stapfte wütend aus der Designerküche Richtung Ausgang, er fühlte sich komplett missverstanden.

Sollen die doch ihr Problem selbst in den Griff bekommen...

Er spürte ihren Blick in seinem Rücken. „Warten sie...!“ Sie sagte es nur ganz leise. Aber er hörte sie. Er blieb stehen, drehte sich aber nicht um. Es kribbelte wieder im Rücken.

„Sophie ist traumatisiert, sie reagiert nicht normal auf ihre Mitmenschen, sie lebt in einer Welt, zu der nur wenige Zugang finden.“

„Ich leider auch nicht...“, fügte sie nach einer Pause entschuldigend dazu. „Sie sind der erste, mit dem sie nach langer Zeit spricht. Ich weiß nicht warum, aber scheinbar haben sie ihr Vertrauen gewonnen. Ich wollte sie nicht beleidigen, aber ich habe bisher nur Abzocker erlebt, die aus irgendeiner verdammten Information oder einem Foto Kapital schlagen wollen, vielleicht sind sie doch nicht so. Es wäre auch für mich etwas Neues...“

„Ich habe mir Sorgen gemacht“, Michael drehte sich wieder zu ihr um, sie war dicht bei ihm und er erkannte so etwas wie Bedauern in ihrem Gesicht, der harte Ausdruck war verschwunden, es war ehrliche Sorge, die er in ihrem Gesicht las, die Augen nicht mehr ganz so eisig, aber immer noch gefährlich glitzernd.

Er blickte sie fest an. „Sie wirkt so verletzlich, als bräuchte sie Hilfe und trotzdem strahlt sie so viel Ruhe und Selbstbewusstsein aus, warum hat sie so eine Wut auf sie?“

„Sie weiß nicht, wie sie mit der Situation und mit mir umgehen soll. Sie lebt nur in der Nacht, wir haben sie tagsüber mit Medikamenten ruhig gestellt. Ihre Wahrnehmung reduziert sich auf das, was sie direkt erlebt, und das ist nicht viel. Sie fühlt sich sicher eingeengt und in ihrem Handlungsspielraum begrenzt, aber es wäre zu gefährlich, sie länger bei Bewusstsein zu lassen, ihre Alpträume bringen sie um. Und ihre Liebe zur Musik stachelt sie zu wirklich unmöglichen Handlungen an", sie schloss die Augen in großer Besorgnis und schüttelte den Kopf. „ Sie haben recht, sie bringt sich in große Gefahr und ich möchte nicht, dass ihr etwas passiert! Wenn sie mit ihr reden können, sagen sie ihr doch, dass sie es unterlassen sollte, in ihr Apartment einzudringen!"

Michael verstand die Welt nicht mehr. Das wollte er doch auch, aber warum sollte er das nun Sophie sagen? Die beiden haben ein wirklich ernstes Problem...

„Mrs. Sherman, ich werde mit Sophie reden, aber sie sollten ernsthaft darüber nachdenken, ob Sophie nicht einer Therapie unterzogen werden sollte." Michael dachte an seine Mutter, die in New York eine anerkannte Psychologin war und das sehr erfolgreich! Sie wäre sicher sehr interessiert in Sophie...

„Mr. Clay, Sophie ist ein komplizierter Fall und glauben sie mir, sie ist bereits in Therapie, die jetzige Situation ist das Ergebnis von vielen Jahren Behandlung. Wir versuchen nur, den Ball möglichst flach zu halten. Sophie entwickelt zumindest eine gewisse Lebenslust und das ist schon wesentlich mehr als noch vor ein paar Jahren. Da war sie nicht mehr bereit, am Leben teilzunehmen. Sie sprach nicht mehr und zeigte keinerlei Regungen. Sie war wie im Tagkoma, nur dass sie selbständig laufen, essen und schlafen konnte. Es war erschreckend..."

Eva schloss kurz die Augen, als würde sie sich das Bild vor ihrem inneren Auge wieder ins Bewusstsein holen.

„Wir sehen also ein gutes Ergebnis gezielter Psychotherapie vor uns, auch wenn sie dank Medikamenten nur in der Nacht aktiv ist. Einer der besten Psychologen Amerikas und Spezialist für Hypnose kümmert sich um sie, Professor Chris Shelby. Er wird es schaffen, sie wieder zu unserer alten Sophie zu machen, es wird nur sehr lange dauern."

„Sophie wird demnach resozialisiert?" Michael sah sie ungläubig an.

„So könnte man es nennen. Wir arbeiten gerade an einer Strategie, sie wieder in ihr altes Familienschema zu integrieren, aber bisher hat sie mit niemanden gesprochen, sie waren der Erste, mit dem sie sich wieder unterhalten hat."

Michael dachte noch einmal über die Begegnung nach, Sophie wirkte nicht wirklich schüchtern oder irgendwie desorientiert in dieser Nacht. „Was ist ihr passiert, was hat sie so traumatisiert?"

Sherman machte eine kurze Pause, als müsste sie sich sammeln und fuhr dann leise weiter: „Sophie wurde gekidnappt, da war sie gerade mal 15, ein Widerling, der Kinder foltert und grausam tötet. Sie hat wie durch ein Wunder überlebt, war fast ein Jahr lang seine Sexsklavin. Wir wissen kaum Details, denn sie sprach fast ein Jahr lang nicht mit uns, bevor sie von Shelby in einen anderen Rhythmus versetzt wurde. Sie lebt nun ausschließlich in der Nacht, sie adaptiert diese Zeit als Tagzeit. Damit vermeiden wir die schrecklichen Alpträume, in denen sie sich oft selbst verletzt hat und, wie es scheint, findet sie sich auch wieder gut zurecht."

Sie bedachte ihn mit einem seltsamen Blick, „zumindest scheint sie wieder mit Menschen zu sprechen!"

Michael war zutiefst betroffen. Dieses betörende, aber sehr seltsame Mädchen hatte sich ihm offenbart und er wusste gar nicht, was dies bedeutete! Er blieb stumm. Er schaute die Frau gegenüber nur an und sie musste merken, dass er mit sich rang.

„Bitte, erzählen sie mir, was sie von Sophie wissen. Alles was sie erzählt, möchte ich hören, melden sie sich, zu jeder Zeit." Ihr Blick war intensiv, er ging ihm unter die Haut.

„Natürlich", flüsterte er bedrückt und folgte ihr in den Korridor.

„Einen schönen Abend, Mr. Clay", kam es leise aus ihrem Mund und sie reichte ihm die Hand. „Nehmen sie es mir nicht übel, aber leider gibt es so viele Menschen, die meinen Namen gerne als Schlagzeile in den Gazetten sehen würden. Ich dachte, sie hätten es auf unser Geld abgesehen...! Und ich kann keine Publicity gebrauchen."

„Mrs. Sherman, erstens brauche ich ihr Geld nicht und zweitens habe ich keinerlei Interesse daran, irgendwelche privaten Erkenntnisse weiterzugeben. Ich bin selbst ein sehr privater Mensch und schätze es nicht, wenn mich Leute aushorchen." Seine Stimme hatte wieder eine freundlichere Tonart gefunden, sein Blutdruck war wieder normal. Er schaute sie noch einmal prüfend an, „wenn sie möchten, ich heiße Michael, wir sind schließlich Nachbarn."

„Was für ein Glück, dass sie unser Nachbar sind und kein Paparazzi!“ Sie zauberte sogar ein Lächeln auf ihre Lippen. „Sie dürfen mich Eva nennen...“ und nach einer erwartungsvollen Pause „und ich wäre ihnen trotzdem sehr dankbar, wenn sie auch ohne Geld zu nehmen die Verschwiegenheitserklärung unterschreiben würden, dann kann ich auch gut schlafen in dieser Nacht...“

Michael gefror das Lächeln im Gesicht.

...what the fuck! Diese Frau war knallhart! Und ihr Verhalten unberechenbar. Zuckerbrot und Peitsche, diese Frau verstand ihr Handwerk!

Er tat sein Bestes, die aufflackernde Wut herunterzuschlucken, ganz gelang es ihm nicht, denn seine Stimme war etwas gepresst. „Ok, wo muss ich unterschreiben?“ Er zwang sich zu einem spöttischen Lächeln, er kochte innerlich schon wieder. Sie reichte ihm zwei Seiten Papier mit einem Stift und er hatte sich zumindest so gut unter Kontrolle, dass er sich nichts anmerken ließ. Er kannte diese vorgefertigten Anwaltsschreiben nur zu gut und ohne mit der Wimper zu zucken, setzte er seine Unterschrift auf das Papier. Er hatte sich wieder gefangen, er war ganz Geschäftsmann.

„Reicht das oder brauchst du noch einen Stempel, ...Eva?“ Seine Stimme war eisig.

„Nein, die Unterschrift reicht in diesem Fall, ...Michael“, entgegnete sie ihm zuckersüß, aber er wusste inzwischen, dass sie ganz und gar nicht süß war.

Er fühlte sich irgendwie, als hätte er eine Schlacht verloren während sie ihn aus halbgeöffneten Augen beobachtete, es war eigentlich ein ständiges gegenseitiges Abschätzen. Sie war gefährlich, wie in einem Schachspiel setzt sie ihre Züge immer mit Bedacht. Und während sie den einen ausführte, hatte sie schon die nächsten fünf Züge geplant. Michael fühlte sich von ihr völlig eingenommen, er kam sich vor wie ein Insekt gefangen in der Mitte eines Netzes und die Spinne schaut zu, wie er immer müder wurde im Kampf gegen ihre Spinnfäden. Er nahm sich vor, diese Frau niemals zu unterschätzen.

Michael streckte ihr die Papiere entgegen und versuchte ganz lässig zu wirken. „Ich hoffe, du schläfst heute Nacht gut!"

„Das hoffe ich doch, Michael" verabschiedete sie sich höflich. „Und falls Sophie wieder auftauchen sollte, sag mir Bescheid!"

„Wie kann ich dich denn am besten erreichen?" Sein Blick war fragend. Er war wirklich gespannt, er fragte sich, ob sie ihm wohl seine Telefonnummer geben würde, ein klein wenig richtete sich sein angeschlagenes Selbstbewusstsein wieder auf....

Sie zögerte kurz. „Ich sende dir eine Mail mit meiner Mobilnummer." Er fragte lieber nicht mehr, woher sie seine Emailadresse hatte...

Seine Gedanken rasten, als er zum Lift zurückging. Einen Teilsieg hat er zumindest davon getragen. Was wollte er eigentlich, er war doch nicht wegen ihr hier? Wieso fühlte er sich wie ein sprachloser, verliebter Teenager, wenn er in ihrer Nähe war? Er war verwirrt. Eva war ganz und gar nicht sein Geschmack, was Frauen angeht. Sie war so arrogant und viel zu künstlich, unnahbar. Aber sie hatte einen Zauber, der ihn wie einen feinen Nebel umfasste, der ihn gefangen nahm. Es war, als würde sie ihn verhexen!

Diese Augen, dieser Mund..., der Zauber hielt sogar noch so lange an, bis er die Türe in seinem Apartment öffnete. Zoe stand schon dort und nahm ihm das Jackett ab. Endlich war er wieder Herr der Lage, er atmete tief durch.

Kapitel 5

Er wachte von seinem eigenen Schrei auf. Schweißgebadet und schwer atmend richtete Michael sich auf und versuchte mit den Augen seine Umgebung zu erkennen. Müde rieb er sich die Augen. Er hatte wieder einen Albtraum, einen besonders Schrecklichen, der ihn körperlich schwer zu schaffen machte und natürlich hatte er wieder mit dem Unfall seiner Frau zu tun. Die Uhr zeigte 2.00 Uhr nachts, noch viel zu früh, um aufzustehen und viel zu spät, um einen Whiskey zu trinken. Es graute ihm vor seinem eigenen Bett.

Er stand auf und schlenderte in seinen Pyjamahosen ins Wohnzimmer. Mit jedem Schritt versuchte er, die grauenhaften Bilder aus seinem Kopf zu löschen. Sein Blick fiel auf das Piano. Es wartete jede Nacht geduldig auf ihn. Er dimmte die Stehlampe und setzte sich auf die mit schwarzem Samt bezogene Klavierbank. Er saß eine Zeit lang so da, und dachte daran, wie glücklich er sein könnte, wäre dieser verdammte Fahrer des Trucks nicht eingeschlafen. Er konnte nichts tun, damals wie heute. Er schloss die Augen, legte die Finger auf die vertraute Tastatur und fing an zu spielen. Es war eine langsame, traurige Melodie und sie nahm ihn mit auf seine Reise.

Michael schwebte inmitten der weichen Klänge, als er ein Klopfen wahrnahm. Ohne innezuhalten, öffnete er die Augen und blickte in die Richtung, aus der das Geräusch kam. Da sah er sie: Sophie stand an der Balkontüre, die diesmal verschlossen war und lächelte verschämt. Er seufzte, hielt inne und setzte sich dann Richtung Balkontüre in Bewegung. Seine Laune besserte sich schlagartig, als er die Türe öffnete und sie so betrachtete: „Se il vous plaît entrer dans... !“ grinste er gut gelaunt und machte eine einladende Bewegung. Sophies Anblick amüsierte ihn; sie hatte einen Hauch von Nichts an, ein weißes Spitzenhemd mit einem weißen passenden Höschen.

Ich muss dem armen Mädchen mal dringend etwas zum Anziehen kaufen...

„Merci, Monsieur le Clay, je apprécie beaucoup“, antwortete sie ihm in feinstem Französisch und er war sprachlos.

Sieh an, sieh an, Sophie enttäuscht nicht.

Kokett stolzierte sie an ihm vorbei, als wäre sie schon Stammgast in seinem Wohnzimmer und deutete auf den Flügel.

„Du spielst schon wieder solch traurige Musik. Ich kenne das Stück gar nicht, aber es ist wunderschön!“

„*Die fabelhafte Welt der Amelie*, das kennt wirklich nicht jeder“, erklärte Michael ihr, „aber meine Frau hörte es so gerne, es ist, als wäre sie da, wenn ich es spiele und ich sehe dann ihr lächelndes Gesicht direkt vor mir.“

„Du hast deine Frau wohl sehr geliebt“, Sophie sah ihm ernst in die Augen und, als könne sie seine Gedanken lesen, fragte sie: „Ist sie tot?“

„Ja“, Michael sah sie nachdenklich an, „seit einem Jahr.“

„Deswegen spielst du so traurige Lieder.“ Es entstand eine Pause. „Spielst du es nochmal, diesmal für mich?“ Michael hielt den Atem an. Sie sah ihn erwartungsvoll an, langsam atmete er wieder aus. „Ok“, kam es zögernd, „einmal, nur für dich!“

Sie strahlte, als hätte er ihr ein besonderes Geschenk gemacht. Er schüttelte lächelnd den Kopf, setzte sich wieder auf den Hocker und fing an zu spielen. Sophie lauschte andächtig, zwischendurch schloss sie die Augen, als würde sie sich konzentrieren. Beim letzten Ton öffnete sie die Augen wieder, ihr Blick war dunkel und weich. Michael nahm während des Spiels nicht den Blick von ihr, er musste nicht auf die Tasten schauen.

„Es ist wirklich wunderschön!“ Er genoss ihre Freude und die angenehme Stimmung, als er auf einmal ein schüchternes Lächeln in ihrem Gesicht bemerkte. „Was ist?“ Er hob fragend eine Augenbraue.

„Spielst du noch ein anderes Lied für mich, bitte?“ Sophie legte ihre Handflächen vor ihrer Brust aneinander, um ihre Bitte zu unterstreichen, sie war ganz begeistert von ihrer Idee. Jetzt strahlte sie über das ganze Gesicht. „Diesmal ein Fröhliches?“

Michael blickte sie nachdenklich an, Sophie war wirklich wie ein Kind, aber er fand sie gerade dadurch erfrischend, direkt, liebenswert. Dankbar und gut gelaunt lächelte er zurück. „Was möchtest du denn hören?“

„Spiele etwas, worauf man tanzen kann...!“

Er stutzte, diese Art von Repertoire war ihm seit seiner Jugend kaum mehr geläufig. Aber dann hatte er eine Idee. Er rückte sich aufwendig auf den Stuhl zurück, wedelte mit den Händen, als würde er den Stoff eines unsichtbaren Fracks vom Sitz fegen und nickte todernst und konzentriert wie ein Pianist auf einem Konzert kurz in ihre Richtung. Sie kicherte belustigt. Schließlich fing er mit einem Du-wolltest-es-ja-nicht-anders-Blick an, schwungvoll in die Tasten zu greifen. Sophie fing schon bei den ersten Tönen an zu grinsen und schließlich lauthals an zu lachen.

„Stopp“, prustete sie, immer noch lachend, „stopp bitte sofort!“

Michael hielt inne, er wusste nicht, wieso er stoppen sollte, aber als er sie so rundheraus lachen sah, fragte er sich ernsthaft, ob er vielleicht doch nicht so ganz ihren Geschmack getroffen hatte oder nur in den Pyjamahosen einfach lächerlich am Klavier aussah. Ihre natürliche Schönheit war umwerfend, wenn sie so frei lachte.

Sophie kam noch immer lachend auf ihn zu, bis sie direkt vor ihm stand. Sie beugte sich belustigt vor. „Du spielst den Ungarischen Tanz von Brahms alleine? Tanzt du auch immer alleine? Es geht, aber es hört es sich leer an!“

Michael war jetzt doch überrascht, er kannte es gar nicht anders. „Das Stück ist vierhändig und gehört auch so gespielt“, erklärte sie ihm auf seinen fragenden Blick.

Michael verstand die Welt nicht mehr. Sie wurde wieder ernst und rutschte rechts neben ihn auf den Klavierstuhl. „Du bist Secondo und nimmst das linke Pedal, achte auf meinen Einsatz, dann fangen wir zusammen nochmal an.“

Sie wusste genau, was sie tat und Michael war von ihrem Selbstbewusstsein beeindruckt. Er spürte ihre nackten weichen Oberschenkel dicht neben seinen. Die Schultern berührten sich leicht. Unter dem Hemdchen zeichneten sich die Knospen ihrer Brüste ab. Ihre Nähe fühlte sich wunderbar an, er genoss ihre Wärme.

„Ich habe das Stück noch nie vierhändig gespielt…", protestierte Michael schwach.

„Dann wird es allerhöchste Zeit", kam es prompt zurück und sie duldete keinen Widerspruch.

Sophies Augen leuchteten, Michael studierte sie fassungslos. Sie meinte es ernst, sie wollte mit ihm hier mitten in der Nacht das Stück von Brahms vierhändig einstudieren. Sie erhob ihre Hände, nickte ihm aufmunternd zu und schon erklangen die ersten Töne. Michael war elektrisiert. Fast automatisch stimmte er in ihre Klänge ein. Es war gar nicht so schwer, er musste nur die erste Stimme spielen, die er ja schon kannte und sie umspielte die Melodie mit einer Sicherheit, die ihn zutiefst beeindruckte. Nur manchmal musste sie ihn korrigieren. Sie passte sich jeweils seiner Geschwindigkeit an und reagierte selbst auf kleine Unsicherheiten, um auszugleichen. Sie hatte ein unglaubliches Gespür für die Musik, ihr Anschlag war so weich wie ihre Lippen. Michael konnte auf Anhieb erkennen, welch eine Meisterin sie am Klavier war. Und ihre Freude am Musizieren war ansteckend. Sie wiederholten das Stück noch ein paar Mal, bis Sophie sich zufrieden zu ihm umdrehte und glücklich strahlte. „Ab jetzt nur noch fröhliche Stücke, versprochen?"

„Wenn du mir noch ein paar beibringst!" Der Schalk in Michaels Stimme ließ sie wieder lachen.

„Wenn wir in dem Tempo weitermachen, werden selbst mir die lustigen Lieder bald ausgehen!“

Beide grinsten sich an und die Atmosphäre war geladen mit positiver Energie. Michael empfand eine tiefe Freude, dass Sophie hier war. Sie war ein quirliger blonder Engel mit ansteckender Fröhlichkeit. Sie tat ihm einfach gut. Er hoffte nur, dass er auch die gleiche Wirkung auf sie hatte, denn sein Humor hatte in den letzten Monaten schwer gelitten.

Unglaublich, was ihm Eva heute über sie erzählte hatte. Der Gedanke daran ließ sein Lächeln gefrieren. Sophie bemerkte wohl seinen Stimmungswandel, denn sie wollte sofort von ihm wissen, woran er denn jetzt denken würde.

„Eva erzählte mir heute von deiner Vergangenheit, Sophie!“ Er antwortete wahrheitsgemäß. Er bereute es auch schon, davon angefangen zu haben, denn die schöne Stimmung war wie weggeblasen. Sie drehte sich weg von ihm und schluckte.

„Eva weiß gar nichts“, kam es trotzig aus ihrem Mund. „Ich habe mit ihr noch nie richtig gesprochen…“

„Nun, sie hat auch das erwähnt, aber der grobe Kern der Geschichte…“, Michael wurde von ihrem heftigen Ausbruch jäh unterbrochen. Sie sprang vom Hocker auf.

„Sie hat keine Ahnung, aber sie behandelt mich, als wäre ich der letzte Dreck, dabei bin ich immer noch ein Mensch, auch nach allem, was passiert ist. Ich kann immer noch denken, fühlen, lieben…“ Ihre Stimme wurde lauter, ihr Gesicht bekam einen wütenden Ausdruck, ihre Hände waren zu Fäusten geballt.

Sie sieht selbst wütend noch richtig süß aus! Michael wunderte sich über seine Gedanken und die Richtung, in die sie gingen. Sie schaute Michael trotzig an. „Und ich werde genau das tun, ob sie es will oder nicht!"

Ihre Augen glänzten vor Emotion, ihre Lippen schürzten sich leicht wie zum Trotz und ihre Stimme vibrierte. Wie sie da so stand im Halbdunkel, war sie einfach nur hinreißend. Michael musste schlucken. Was für ein Mädchen, ihr starker Wille war spürbar, sie wollte aus der Situation ausbrechen, ihre wilde Entschlossenheit war fast greifbar.

„Sophie", beruhigte sie Michael, „du bist ein außergewöhnlicher Mensch und ich weiß, dass du deinen Weg gehen wirst. Ich bin ganz sicher, dass dir Eva dabei keine Steine in den Weg legen wird. Sie ist nur für dich verantwortlich, solange du noch so jung bist. Sie kümmert sich wirklich sehr um dich und schließlich darfst du nicht vergessen, auch sie hat ihre Eltern verloren!" Er sah, dass Sie anfing, nachzudenken. Sie blickte ihn mit ihren klugen Augen aufmerksam an, die goldenen Sprenkel funkelten.

„Du solltest dir vielleicht mal etwas Hübsches anziehen, ausgehen und junge Männer kennen lernen. So lange du im Nachtzeug mit deinem alten Nachbarn flirtest, wirst du nicht weit kommen…!"

Dabei blickte er ihr todernst in die Augen. Ihr Mund ging auf und wieder zu. Ungläubig schaute sie ihn an. „Ich flirte nicht mit dir", entgegnete sie erbost, doch Michael fing schon an zu grinsen. Da lachte sie ebenfalls und setzte sich wieder an seine Seite.

„Ich bringe meinem alten Nachbarn nur bei, wie man richtig Klavier spielt", gluckste sie und mit dem Versuch eines strengen Seitenblicks in seine Richtung wie bei einer Klavierlehrerin fing sie nochmals an, das Stück mit ihm zu üben.

Beide genossen die Nähe des anderen und den Spaß an der Musik. Michael wollte die Stimmung nicht schon wieder kippen lassen und fragte nicht weiter nach. Trotzdem interessierte ihn, woher Sophie so spielen gelernt hat. Sie musste es seit frühester Kindheit tun, denn Michael war selbst ein versierter Klavierspieler, aber letztendlich reichte es zum Üben immer nur für ein paar Stunden in der Woche, Sophie dagegen musste ein halbes Leben am Klavier verbracht haben. Als beide innehielten, traute er sich zu fragen. Sophie bekam sofort wieder ihren nachdenklichen Blick.

„Meine Eltern waren beide Musiker. Mein Vater ein berühmter Dirigent und Komponist, meine Mutter war eine russische Stargeigerin. Beide konnten mehrere Instrumente, aber gerade das Klavier spielte eine zentrale Rolle. Wir Kinder mussten schon früh lernen, wie man damit umgeht. Mit vier Jahren spielte ich schon meine ersten Stücke auf dem Klavier, mit sechs auf der Geige. Mit neun Jahren komponierte ich bereits meine ersten Sonaten. Mit elf Jahren gewann ich den Preis für die beste Nachwuchsgeigerin und bekam in der Royal Albert Hall einen Music Award überreicht. Mein Leben war geprägt von Musik und viel Üben. Es blieb nicht viel Zeit für eine Kindheit, wie du sie vielleicht kennst. Aber ich wollte das so, es war mein Leben, meine Leidenschaft. Und ich hatte das besondere Talent, alles sehr einfach zu erlernen. Ich war einfach dazu auserwählt! Auch Fremdsprachen, in unsere Familie wurden mehrere Sprachen gesprochen, das bekamen wir einfach so für das Leben geschenkt. Meiner Schwester fiel das alles nicht so leicht. Sie hatte wohl andere Talente…"

Ihr Blick schweifte wieder in die Ferne und fixierten dort einen Punkt, ihre Stimme wurde leiser. „Wir sind so verschieden…." Michael traute sich fast nicht zu atmen, so lange hatte sie noch nie am Stück gesprochen.

„Ich denke, es ist Zeit, um wieder zurück ins Bett zu gehen." Michael stand auf, er war müde und er wollte das Thema nicht wieder auf Eva bringen. „Es war ein schöner Abend, ich habe wirklich viel gelernt". Lächelnd reichte er ihr die Hand und geleitete sie wie ein Gentleman zur Tür. Kichernd ließ sie sich die theatralische Geste gefallen und blieb noch kurz an der Lifttür stehen.

„Wenn du so weiterübst, wird aus dir vielleicht doch noch ein erfolgreicher Klavierspieler…" Sie zwinkerte mit den Augen. Michael schaute ihr mit todernster Miene ins Gesicht. „Dann werde ich auch endlich mal richtig Geld verdienen!"

Beide lachten, es war so befreiend. Er drückte die PIN, da kam ihm ein Gedanke. „Sophie" hielt er nochmal kurz inne, „verrätst mir, wie alt du bist?"

Sophie dachte kurz nach und nach einer halben Ewigkeit meinte sie: „Siebzehn glaube ich, denn ich kann mich an meinen achtzehnten Geburtstag nicht erinnern." Sie senkte den Kopf, „und bald ist Juli, da werde ich achtzehn."

Michael schloss kurz die Augen. Wirklich überrascht war er nicht, aber er war trotzdem beunruhigt. So ein junges Ding, mein Gott, andere Mädchen in ihrem Alter waren da mit ganz anderen Wassern gewaschen, sie wirkte immer noch so – unschuldig! Und trotzdem musste sie durch die Hölle gegangen sein. Er fühlte sich so hingezogen, so fasziniert von ihr. Diese beiden Schwestern gehen ihm wirklich unter die Haut, jede auf ihre Weise. Sein Leben hatte seit kurzem eine komplett neue Wendung genommen. Und Michael war ihr wirklich sehr dankbar dafür.

Er strich ihr eine Locke ihres weichen goldenen Haares hinter das Ohr. „Gute Nacht, Sophie“ flüsterte er zärtlich wie zu einer Tochter und prompt umarmte sie ihn kurz. „Bonne niut!“ lachte sie keck und lief in den Lift. Er lachte ihr hinterher und spontan kam ihm eine Idee: „Möchtest du mal tanzen gehen?“

Ihr Gesicht erstrahlte. „Ja, das würde ich liebend gerne!“

„Ich werde mal sehen, was sich machen lässt…“, zwinkerte er und schließlich verwehrte ihm die Lifttüre den weiteren Blick auf ihr wunderschönes, lächelndes Gesicht.

Kapitel 6

Verschwitzt und mit sich zufrieden stellte Michael Clay die Wasserflasche auf die Küchentheke. Er hatte eine Stunde Workout hinter sich mit seinem Personaltrainer und konnte sogar noch eine extra Runde drauf legen. Sein Trainer Harry war ziemlich überrascht, mit welcher Energie er heute die Gewichte jonglierte. Er sagte nichts, aber er grinste zum Abschied und fragte, ob alles in Ordnung sei. Michael verkniff sich eine Antwort, aber er musste auch gar nichts sagen, die Menschen um ihn herum schienen irgendwie wahrzunehmen, dass sich die dunkle Wolke über seinem Kopf, die er so lange mit sich trug, verzogen hatte und die Sonne wieder ein wenig Licht in sein Gesicht warf. Die Reaktion von Harry war nicht die einzige dieser Art. Zoe blinzelte ihn heute Morgen auch schon in dieser verräterischen Ich-weiß-was-aber-ich-sage-es-nicht-Art an.

„Frühstück wie immer, Mr. Clay?" Sie strahlte über das ganze runde Gesicht. Er nickte, „ich gehe noch schnell unter die Dusche, so in 20 Minuten?"

„Aber sicher, Sir!" Damit machte sie sich an die Arbeit.

Im Vorbeigehen fiel sein Blick auf sein Smartphone auf dem Küchentisch. Der Hinweis auf eine neu angekommene Email um 6.35 mit einer unterdrückten Rufnummer leuchtete auf. Neugierig öffnete er es, denn so früh ist normalerweise noch niemand im Office, geschweige denn jemand mit unterdrücktem Absender, und erkannte am Inhalt die Herkunft, es war von Eva.

Sie hatte ihm ihre Handynummer und ihre Emailadresse mitgeteilt, mehr nicht. Kurz und bündig, wie könnte es anders sein.

Er beschloss, sie später mal anzurufen, denn er wollte mit ihr seine Idee besprechen, aber jetzt wartete erst einmal die Dusche!

Frisch gewaschen erschien er zurück am Frühstückstisch, im tadellos gebügelten weißen Hemd, mit Weste und Hose und sorgfältig gebundener Krawatte. Ganz der gut aussehende, erfolgreiche CEO, den er perfekt darstellte. Er war noch damit beschäftigt, die Manschettenknöpfe an den Ärmeln zu befestigen, da servierte ihm Zoe schon ein dampfendes Rührei mit knusprigem Speck. Er setzte sich lässig auf den Barhocker und lächelte seine Hausdame dankbar an. „Sie sind ein Schatz, Zoe“, flirtete er locker und Zoes Lächeln war eine Mischung aus Stolz und Verlegenheit.

„Für sie tue ich das doch gerne, Mr. Clay!“ Sie meinte es ehrlich, wie sie immer alles ehrlich meinte. Er war sehr froh, jemand wie Zoe zu haben.

„Ich möchte nur, dass sie wissen, wie sehr ich ihre Arbeit schätze. Sie sind für mich eine große Hilfe!“

„Das ehrt mich sehr, Sir!“ Und weil ihr das Ganze sehr peinlich war, drehte sie sich schnell wieder um und klapperte laut mit dem Geschirr in der Spüle. Michael lächelte in sich hinein. *Gutes Mädchen…*

Er schaffte es, den ganzen Teller leer zu essen und ließ eine glückliche Zoe in der Küche zurück. Energisch schnappte er sich sein Jackett und machte sich mit schnellem Schritt seiner langen Beine auf Richtung Lift. Theo stand schon dort und hatte ihn angefordert. Im Auto zog er zuerst sein Handy noch vor dem Notebook heraus und speicherte Evas Nummer aus der Email ab. Gerade als Theo aus der Parkgarage fuhr, wählte er ihre Nummer.

Ohne ihren Namen zu sagen, nahm sie ab. „Guten Morgen, Michael!" Als hätte sie auf seinen Anruf gewartet. Er war einmal mehr überrascht, wie so oft bei ihr. „Guten Morgen, Eva! Schon ziemlich früh wach morgens?"

„Ich bin schon im Office, ich nehme an, du bist auf dem Weg?" Es klang herablassend.

Er verzog das Gesicht, als hätte er auf eine Zitrone gebissen... *irgendwann zahle ich dir das noch heim!*

„Nun, bei meinen ungeplanten nächtlichen Exkursionen muss ich morgens tatsächlich noch ein wenig Schlaf nachholen!" Er klang noch ein wenig verschnupft.

„Oh, war Sophie schon wieder bei dir?" Und er konnte ein wenig Neugier heraushören.

„Ja und sie hat mir Klavierunterricht gegeben. Sie ist wirklich ein sehr talentiertes Mädchen!" Er musste sich ein Grinsen verkneifen, als er an die witzige Auseinandersetzung dachte.

„In jeder Hinsicht, Michael!" Sein Grinsen gefror. Er schluckte, das klang, als würde sie genau wissen, zu was Sophie in der Lage ist. Er musste herausfinden, was jeder über den anderen weiß. Irgendwie fand er das sehr – spannend!

„Eva, ich würde gerne mit Sophie heute Nacht tanzen gehen. Ich kenne einen Club in der Nähe unseres Apartments, dort würde ich gerne mit ihr hin." Er konnte hören, wie sie am anderen Ende der Leitung scharf die Luft einsog.

Ich habe sie überrumpelt...

Nach einer kurzen Pause kam nur eine knappe Anweisung: „Um 4.00 Uhr seid ihr wieder zuhause. Cathy kommt mit. Kein Kontakt zu Fremden." Michael schnappte überrascht nach Luft, *was ist das denn?*

„Eva, ich bin auch dabei. Ich kann auf sie aufpassen!"

„Cathy kommt mit oder wir lassen es." Wut stieg in ihm hoch, aber wenn er jetzt nicht mitspielte, würde sie es sich vielleicht noch anders überlegen. Er atmete noch einmal tief durch und stimmte ein: „Ok, ich werde um 4.00 Uhr wieder zurück sein. Kann Cathy sie um 1.30 Uhr zu mir an die Tür bringen?"

„Sie wird dort sein." Stille am anderen Ende der Leitung.

Michael merkte, dass sie noch mit sich rang. „Eva!"

„Was noch?" Der Klang war kalt.

„Kannst du dafür sorgen, dass Sophie diesmal etwas mehr an hat als Hemd und Höschen?"

Ein spöttisches Schnauben war deutlich zu hören. „Ja, sie wird etwas Passendes tragen."

„Danke..." mehr brauchte er nicht zu sagen, denn sie hatte schon aufgelegt.

Ein unangenehmer Gedanke kam ihm, verwarf ihn aber gleich wieder. Nein, Eifersucht sollte sie nicht empfinden, er war sich noch nicht mal sicher, ob Eva überhaupt so etwas wie eine Empfindung haben könnte. *Welcher Teufel reitet diese Frau nur?* Er starrte auf das verstummte Telefon, als könne er dort die Antwort lesen, aber es machte keinen Mucks.

Als er heute in sein Büro kam, war Melinda schon dabei, seine Unterschriftenmappe für den heutigen Tag fertig zu machen. Es war Ende des Monats, da mussten noch einige Ausgaben genehmigt werden. „Stellen sie sich vor Mr. Clay, heute kam per Kurier eine Einladung einer großen Wirtschaftszeitung für eine Veranstaltung in New York. Sie findet nächsten Samstag statt. Scheinbar ist Diskretion oberstes Gebot, ich musste den Brief persönlich entgegen nehmen. Wissen Sie etwas davon?"

Michael war überrascht, es gab eine jährliche Zusammenkunft der innovativsten Unternehmer Amerikas, die von einem New Yorker Magazin organisiert wurde, aber er wusste nicht, dass er schon dazu zählte. Es war fast eine Ehre, dazu eingeladen zu werden. Aber warum so kurzfristig? Könnte wegen der Vorsichtsmaßnahmen sein, die geladenen Leute meiden gerne die Öffentlichkeit. Er runzelte die Stirn, er wollte sowieso seine Mutter in New York besuchen, warum nicht. Er hasste Treffen und Veranstaltungen, aber ein paar Wichtige mussten sein, schließlich lernt man dort auch wichtige Menschen kennen. Leider stand er zu oft und zu schnell im Mittelpunkt der weiblichen Interessen, als reicher und noch dazu attraktiver Single wird man zum Freiwild. Er hatte für diese Art Frauen einfach nichts übrig. Er hoffte, dass sich vielleicht zu dieser Veranstaltung weniger Frauen mit festen Absichten verirrten.

Melinda riss ihn aus seiner Gedankenwelt. „Soll ich zusagen und den Kurier um Abholung bitten?“ Sie war ganz die geflissentliche Sekretärin. „Ja, bitte melden sie mich an und geben sie der Flugzeugcrew Bescheid, Theo soll einen Wagen in New York organisieren. Bitte auch ein Hotel, ich bleibe bis Sonntagabend.“ „Einen Blumenstrauß für ihre Mutter?“ Melinda dachte aber auch an alles. Er blinzelte die clevere Melinda verschwörerisch an und sie nickte nur zufrieden. „Wird gemacht, Mr. Clay...“

Er drehte sich um und wollte gerade durch die Tür, da fiel ihm noch etwas ein. „Melinda, versuchen sie doch mal über unsere Research Abteilung sämtliche Daten über eine bestimmte Person herauszufinden. Der Name ist Eva Sherman.“

„Geschäftlich? Nur damit ich weiß, wonach wir suchen müssen“, fügte sie noch schnell dazu.

Michael grinste. „Alles, was sie rauskriegen können...“ und verschwand hinter seiner Tür.

***

Der Tag verlief sehr zu Clays Zufriedenheit. Die schriftliche Zusage der Barclays Bank zur Beteiligung am neuen Logistikcenter kam an diesem Morgen auf seinen Tisch und er bedankte sich nochmals bei seinem engsten Managementkreis für die Unterstützung bei diesem Vorhaben. Dabei gab er auch grünes Licht für die Ausschreibung, um sie einem Architekten zu übergeben. Er freute sich auf das Projekt und den positiven Effekt auf die Gewinnstrategie von Megabit. Vielleicht sollte er vorsorglich noch ein paar Aktien kaufen...

Aber er schüttelte den Kopf, er ist kein Zocker, mit dem Verkauf der neuen Firma wird er noch genug Geld verdienen und hier liegt auch seine Kernkompetenz. Er rief sein Team zu sich und besprach mit ihnen den Inhalt der Ausschreibung.

Er war um halb acht Uhr mit allen Punkten durch, seine Leute hatten bis jetzt durchgehalten, um alle Unterlagen bis kommende Woche fertig zu bekommen. Sie verabschiedeten sich und Michael packte seinen Sachen in die Aktentasche. Melinda erwartete ihn bereits im Vorzimmer.

„Ein schönes Wochenende noch, Mr. Clay. Und dies wollte ich ihnen noch persönlich geben, es sind ihre gewünschten Unterlagen zu Mrs. Sherman." Sie zwinkerte verschwörerisch, „eine außergewöhnlich attraktive Dame." Michael zögerte kurz, dann nahm er ihr die Mappe aus der Hand.

Was haben die Leute in letzter Zeit bloß alle...

„Vielen Dank, Melinda." Er blieb stehen und nahm die Mappe an sich, dann sah er sie nachdenklich an und murmelte: *„Wen Helena paralysiert, der kommt so leicht nicht zu Verstande."* Melinda sah ihn an, als hätte er eben gerade diesen verloren und er musste lächeln über ihren verständnislosen Gesichtsausdruck. „Das war ein Zitat von Johann Wolfgang von Goethe - und der musste es ja wissen...!“ Melindas offener Mund amüsierte ihn prächtig!

Als der schwere SUV gemächlich Richtung Penthouse fuhr, öffnete Michael die Mappe und blätterte in den gedruckten Papieren, die seine Leute für ihn aus dem Netz gefischt haben. Zuvorderst sah man ein Bild von ihr, das wohl das einzig offizielle Bild ist, das es von ihr gibt. Es war wie ein Passbild, ganz sicher war es auch von den Behörden ausgestellt. Sie war eindeutig erkennbar, der schwarze akkurat frisierte Bob, die großen blauen Augen und die dunkel umränderten Augen. Sonst gab es keinerlei Fotos von ihr, sehr kamerascheu, die Lady. Keine Hinweise auf ihr Alter oder ihren Wohnsitz, lediglich die Beteiligungen an einigen Firmen waren zu finden, ansonsten gab sich Eva sehr bedeckt, was ihre Einkommensquellen betraf, keine Interviews, keine Skandale, keine Liebschaften. Ihr wurden gute Kontakte zum FBI nachgesagt, das konnte aber auch mit der Entwicklung einer Sicherheitssoftware zusammenhängen, die eine ihrer Softwareunternehmen für das FBI entwickelte. Heute schien sie ihr Geld hauptsächlich mit Aktien zu verdienen, jedenfalls war sie öfter in Zeitungsausschnitten erwähnt, die immer von größeren Aktienkäufen oder -verkäufen berichteten.

Etwas machte ihn stutzig: er fand ausschließlich Aktivitäten Evas ab etwa dem 20. Lebensjahr, vorher fand sich - nichts! Normalerweise ließen sich Geburtsdatum, -ort und Abstammung bei den Behörden abfragen, aber da fand sich nichts in den Akten. Eva musste gute Kontakte zum FBI haben, sehr gute...

Ich werde sie einfach mal danach fragen...

Er sah ihr Gesicht mit dem eisigen Blick schon vor sich. Es war Michael nicht recht, er war selbst nicht scharf darauf, neugierigen Menschen zu begegnen. Aber er hasste es auch, schlecht informiert zu sein.

Ich werde unsere Mrs. Unnahbar einfach mal zum Essen einladen. Aber wie stellt man das an, sie meidet die Öffentlichkeit wie der Teufel das Weihwasser. Abends oder eher mittags?

Ich werde mir etwas einfallen lassen müssen... Heute Abend jedenfalls werde ich erst einmal Sophie eine Freude machen, ich bin wirklich gespannt, ob ich sie von der Idee, zum Tanzen zu gehen, begeistern kann...

Er musste unwillkürlich lächeln, als er an ihr süßes Kichern vom letzten Abend dachte. Sie schaffte es, seine Traurigkeit zu nehmen, er wusste nicht wie, aber sie lenkte ihn ab. Er schüttelte den Kopf, nein, mit siebzehn Jahren sollte sie wirklich mal ausgehen. Mit ihrer Attraktivität würde sie sicher nicht lange alleine bleiben...

Theo riss ihn aus seinen Gedanken. „Wir sind da, Sir!“ Er parkte den SUV direkt neben der Parkbucht am Lifteingang und stellte den Motor ab. Da fiel Clay noch etwas ein, bevor Theo aus dem Auto springen konnte, um ihm die Tür aufzuhalten. „Sie haben doch mal beim FBI gearbeitet. Haben sie da mit einer Sicherheitssoftware gearbeitet, die aus Mrs. Shermans Firma stammt?“ Theo dachte nach. „Ich habe leider nicht für die innere Sicherheit gearbeitet, aber ich weiß, dass im Kampf gegen Computerkriminalität solche Hackerprogramme und auch Spezialisten eingekauft wurden. Das war aber wiederum eine eigene Abteilung. Wenn sie möchten, kann ich ja mal mit einem alten Kollegen darüber reden."

Michael nickte dankbar. „Ja, es interessiert mich, woher die Dame ihr Geld hat. Sie scheint wirklich sehr...!" Er wollte gerade den Satz beenden, als in diesem Augenblick die schwarze langgezogene Limousine mit dem Stern auftauchte und neben seinem Audi schwungvoll parkte. Cathy sprang hinter dem Steuer hervor und umlief den Wagen, um die Hintertür zu öffnen. Eva wurde sichtbar, sie hatte noch beim Aussteigen ein Handy am Ohr und redete mit einem recht ärgerlichen Gesichtsausdruck, scheinbar war sie ihrem Zuhörer nicht wohlgesonnen. Ihre Worte drangen nicht zu Clay in den Wagen, dazu war er zu stark isoliert. Aber auch so war zu erkennen, dass hier jemand von ihr eine klare Ansage bekam. Cathy riss den Kofferraum auf und holte ein paar schwarze große und kleinere Papiertüten heraus. Diese verteilte sie am Boden vor dem Wagen und zog aus der ersten eine schwarze Lederhose.

Theo und Michael saßen beide stumm in ihrem Auto. Wie auf Kommando hatten sie beide aufgehört zu reden und starrten gebannt der Szene da draußen zu. Vermutlich waren sie so gut wie unsichtbar durch die verdunkelten Scheiben und es deutete nichts daraufhin, dass Eva oder Cathy sie bemerkt hätten. Michael sah, wie sie am Saum ihres Kleides zog, ein schwarzes knielanges Kleid mit tiefem Ausschnitt. Aber der Blickfang war der weiße fast handbreite Gürtel in der Taille, der mit Metallösen und Schnallen verziert war. Dazu trug sie schwarze Riemchenpumps mit Pfennigabsätzen, auf denen frau nur mit viel Übung balancieren konnte. Cathy öffnete die Schnallen an Evas Gürtel und zog ihn vom Kleid. Gleichzeitig zog sich Eva das Kleid mit dem Saum zuerst über ihren Kopf. Beides flog schwungvoll in den Kofferraum.

In diesem Moment stockte Michael der Atem. Was er sah, das hatte er sonst vielleicht auf Fotostrecken in Hochglanzmagazinen gesehen, aber hier unten in der Parkgarage war das eine unerwartete Sensation.

Eva stand neben dem Mercedes in ihren Highheels mit nichts als schimmernden halterlosen Strümpfen, einem Panty der halbmondförmig über ihren bezaubernden Hintern reichte und einem BH, der wie ein Triangel geformt und damit unter dem Kleid unsichtbar war. Die Nähte waren mit raffinierten Schlaufen und Ösen versehen, allein die Wäsche war schon sehr ungewöhnlich und dann auf der Haut dieser Frau! Michaels Mund wurde trocken, er konnte den Blick nicht abwenden. Diese Figur war wirklich nicht in Worte zu fassen, alles an ihr war perfekt, die Schenkel, der herzförmige Po und die schlanke Taille. Dazu noch eine ausgewogene Fülle Busen. Nicht zu viel und nicht zu wenig. Sie war eine Augenweide.

Michael brauchte nicht den Kopf zu drehen, um zu merken, dass auch Theo den Atem anhielt, als hätte er Angst, irgendeiner würde ihn bemerken. Aber die beiden Damen hatten eine ganz andere Beschäftigung: während im Audi die Zeit stehen zu bleiben schien, wurde es draußen hektisch. Eva riss mit der Rechten Cathy die Hose aus der Hand, mit der Linken zog sie einen Schuh nach dem anderen aus. Das Telefon hatte sie aufs Autodach gelegt, wohl mit angeschaltetem Lautsprecher, denn sie redete unaufhörlich weiter.

Vermutlich frägt sie gerade noch die Zahlen aus der Bilanz des letzten Jahres ab... Michael musste unwillkürlich grinsen.

Dabei setzte Eva einen bestrumpften Fuß auf die Ausstiegsleiste des geöffneten Mercedes und rollte erst den einen, dann den anderen Strumpf vom Oberschenkel. Vorsichtig legte sie die Strümpfe Cathy in die Hand. Jetzt schlüpfte sie in die Hose und zog sie über den wohlgeformten Hintern. Sie wackelte noch ein paar Mal mit ihrem Bilderbuch Popo, um den Sitz der hautengen Hose zu optimieren und schloss die Schnallen vorne.

Michael überlegte sich, wie sich ihr Po wohl anfühlen muss, fest oder weich? Sie war auf jeden Fall gut durchtrainiert, sie treibt wohl regelmäßig Sport. Während sie sich so eine Art Korsage überstülpte, sah er ihre Rückenmuskeln arbeiten.

Fein definiert, würde ich sagen. Der Hintern ist sicher fest...Wahnsinn!

Sein Gehirn lief Amok. Er spürte ein Ziehen dort, wo er schon lange nichts mehr gespürt hat. Diese Frau ist Sex pur, sie war wie eine fleischfressende Pflanze, ihr Duft ist süß, aber tödlich. Michael befeuchtete seine trockenen Lippen mit der Zunge.

In diesem Moment bemerkte Eva, dass sie noch ihren BH anhatte, öffnete ihn und zog ihn mit einer flinken Bewegung aus der Korsage heraus über den Kopf und warf ihn lässig Cathy zu. Diese fing ihn auf und packte ihn mit dem Kleid in die leeren Tüten. Jetzt zog sie Stiefel mit Schnürung aus einer der Tüten. Eva öffnete die seitlichen Reißverschlüsse, schlüpfte erst in den einen, dann in den anderen Stiefel und zog einen Reißverschluss nach dem anderen an der Innenseite wieder zu. Sie brauchte die Schnürung gar nicht anzurühren. Währenddessen nahm sie Cathy ein anderes, flacheres Telefon aus der Hand und sprach nun mit diesem, das andere wurde von ihrer Fahrerin wieder vom Autodach geholt.

Eine weitere Tüte barg eine teure Ledertasche mit Fransen und einem Chanel Logo. Cathy räumte den Inhalt der weißen Tasche, mit der Eva gekommen war, in die größere Schwarze. Darunter war auch eine kleine Beretta, Cathy prüfte die Munition, entsicherte, lud einmal durch und sicherte die Waffe wieder.

Michael musste unwillkürlich schlucken. *Diese Frau war wirklich gefährlich...*

Eva legte wohl wieder auf, warf das Handy in die Tasche zu den anderen Sachen und nahm einen Lippenstift heraus. Sie zog die zur Hose perfekt passende Lederjacke an und machte ein paar Schritte auf den Audi zu.

Michael wich erschrocken ein Stück zurück. Konnte sie ihn doch durch das Glas sehen? Erleichtert sah er, dass sie nur die dunkle Scheibe als Spiegel nutzte, um ihren Lippenstift nachzuziehen.

Er saß im Fond seines Wagens und blickte ihr geradewegs in die Augen. Auch sie blickte ihn an und zog mit einer langsamen, sexy Bewegung die leicht geöffneten Lippen nach, danach presste sie die beiden Lippen zusammen und prüfte noch einmal mit einem Blick das Ergebnis.

Michael war wie elektrisiert, sie sah ihm direkt und intensiv in die Augen. Ein Schauer ging durch ihn hindurch. Sie musste ihn sehen, daran gab es gar keinen Zweifel. Sie schaute ihn lange an, viel zu lange und dann plötzlich zwinkerte sie mit einem Auge und damit war es ihm klar, sie wusste die ganze Zeit, dass er im Auto saß. Es hatte ihr also nichts ausgemacht, dass er die ganze Zeit zuschaute, vielleicht war das sogar ihre Absicht...

Du miese kleine Ratte...du hast mich die ganze Zeit verarscht!

Langsam ließ er das elektrische Fenster herunter und versuchte, sich seinen Ärger nicht anmerken zu lassen.

„Nette Show, in Vegas wäre das ein Renner!"

Sie verzog nicht im Geringsten ihre Miene. „Ich hoffe, es hat dir gefallen, ich hatte mir heute extra nette Unterwäsche angezogen!" Ihr Gesicht war unbewegt, aber ihre Stimme hatte wieder diesen spöttischen Unterton, sie war dunkel und beißend, ritzte wie ein Fingernagel über seine Sinne. Ihre Augen funkelten tiefblau. „Ich habe es leider zum Umziehen nicht bis in mein Apartment geschafft!"

„Oh, ich habe Verständnis für dringende Termine..." Michael kam sich einfach nur ertappt vor.

Ich hätte auch gerne mal einen Termin bei dir...

Ohne weiteren Kommentar drehte sie sich um und stolzierte mit den hohen Hacken zu einer dort parkenden Harley. Auf dem Weg stülpte sie sich die Halbschale über den Kopf und rastete den Kinnriemen ein. Sie steckte die Fransentasche in einen der Seitentaschen der Maschine, schwang sich mit einer fließenden Bewegung auf das Bike, drehte am Zündschlüssel, der wohl schon steckte und das Röhren der schweren Maschine donnerte durch das Parkdeck. Mit einem Fuß schob sie den Seitenhalter zurück setzte den Fuß auf den Ganghebel und zog die Kupplung, hart rastete der erste Gang ein. Geschmeidig setzte sie die Krachschüssel in Bewegung. Mit einem lässigen Nicken in Michaels Richtung, der langsam aus dem Auto gestiegen war, jagte sie die Maschine knatternd und rauchend die Rampe hoch. Er sah ihr kopfschüttelnd hinterher.

Wieder einmal hat sie bewiesen, dass sie zu jeder Zeit Herrin der Lage war, ja sogar mit ihm spielte wie die Katze mit der Maus. Und Michaels Selbstbewusstsein stellte sich in der Panik tot, er war wieder einmal mehr seiner gesamten Souveränität beraubt. *Paralysiert..., um mit Goethes Worten zu sprechen.*

Kapitel 7

Der Wecker klingelte ihn um ein Uhr nachts aus dem Bett. *Woah, was für eine Uhrzeit!* Er rieb sich verschlafen die Augen. Vorsorglich hatte Michael den Wecker gestellt, da er nicht sicher sein konnte, von alleine aufzuwachen. Immerhin war ihm ein paar Stunden Schlaf vergönnt – kein Alptraum, kein Whiskey.

Clay, du befindest dich auf dem Weg der Besserung…, stellte er zufrieden fest.

Er kratzte sich an den Brusthaaren, drehte seinen Kopf nach links und rechts und streckte sich. Er war fit, erstaunlich um diese Uhrzeit. Er freute sich aber auch auf den Abend mit Sophie. Mit wenigen Schritten war er im Bad. Im Spiegel sah er ein Gesicht, das ihm schon wesentlich besser gefiel als noch vor ein paar Tagen. Der deutlich geringere Alkoholkonsum ließ seine Augen sofort klarer werden. Das intensive Grau seiner Iris hob sich jetzt deutlich vom Weiß des Augapfels ab. Die schwarzen Wimpern zeichneten die Augenkonturen scharf nach, die markanten Augenbrauen folgten dem Schwung seiner Augen und liefen nach außen in Einzelhärchen aus. Sein Bart bedeckte das untere Drittel seines Gesichts, gerade so viel, dass etwas Haut durchschimmerte. Der 10-Tagesbart gab ihm etwas Verwegenes - und war für ihn sehr praktisch. Er stutzte ihn regelmäßig, denn er wollte keinen Vollbart. Seine Schultern waren vom Kampfsport gut ausgebildet, der Brustkorb wohl proportioniert und seine Bauchmuskeln sichtbar. Eine schlanke Taille und lange Beine ließen ihn gerade im Anzug wie ein Model aussehen.

Er war ein ausgesprochen attraktiver Mann, ein Leckerbissen für Frauen. Aber genau da lag sein Problem. Ein gut aussehender Millionär, der in den Gazetten als heißester Wittwer Amerikas gehandelt wird, tut sich schwer, die richtige Frau zu finden. *Will ich das überhaupt? Gibt es so etwas wirklich noch einmal? Ich hatte sie doch schon einmal gefunden...*

Nachdenklich stieg er in die Dusche. Der kalte Strahl vertrieb seine düsteren Gedanken. Sein Duschgel vertrieb auch noch den Rest an Schlaf, der sich auf seine Haut gelegt hatte.

Prustend stieg er aus der Dusche, trocknete sich ab und wählte eine Jeans mit weißem Hemd. Dazu eine braune Lederjacke, die wie ein Jackett geschnitten war. Sein Haar trocknete er nur mit einem Handtuch, seine Locken bändigte er nur mit den Fingern.

Pünktlich um 1.30 Uhr klingelte die Tür. Michael war gerade in seine Lederschuhe geschlüpft, da kam Sophie mit Cathy im Korridor auf ihn zu. Theo hatte die beiden hereingelassen.

Michael blieb verblüfft stehen. Sophie hatte sich tatsächlich fein gemacht und das Ergebnis erstaunte ihn, kannte er sie doch nur in Hemd und Höschen. Sie trug ein weinrotes Kleid, das sehr tailliert war und ab Hüfte weit ausgestellt. So fiel es in weichen Falten um ihre Knie. Das Oberteil war mit Pailletten im selben Farbton bestickt, es wirkte sehr edel, aber trotzdem schlicht. Es brachte ihre tolle Figur perfekt zur

Geltung. Sie trug keinen Schmuck, nur ihr Haar wellte sich in langen goldenen Locken über ihre Schultern. Sie trug es offen, ein paar kürzere Locken kringelten sich frech an ihren Wangen. Sie hatte nur ein wenig Wimperntusche und einen Lipgloss aufgelegt. Ihre natürliche Schönheit gefiel Michael ungemein. Schüchtern hielt sie eine kleine schwarze Tasche in ihren verknoteten Armen. Es war ihr sichtlich unangenehm, dass Michael sie so unverhohlen musterte.

Er lächelte aufmunternd: „Du siehst wunderschön aus, Sophie! Das Kleid steht dir fantastisch!“

Ein scheues Lächeln umspielte ihren Mund. Vor Verlegenheit starrte sie in den Boden. Michael kam es so vor, als wäre sie angezogen schüchterner als halbnackt, aber vielleicht liegt es auch daran, dass er ihr ein Kompliment machte.

„Hast du keine Jacke dabei?“ Fragte Michael stirnrunzelnd, als er bemerkte, dass sie nur die kleine Tasche hielt. „Ich habe hier noch eine Stola für sie“, meldete sich Cathy aus dem Hintergrund, die bisher noch gar nichts gesagt hatte. Damit gab sich Michael zufrieden und er bot Sophie - ganz Gentleman - den Arm, um sie aus der Wohnung in den Lift zu führen. Theo wartete schon mit den Autoschlüsseln und ein leichtes Lächeln umspielte seinen Mund. Er ließ es sich jedenfalls nicht anmerken, ob er über den nächtlichen Ausflug amüsiert war oder über die Begleitung seines Bosses.

Theo fuhr den schwarzen Audi durch die hell erleuchtete Stadt. Cathy hatte auf dem Beifahrersitz Platz genommen. Sie verhielt sich sehr zurückhaltend, was Michael als sehr angenehm empfand. Überhaupt war sie sehr um Sophie bemüht.

Sophie selbst war die ganze Fahrt über sehr still und sagte kaum etwas. Wie ein Schwamm sog sie die Bilder der Nacht in sich auf und genoss die Abwechslung. Sie schien über irgendetwas nachzudenken, jedenfalls knetete sie nervös ihre Finger. Irgendwann platzte sie dann doch mit einer Frage raus: „Meinst du, ich werde in dem Club jemanden finden, mit dem ich tanzen kann?"

Michael lachte. „Du wirst dich vor Angeboten kaum retten können, so hübsch wie du aussiehst!" Sophie errötete, ihr Blick suchte seine Augen, als würde sie prüfen wollen, ob er die Wahrheit sagt. „Gehst du sonst auch tanzen oder machst du das heute nur wegen mir?"

Michael wurde ernst, sein Blick verklärte sich etwas.

„Sophie, ich gehe sehr selten aus, wenn dann nur, wenn ich unbedingt muss. Ich suche nicht aktiv nach einer Frau, ich wüsste nicht, wonach ich überhaupt suchen sollte."

„Ich brauche vielleicht einfach noch Zeit..., aber ich begleite dich gerne, denn ich finde, du solltest mal einen jungen Mann kennenlernen. Du bist noch so jung, vielleicht bringt dich das ja irgendwie....", Michael rang nach Worten, „... naja, irgendwo weiter."

„Ich will aber keinen Mann kennenlernen, ich will nur tanzen! Ich habe immer mit meiner Schwester getanzt, als wir klein waren. Ich liebe es zu tanzen!"

Und ihr Blick wanderte wieder aus dem Autofenster. Still und mit ihren Gedanken allein brütete sie die restliche Fahrt bis zum Club. Theo hielt an einem Nebeneingang, der nur den prominenten Kunden vorbehalten war. Der Türsteher erkannte seine Reservierung sofort und winkte ihn herein. Theo und Cathy blieben diskret an der Tür zurück, während der Türsteher Michael und Sophie mit einem Wink zu verstehen gab, dass sie ihm folgen sollten.

Das leichte Wummern der Bässe wurde innerhalb des Gebäudes immer lauter, je weiter sie vorangingen. Michael zog Sophie an der Hand hinter sich her. Es war ein schlecht beleuchteter Korridor und mit ihren schwarzen Pumps trippelte sie ihm unsicher nach. Der Türsteher öffnete die letzte Tür und sie standen in einem menschengefüllten großen Raum mit schillernden Lichtern. Laute Stimmen und ein rhythmisches Wummern der Musik überreizten im selben Augenblick alle Sinne. Sophie blieb erschrocken stehen.

„Ich habe eine Nische für uns reserviert, lass uns dorthin gehen, dort ist weniger los!“ schrie Clay ihr ins Ohr, sie nickte nur und folgte ihm bereitwillig. Der Türsteher brachte sie zu einer der wenigen freien Nischen mit Tisch und Lederhockern und winkte der Dame zu, die im knappen Röckchen und pinkfarbenen Top deutlich als Kellnerin zu erkennen war. Michael steckte dem Türsteher noch ein großzügiges Trinkgeld zu und ließ sich in das weiche Leder des Hockers fallen. Die Kellnerin grinste ihn nervös an, ihre Wimpern flatterten, sie war sichtlich beeindruckt von Michaels Erscheinung. Der wiederum schien ihre Nervosität gar nicht zu bemerken, sah nur Sophie an und fragte, was sie trinken möchte.

„Ein Glas Mineralwasser, bitte.“ Michael zog überrascht eine Braue hoch, war das etwa alles? „Ein Flasche Mineralwasser mit zwei Gläsern und eine Flasche Bier!“ Er schrie die

Bestellung der Kellnerin ins Ohr, sie errötete und war blitzschnell verschwunden. Der Lärm war ohrenbetäubend. Die verschiedenen Stücke wurden vom DJ immer mit fantasievollen Übergängen aneinandergereiht, aber der Rhythmus und der hämmernde Bass blieben fast immer gleich.

„Möchtest du auf die Tanzfläche?“ Michael versuchte, Sophie ein wenig zu ermutigen. Sie schaute ihn unsicher an, „wo kann man denn hier tanzen?“

„Mische dich einfach unter die Masse, es ist leider sehr voll hier!“ Sie hielt sich wieder die Ohren zu und blickte unsicher zur Tanzfläche. Die Finger nahm sie nur heraus, wenn sie sich mit Michael unterhielt.

„Ich bleibe hier und beobachte dich, wenn du nicht mehr tanzen magst, kommst du zurück!“

Sophie nickte. „Möchtest du denn nicht tanzen?“

„Ich bleibe lieber hier, wenn ich mit dir tanze, lernst du niemanden kennen! Außerdem kann ich so auf deine Tasche aufpassen...!“

Langsam stand sie auf und wandte sich der wogenden Masse zu. Die Lichter und der künstliche Nebel ließen die Leiber der Menschen unwirklich zucken. Sie stellte sich an eine der Abtrennungen und zögerte noch, sich unter die tobende Masse zu mischen. Da stellte sich ein junger Mann direkt neben sie und schrie ihr etwas ins Ohr, Sophie zog die Finger heraus und sagte etwas. Der junge Mann nahm ihre Hand und zog sie auf die Tanzfläche. Sophie schaute sehr ernst und aufgeregt zu Michael zurück oder dort, wo sie ihn vermutete. Sehen konnte sie ihn wahrscheinlich nicht.

Gut, das hätten wir also mal geschafft....

Michael war erleichtert, dass er nicht mit Sophie auf die Tanzfläche musste, sondern der junge blonde Mann auftauchte und diesen Part übernahm.

Der Blonde war nur noch als wild hüpfender Haarschopf zu sehen, während Sophie noch bewegungslos in der Menge stand. Der junge Mann lachte sie ermunternd an. Nach ein paar Sekunden drehte sie sich wieder um und lief die Stufe zur Abtrennung wieder hoch. Blondschopf bemerkte dies und folgte ihr.

Wieder sprach er auf sie ein, Sophie erwiderte etwas und schüttelte den Kopf. Der junge Mann lachte lauthals und schüttelte ebenfalls den Kopf, dann stürzte er sich alleine wieder in die wogende Menge. Sophie drückte sich wieder den Finger in die Ohren und schaute in Michaels Richtung. Langsam kämpfte sie sich durch die stehenden Menschen zu ihm zurück.

Michael reichte ihr das Glas Wasser, das sie dankbar nahm und daran nippte. Sie schaute ihn nicht an. Er wollte auch nicht neugierig sein und hielt die Klappe. Bei dem Lärm war das auch einfacher.

„Können wir gehen?“ Sophie sprang auf einmal auf.

„Natürlich“, Michael ließ sich seine Überraschung nicht anmerken. „Jederzeit!“

Er stellte sein Bier ab und winkte der Kellnerin. Er legte das Trinkgeld auf den Tisch und nahm Sophie an der Hand. „Möchtest du noch zur Toilette?“

Sophie lächelte zum ersten Mal dankbar an diesem Abend und nickte. „Ich bringe dich hin“, schrie er und setzte sich schon in Bewegung. Die Toiletten befanden sich im Kellergeschoß, der Lärm dort verminderte sich und wurde abgelöst vom Schnattern der Damen in unmöglich kurzen Outfits. Kurz vor der Damentoilette befand sich ein Raum, in dem sich Pärchen und Freunde unterhielten, die auf irgendjemanden zu warten schienen. Links war der Eingang zur Damen- rechts der zur Herrentoilette.

Michael ließ sie wissen, dass er hier auf sie warten würde und Sophie verschwand in der linken Tür.

Einige der jungen Leute hier waren schon ziemlich angetrunken, ein Pärchen hatte wohl vergessen, dass sie noch in der Öffentlichkeit waren und knutschten, was das Zeug hielt, dabei hatten sie ihre Hände bereits überall. Es schien aber auch niemanden hier zu stören.

Die Damen warfen schon verstohlene Blicke auf den lässig an der Wand lehnenden Mann und Michael wurde ungeduldig, denn es wird nicht lange dauern, bis eine der Frauen den Mut hat ihn anzusprechen. *Oh, wie er es hasste...*

Da flog die Tür der Damentoilette auf und Sophie kam herausgestürzt. Sie hielt sich mit einer Hand den Mund und die Tränen liefen ihr die Wangen hinab. „Michael, bitte bringe mich weg von hier!“ Ihre Stimme war ganz hell und von Schluchzern unterbrochen. „Bitte schnell!“

„Mein Gott, was ist denn passiert?“ Michael starrte sie entsetzt an. Er packte sie an beiden Schultern und sah ihr ins Gesicht, als fände er dort die Lösung. Dann zog er ihre Hand weg vom Mund und sah, dass die Lippe blutete. „Scheiße, wer war das? Los, sag es mir!“ Sein Gesicht bekam einen wütenden Ausdruck, seine Augen hatten ein gefährliches Glitzern. Sophie schüttelte nur den Kopf und wand sich um, sie wollte nur raus. Michael suchte die Tür, aus der Sophie kam und wollte gerade dorthin laufen, als eine stark geschminkte Blondine aus der Tür polterte. Sie war wohl stark angetrunken oder zumindest vernebelt, denn ihr Blick war wirr und unstet. Als sie Michael sah, verzerrte sich ihr rot geschminkter Mund in ein laszives Grinsen.

„Suchst du noch eine schnelle Nummer heute Abend? Für dich mache ich es sogar umsonst!“ Michael verzog angewidert das Gesicht. Mit kalter Stimme fuhr er sie an: „Hast du meine Freundin geschlagen?“

Da fiel ihr Blick auf Sophie, die von Michaels Körper halb verdeckt war. Sie erschrak, gab aber frech zurück: „Gib deiner Schlampe doch mal was zum Koksen, dann muss sie das Zeug nicht von anderen klauen!“ Sie merkte nicht, wie Michael immer wütender wurde, die Wirkung der Drogen hatte sie mutiger gemacht, sie lachte jetzt sogar hysterisch.

„Hau ab, bevor ich meine gute Erziehung vergesse und eine Frau vermöble!“ quetschte Michael zwischen zusammengebissenen Zähnen heraus. Er wusste, dass es völlig vergebens war, dieser Frau zu zeigen, was in ihrem Leben falsch lief. Was sie darauf erwiderte, hörte er schon gar nicht mehr, er drehte sich einfach wütend um.

Er musste sich um Sophie kümmern. Ohne auf die Schlampe zu achten, nahm er Sophie an der Taille und führte sie aus dem Kellergeschoß.

Draußen sogen beide erst einmal die frische Luft ein. Von der lauten Musik hatten sie immer noch ein Pfeifen im Ohr, es wird dauern, bis das abebbt. Theo kam mit dem Audi und Cathy vorgefahren. Michael ließ Sophie nicht los, bis die Tür aufging und sie sicher in den Wagen stieg. Er nahm auf der anderen Seite Platz und jetzt, in der Stille des Wageninnerns, sah er sie ernst an. „Zeig mir deine Lippe, Sophie" und sie drehte sich mit dem ganzen Oberkörper zu ihm, so dass er einen besseren Blick hatte. Er schaltete die Deckenbeleuchtung an und stellte fest, dass es nur ein kleiner Riss war, aber die Lippe war geschwollen. Er nahm sein Stofftaschentuch, um das Blut abzutupfen, das immer noch aus dem Riss tropfte. Er sah ihr in die glänzenden Augen. Ab und zu kullerte wieder eine Träne die Wange herunter. Aber sonst saß Sophie nur still da, sie sagte nichts. Mit dem gleichen Taschentuch, aber mit einem anderen Ende tupfte er ihr die Tränen ab, die immer ein wenig von der Wimperntusche mitnahmen und schwarze Linien auf der Wange erzeugten. Schließlich versiegte das Blut und die Tränen. Er hob ihr Kinn an und schaute sie sehr intensiv an.

„Was ist passiert dort drin?" Sophie schloss kurz die Augen, dann drehte sie den Kopf zur Seite. Michael dachte schon, sie würde sich weigern zu sprechen, aber mit dem Blick aus dem Fenster fing sie stockend an: „Ich kam aus der Toilette und wollte meine Hände waschen. Dort stand die blonde Frau mit dem Oberkörper über das Waschbecken gebeugt. Ich wusste nicht, was mit ihr los war, sie konnte sich kaum auf den Beinen halten." Sie machte eine kleine Pause.

„Ich fragte sie, ob ich ihr helfen kann und habe sie an der Schulter angefasst, um sie zu mir zu drehen. Da riss sie ihren Kopf hoch und schlug mir mit dem linken Handrücken quer übers Gesicht. Sie hat mir wohl mit einem Ring die Lippe aufgeschlitzt." Sie schluckte, dann drehte sie sich zu Michael um, der sie stumm beobachtete. „Sie hatte sich weißes Pulver in die Nase geschnupft, ist das so eine Art Droge?" Ihr Blick war fragend. Michael nickte, „ja, vermutlich Kokain, sie war ja auch schwer auf Drogen, als sie rauskam, man konnte es an den erweiterten Pupillen sehen. Aber das dürfte noch nicht alles gewesen sein, was sie an diesem Abend konsumiert hat. Sophie, es tut mir so leid, was da passiert ist, normalerweise sind solche Leute nicht in diesem Club, aber scheinbar verrohen die Sitten auch dort. Ich hätte dich da nicht hinnehmen dürfen..." Seine Stimme wurde leiser.

„Der junge Mann war aber hoffentlich anständig...?" Vorsichtig drehte er den Kopf in ihre Richtung. Sophie blickte ihm fest in die Augen: „Er war so anständig mir zu sagen, dass ich doch wieder auf meinen Planeten zurückgehen soll, von dem ich komme!"

Jetzt war Michael verblüfft, das war eine ziemlich grobe Abfuhr, er konnte sich das gar nicht vorstellen. „Was hast du ihm gesagt, er war doch interessiert an dir?"

„Da ich mit ihm nicht tanzte, fragte er mich, ob er denn wenigstens meine Telefonnummer haben könne. Ich sagte ihm, dass ich kein Telefon habe. Das hat er mir nicht geglaubt. Da war er sauer und meinte, ich solle auf den Planeten wieder zurückgehen, von dem ich hergekommen bin."

Michael unterdrückte den Drang zu lachen, Sophie hatte keine Ahnung, dass junge Leute ALLE ein Handy besaßen, es war wichtiger als ein Auto geworden. Es war ihm neu, dass jemand ohne Handy auskommt, er war auch amüsiert, ließ es sich aber nicht anmerken.

Sophie blickte wieder auf die Straße, sie wirkte sehr traurig.

Verdammt, dieser Abend ging gründlich in die Hose...

***

Er hatte keine Ahnung, wie er die Situation wieder retten konnte. Er spürte, dass Sophie eine ganz andere Vorstellung von diesem Abend hatte. Gerade als er nach einer Lösung suchte, schreckte Sophie auf und rief ganz aufgeregt nach vorne zu Theo: „Stopp, bitte halte den Wagen an!" Sie rückte näher ans Fenster, irgendetwas hatte ihre Aufmerksamkeit erregt. Sie deutete mit dem Finger auf eine weiter entfernte Szenerie, die so typisch war für das Viertel, in dem sie sich befanden. Ein paar Männer und Frauen bewegten sich harmonisch und eng umschlungen zu einer Musik, die aus einem tragbaren Musikgerät kam. Sie konnten die Musik nicht hören, aber es war etwas Langsames, anmutig bewegten sie ihre

Beine und Köpfe im Takt. Es waren Menschen mit viel Spaß an der Bewegung, Profis und Amateure, die sich Abend für Abend zum Tanzen auf der Straße trafen.

Sophie war völlig fasziniert. „Kann ich dorthin gehen? Ich möchte auch dort mittanzen." Und sie schaute jetzt wieder Michael an: „Bitte..."

Er lächelte, nickte und wollte schon aus dem Auto steigen, da fiel ihm Cathy dazwischen. „Sophie steht unter Personenschutz, Mr. Clay! Eine Bewegung außerhalb des Zielgebietes ist nicht erlaubt. Laut Anweisung darf ich Sophie hier nicht aus dem Auto lassen!" Cathy schaute bestimmt in Michaels Gesicht. Er verdrehte genervt die Augen.

Oh ja, ich weiß, wer diese Anweisung erteilt hat und sie will ihren Job behalten...

Sophies Blick tat weh, es war ihm klar, dass er nachgeben musste. Das machte den Abend nur umso schlimmer. „Wir fahren nach Hause, Theo." Und zu Sophie gewandt: „Ich habe jetzt verstanden, Sophie, ich wusste nicht, dass du den klassischen Tanz bevorzugst, das wäre wesentlich einfacher gewesen, dafür eine Gelegenheit zu finden. Du bist ein so ungewöhnliches Mädchen und ich kenne dich kaum, bitte verzeih mir meine Dummheit."

Sophie senkte den Kopf, ihre Schultern hoben und senkten sich, schließlich blinzelte sie ihn von unten an und meinte nur: „Schon gut, ich bin schließlich von einem anderen Planeten. Aber danke für den Abend, Michael, er war sehr lehrreich!"

Die Limousine setzte sich wieder in Bewegung. Michael lehnte sich zurück und grübelte. *Ich habe es gründlich vermasselt...* Aber zumindest schien Sophie die Ereignisse einigermaßen wegzustecken. Den Rest des Weges blieben alle stumm.

Der Wagen parkte sanft am Lift in der Parkgarage. Theo und Cathy öffneten fast gleichzeitig die Hintertüren und ließen ihre Gäste aussteigen. Im Lift hatte Clay eine Idee: „Sophie kommt noch mit zu mir, Cathy, wir haben ja noch Zeit. Sie kommt dann später alleine mit dem Lift hoch." Sophie sah ihn überrascht an.

Cathy nickte misstrauisch, sagte aber nichts. Theo stieg mit Clay und Sophie im 26. Stock aus und verabschiedete sich in sein Apartment. Cathy blieb im Fahrstuhl und fuhr ein Stockwerk höher.

Sophie hatte bisher noch nichts gesagt, schaute Michael nur fragend an. Dieser lächelte nur zufrieden, er wusste, was er zu tun hatte. *Ich habe noch etwas gut zu machen...*

In seinem Wohnzimmer stellte er das Licht auf eine angenehme Helligkeit und suchte mit Hilfe der Fernbedienung einen Musiksender mit tanzbarer Musik. Irgendwann drehte er sich zufrieden zu Sophie um, die der ganzen Aktion mit wachsender Neugierde folgte, und streckte einen Arm zu ihr aus. „Darf ich zum Tanz bitten, Madame?" Sie verstand und strahlte Michael an, „jetzt weiß ich, was du vorhast!" Sie lachte, nahm seinen Arm und ging ganz nah an ihn heran. Er legte eine Hand an ihre Taille, mit der Anderen hielt er locker ihre andere Hand etwas vom Körper weg, tanzte kurz auf der Stelle, bevor er mit sicheren Schritt in einen Rhythmus fand, der wunderbar zur Musik passte.

Sophie schloss sich sofort seiner Führung an und wiegte sich ganz entspannt im Klang der Melodie. Als hätten die beiden noch nie etwas anderes gemacht, wirbelten sie durch den Raum. Michael war in diesem Moment froh, dass seine Mutter ihm das Tanzen so gut beibrachte, er bewegte sich damit nicht nur gesellschaftlich sicher über das Parkett. Tatsächlich hatte er in den Kreisen, in denen er sich bewegte, schon einiges wettgemacht, indem er mit der Frau seiner Partner tanzte. Hier zeigte sich immer ein direkter Draht, denn seinem Charme konnte sich kaum einer entziehen.

Sophie war eine fantastische Tänzerin, sie entspannte sich immer mehr, je öfter sie sich im Kreis drehten. Der Abend hatte sie ziemlich deprimiert und sie brauchte, bis sie wieder zu ihrer Lockerheit zurückfand. Michael fühlte sich verpflichtet, ihre Stimmung aufzuhellen. Und diesmal hat er ins Schwarze getroffen, Sophie strahlte und lachte wieder mit ihrer bezaubernden Art. Ihre Augen leuchteten, man spürte sie kaum, so geschickt ließ sie sich führen, dabei kannte sie wohl jeden Tanzschritt im Voraus. Sophie wollte gar nicht mehr aufhören, immer noch ein Lied hängte sie an das vergangene, langsame wie schnellere. Schließlich blieb sie erschöpft, aber glücklich stehen. Beide standen sich schwer atmend gegenüber. Michael hielt immer noch mit beiden Händen ihre Taille umfasst, Sophie hielt seine. Sie sahen sich in die Augen. Das Radio spielte einen wunderschönen Song von Ed Sheeran *„I will be loving you till we`re seventeen....“*,

Michael schloss kurz die Augen, er genoss diesen Moment. Er hatte schon lange keine Frau mehr in seinen Armen gespürt. Als er sie wieder aufmachte, blickte er direkt in ein Paar gold-grün funkelnder Augen. Sie war wirklich wunderschön!

„Thinking about how people fall in love…“, Ed Sheeran fand die richtigen Worte dafür.

„Möchtest du mich küssen?“ Sophies Stimme war ganz leise, fast unhörbar. Aber er war so nah bei ihr, er hat verstanden. Ihr Mund war nur noch Zentimeter weg, diese Lippen, die er so gerne mal kosten wollte. Sie wollte es wirklich! Ihn durchfuhr ein prickelnder Schauer wie tausend Nadeln, die auf seiner Haut tanzten. Die ganze Zeit hatte er keine Gefühle zugelassen, weil seine Seele blockiert war. In diesem Augenblick wurde ihm klar, dass seine Gefühle nicht nur Beschützerinstinkte Sophie gegenüber waren, er begehrte sie, sie und ihren wunderschönen Körper.

Er schluckte schwer, sein Verstand drohte ihm zu entgleiten, er konnte es spüren. Er bäumte sich noch ein letztes Mal dagegen auf. „Sophie, ich empfinde sehr viel für dich, aber du bist erst siebzehn, ich bin vierunddreißig, wir haben beide ein gewisses Defizit, was Liebe angeht, ich möchte nicht, dass wir einen Fehler begehen, nur weil wir unseren Gefühlen freien Lauf lassen.“

Warum hört sich das alles so scheiß vernünftig an…? Weil es vernünftig ist!

„Michael, ich bin noch nie von einem Mann geküsst worden, ich möchte wenigstens noch einmal geküsst und geliebt werden, bevor ich wieder auf meinen Planeten zurück gehe…“

Er horchte auf. „Noch nie geküsst? Aber du warst doch ein Jahr mit diesem... diesem..." Es fehlten ihm die Worte, er wollte sie nicht verletzen, aber er nahm an, dass sie doch erfahrener war, als sie jetzt vorgab.

„...mit diesem Teufel zusammen?" ergänzte sie seinen Satz und es flog ein Schatten über ihr Gesicht. Sehr ernst und ohne eine Spur von Regung sagte sie dann: „Er hat mich auf jede Weise gefickt, aber geküsst hat er mich nie, Michael!"

Michael starrte in ihr Gesicht. Er fühlte auf einmal die Wut und Verzweiflung, die in diesem Satz lag. Sie barg ein fürchterliches Geheimnis, das wusste er. Sie hat es zum ersten Mal angesprochen, was er nur von Eva wusste und er war überrascht und schockiert zugleich, von ihrer Ausdrucksweise und ihrem Ernst.

Sie standen sich immer noch gegenüber, etwas hing nun in der Luft, etwas Fremdes. Er löste zuerst die Umarmung und nahm ihr Gesicht in seine Hände. „Hör zu, Sophie", sagte Michael eindringlich und schaute ihr dabei tief in die Augen, „ich werde dich jetzt küssen, aber ich werde dich dann ins Bett schicken und ich bitte dich, darüber nachzudenken, ob du das wirklich willst oder ob nicht vielleicht doch noch passende Männer auf deinem Planeten zu finden sind, ok?"

„Einen Mann, der so gut wie du tanzen kann? Wohl kaum..."

Er lächelte dünn und ganz langsam, als könnte er ihr wehtun, hob er ihre Lippen an die Seinen. Erst ganz zart, sie fühlten sich an wie Samt, dann drängte sie sich ihm entgegen. Er öffnete seine Lippen leicht und die Feuchte ihrer Lippen mischte sich mit der seinen. Sie schmeckte so gut, so zart, ihre Zunge fand den Weg in seinen Mund. Er fand es erregend, wie sie ihren warmen Körper an den Seinen presste, sie konnte deutlich seine Erregung an ihrer Hüfte spüren. Seine Zunge strich an ihrem Gaumen und ihrer Zunge vorbei und erkundete ihren Mund, dabei durchfuhr ihn ein wohliger Schauer. Langsam ließ er von ihr ab, liebkoste ihre Lippen und hielt ihren Kopf schließlich mit ihrer Stirn an seiner. Sie atmete hörbar. Er sog den Duft ihrer Haut und ihres Haares ein, sie roch nach Milch und Rosen, betörend.

„Lass mich dich ins Bett bringen, Sophie, ich weiß sonst nicht, ob ich mich noch im Griff habe. Das geht alles viel zu schnell und du bist... wirklich betörend.“ Er wirkte nachdenklich, fast schon verzweifelt.

„Danke“, sagte Sophie nur und lächelte dankbar.

„Wofür?“ fragte er erstaunt zurück.

„Für den wunderschönen Abend“, war die ehrliche Antwort. Michael atmete tief durch, er hatte es endlich geschafft! Er erwiderte ihr Lächeln und die Zeit schien für beide stehen zu bleiben.

Erst der Blick auf die Uhr mahnte ihn, Sophie endlich nach Hause zu schicken. Er brachte sie an die Lifttür und sie tippte den PIN für den Zugang nach oben ein. Sie blickte ihn immer noch an, als sich die Tür schloss, um den Mund ihr süßes Grübchen, das sie immer bekam, wenn sie lächelte.

Michael stand noch eine Zeitlang wie angewurzelt da. Er war wie benommen. Von Sophie, von seinen Gedanken und den Ereignissen, die ihn in den letzten Tagen so fesselten. Er spürte immer noch den Kuss auf seinen Lippen, den Geschmack ihres Mundes. Er schüttelte den Kopf und ging langsam zurück. Seit er sie kennengelernt hat, stand seine bis dahin so wohlgeordnete Welt Kopf. Nichts ist mehr so wie davor.

Sophie, was machst du nur mit mir?

Kapitel 8

Er schreckte auf und blickte benommen auf die digitale Anzeige seiner Uhr neben dem Bett. Es war 9.30 Uhr! So lange schläft er sonst nie, die nächtlichen Ausflüge schienen ihren Tribut zu fordern. Er rieb sich die Augen, er hatte tatsächlich tief und fest geschlafen und das Beste: er hatte von Sophie geträumt, es war ein schöner Traum, von dunklen Gedanken weit entfernt.

Er musste an die gestrige Nacht denken, während er aufstand und ins Bad ging. Die Sherman Schwestern beschäftigten ihn inzwischen mehr als der Tod seiner Familie und er konnte dem sogar viel Positives abgewinnen. Vielleicht war er jetzt reif dafür, wieder nach vorne zu blicken und an seiner eigenen Zukunft zu arbeiten. Er konnte ja nicht für immer einsam bleiben, das hätte Diandra sicher auch nicht gewollt.

„Ich muss sie ja auch nicht um Erlaubnis bitten!" schoss es Michael trotzig durch den Kopf. Er verwarf den Gedanken an seine Frau wieder, es zog ihn zu schnell in die falsche Richtung. Während er sich duschte und kämmte, malte er sich lieber das Bild von Sophie aus, wie sie lächelnd in Hemd und Höschen vor ihm stand und er konnte seine gute Laune beibehalten.

Zoe hatte diesen Samstag frei, daher entschloss sich Michael zu einem Spaziergang in ein nahegelegenes Cafè, dort gab es auch immer ein hervorragendes Frühstück. Es war ein sonniger Frühlingsmorgen und er warf sich nur sein Lederjackett über, um mit dem Lift nach unten zu fahren.

„Guten Morgen!" grüßte er freundlich den Pförtner hinter dem Tresen. Es war ein älterer Herr mit einem sympathischen Gesicht. Er grüßte freundlich zurück. „Guten Morgen, Mr. Clay! Ein Spaziergang bei solch herrlichen Wetter ist eine gute Idee!"

Clay nickte, „ja, die frische Luft tut gut, außer der Wände meines Büros habe ich diese Woche noch nicht viel gesehen..." Damit trat er durch die Drehtür nach draußen und sog die Luft ein. Es ging ein leichter Wind und Clay überlegte sich, ob er morgen vielleicht mal seinen Katamaran flott machen sollte, er war längere Zeit nicht mehr segeln gewesen. Da fiel ihm ein, weswegen er eine Weile zu Fuß gehen wollte. Er zog sein Handy aus der Jackentasche und wählte die Nummer seiner Mutter.

„Welch eine schöne Überraschung!" Seine Mutter lachte durch das Telefon, es erwärmte sofort sein Herz. Michaels Mutter Elisabeth war fast immer in guter Laune, sie hatte eine ansteckende Fröhlichkeit und ist wirklich selten jemanden böse. Vielleicht musste sie so eine Frohnatur sein, um all das Leid wegzustecken, das sie im Zuge ihres Berufes so miterleben musste. Michael liebte sie für dieses Naturell. Auch jetzt freute sie sich über seinen Anruf, seit dem Tod seiner Frau war sie wieder verstärkt in seinen Fokus gerückt. Sie hatte ihm unglaublich geholfen in der schweren Zeit der Trauer. Dabei kämpfte sie ja selbst noch mit dem Verlust ihrer

Schwiegertochter und des Enkels. Michael hatte wirklich die größte Hochachtung vor dieser starken Frau.

Seine kleine Schwester Lilly hatte das gleiche Temperament und das gleiche Lachen von Mutter geerbt. Sie lebte noch zuhause und dachte nicht im Traum daran, sich zu binden. Michael fragte gar nicht mehr nach irgendwelchen Namen, sie sind wie Schall und Rauch, die Männer kamen und gingen. Er nahm ihr das inzwischen schon übel, aber ändern konnte er sie nicht.

„Wie geht es Clara?" Sie war die Mutter von Diandra, für sie ist mit der einzigen Tochter auch die Welt untergegangen. Bis heute hat sie es nicht verkraftet, dass sie Diandra und ihr Enkelkind nie mehr wieder sehen wird.

Elisabeth seufzte: „Sie leidet immer noch sehr stark, ist aber zumindest nicht mehr so suizidgefährdet wie am Anfang. Sie erkennt langsam, dass es keinen Sinn macht, in ständiger Trauer zu leben. Ich glaube auch, dass sie jemanden kennengelernt hat, der ihr wieder einen Sinn zu leben gibt. Zumindest hatte sie das in der letzten Sitzung mir gegenüber erwähnt. Das wäre natürlich ein großer Schritt in die richtige Richtung."

Michael war sehr interessiert, dass es Clara gut ging. Die guten Nachrichten ließen ihn aufatmen.

„Dann wird es auch für sie langsam aufwärts gehen. Ich hoffe so sehr für sie, dass sie wieder ins Leben zurückfindet." Für eine kurze Weile schwiegen beide, dann fragte Elisabeth völlig unvermittelt: „Hast du eine neue Frau kennengelernt, Michael?"

Er war völlig überrascht von der Frage und beeindruckt über ihren Instinkt.

Nicht nur eine, sogar zwei auf einmal!

„Wie kommst du denn darauf?“ Er tat erst mal unschuldig.

„Michael, wenn ich eines richtig gut kenne, dann dich! Und du bist heute in so guter Stimmung, da habe ich eben auf eine neue Frau getippt....liege ich richtig?“

„Ja“, gab er zu, „eine sehr nette Person. Allerdings hat sie so das eine oder andere, hm, psychische Problem...“

„Schick sie zu mir“, lachte sie, „man kann fast alles beheben!“

„Sie ist bereits in Behandlung, bei einem gewissen Professor Chris Shelby, sagt dir der Name etwas?“

„Oh ja, er ist eine Koryphäe im Bereich der Hypnose, er behandelt seine Patienten meist mit einer Mischung aus klassischer Therapie und Hypnose, er hat damit vor allem in der Traumabehandlung beachtliche Ergebnisse erzielt. Er ist noch ein wenig umstritten in Fachkreisen, aber das liegt wohl auch daran, dass er Mitglied einer Sekte ist, die sehr kritisch von der Öffentlichkeit beäugt wird. Viele sehr prominente Mitglieder aus Politik und Medien sind dort auch dabei, eine sehr starke Gruppierung mit besten Verbindungen. Ich weiß aber nicht, wieviel an den negativen Behauptungen dran ist, sie wären ja auch angeblich mit dem Teufel im Bunde. Das kann ich nicht ganz nachvollziehen.“

„Dann wäre die junge Dame bei ihm also gut aufgehoben?“

„Absolut, ist sie denn traumatisiert?“

„Ja, sie wurde als junges Mädchen fast ein Jahr lang sexuell misshandelt…“ Michael musste unwillkürlich an Sophies traurigen Blick denken, wenn sie über das Erlebte sprach.

„Um Gottes willen, das wird schwierig werden, diese Menschen leiden oft ihr Leben lang! Wie alt ist denn die junge Dame?“

Michael zögerte: „Erst siebzehn.“

Es war still am anderen Ende der Leitung. Dann, in einem gesammelten Tonfall, den er nur zu gut kannte, sagte sie ruhig: „Michael, ich weiß, dass dieses Mädchen dich wohl schon in ihren Bann geschlagen hat, sonst würdest du mir nicht von ihr erzählen. Aber bedenke bitte, daß sie noch verdammt jung ist und sicher andere Flausen im Kopf hat, als mit dir ein gemeinsames Leben anzufangen. Falls du es doch wagst, musst du dich auf ein Leben einstellen, das immer von dieser Geschichte geprägt sein wird. Du wirst sicher ein wichtiger Teil in ihrer Gesundung sein, aber mit dieser Belastung musst du letztlich immer leben.“

„Liebe geht manchmal seltsame Wege, nicht wahr“, warf Michael nachdenklich ein.

Seine Mutter lachte jetzt wieder, „ja, und du wirst alle Wege gehen, um dorthin zu gelangen! So warst du schon immer, keiner konnte dich jemals bremsen, wenn du dir etwas in den Kopf gesetzt hast, es ist das Geheimnis deines Erfolges. Du machst das schon richtig, wie immer! Ich liebe dich, Michael. Ich werde auch dein neues Mädchen lieben, egal wer es ist. Ich wünsche dir nur von ganzen Herzen, dass du wieder glücklich wirst. Dein Vater wird sich auch freuen, das zu hören, er hat den Wunsch nach Enkelkindern noch nicht aufgegeben. Ein Mann kann bis ins hohe Alter Kinder zeugen!" Dabei lachte sie wieder herzhaft, „das sagt zumindest dein Vater und der muss es ja wissen!"

Michael stimmte in ihr Lachen ein, es tat so gut, wieder mit ihr zu lachen, es fehlte ihm. Erst mit Sophie hatte er wieder gelernt, aus vollem Herzen zu lachen. Sie hat den Knopf für den Humor wieder gefunden und ihn gedrückt. Seine Mutter staunte und es tat ihr auch gut, ihn so gut gelaunt zu erleben.

„Ich bin übrigens nächste Woche in New York, da wollte ich euch Sonntag besuchen kommen."

„Wie schön, dein Vater Robert ist auch wieder da, er wird gleich fragen, wann ihr heiratet...!"

„Mutter..."

„Lass ihn, er arbeitet den Verlust eben anders auf. Er lässt sich ja sonst nichts von seinem Schmerz anmerken. Das ist eben seine Art." Und fügte schnell hinzu: „Aber ich liebe ihn trotzdem!"

Lachend verabschiedeten sie sich und Michael versprach, sich in New York noch einmal zu melden, bevor er aufkreuzte. Das gab ihm noch ein bisschen mehr Freiheit in seiner Zeitplanung.

Er war während des Telefongesprächs schon am Cafè vorbei gelaufen und befand sich jetzt auf einer belebten Straße mit vielen Einkaufsmöglichkeiten. Einige Schaufenster zeigten schon die kommende Sommermode und leuchteten in allen Farben. Da zog etwas seine Aufmerksamkeit auf sich. Es war ein Handyshop, die Auslage zeigte sämtliche Modelle verschiedenster Anbieter. Normalerweise bekam er sein Smartphone immer von seiner Technikabteilung mit den neuesten technischen Features und aktueller Software. Er brauchte sich daher gar nicht groß damit zu beschäftigen.

Jetzt stand er vor der Auslage und studierte die verschiedenen Geräte. Er hatte eine Idee und drückte die Tür zum Geschäft auf.

***

Nach einem ausgiebigen Frühstück verbrachte er den Rest des Tages mit einem Frisörbesuch, denn seine Haare hingen ihm schon in die Augen. Da dort auch ein Barbier angestellt war, ließ er sich gleich noch den Bart stutzen und mit Mandelöl einreiben, das machte die Haare schön weich. Michael war eitel, er mochte es nicht, ungepflegt zu wirken und ein Mann mit Bart wirkt immer schnell ungepflegt, wenn dieser nicht wirklich regelmäßig gestutzt wird. Er investierte zur Pflege daher auch öfter mal in eine fachgerechte Behandlung. Auch Maniküre war fällig, er liebte diese aufwendige Pflege, die Damen in dem Salon waren sichtlich angetan von dem attraktiven Kunden und entsprechend nervös. Michael amüsierte sich köstlich, er hatte die jungen Mädchen in der letzten Zeit so gar nicht richtig wahrgenommen.

Kicherten die schon immer so nervös? Ich war doch schon öfter hier…

Mit gekürzten Haaren und Nägeln fühlte er sich schon deutlich besser. Er trat wieder aus dem Salon heraus und ließ die Schar zappelnder Anbeterinnen enttäuscht zurück, da läutete sein Telefon. Die Nummer war unterdrückt, er ahnte schon, wer das war und tippte mit dem Finger auf das grüne Hörerzeichen.

„Clay“, meldete er sich ruhig.

Ihre kühle dunkle Stimme meldete sich, ohne ihren Namen zu nennen, aber er wusste auch so, wer es war: „Sophie hat einen Riss in der Lippe“, begann sie ohne Umschweife, „kannst du nicht besser auf sie aufpassen!“

Sie geht sofort auf Angriff, was hat das Weibsbild bloß gefrühstückt...?

„Ich verfolge meine Begleitung nicht bis in die Toilette, Eva.“ Entgegnete Clay so ruhig er konnte. „Es tat mir auch fürchterlich leid, aber der Riss ist ja nicht wirklich tief, er ist sicher morgen schon nicht mehr zu sehen.“

„Sie kam auch zu spät zurück, wir hatten 4.00 Uhr ausgemacht, es war 4.15 Uhr, als sie nach Hause kam“, setzte sie nach.

„Willst du mich jetzt wegen 15 Minuten fertig machen?“ Er konnte es nicht fassen, was für ein Freak!

„Jetzt sind es nur 15 Minuten, das nächste Mal 30 Minuten. Ich kann mich nicht auf dich verlassen, Michael. Sophie muss pünktlich ihre Medikamente nehmen, da können 30 Minuten tödlich sein!“

Jetzt hat Michael kapiert, sie machte sich wirklich Sorgen um Sophie. Es kommt bei ihr nur in einer eisigen Verpackung.

Er atmete noch einmal tief durch. „Ok, es wird nicht wieder vorkommen, ich weiß jetzt Bescheid und deine Message ist angekommen. Sonst noch etwas?“

Sie machte eine längere Pause, dann fuhr sie etwas gemäßigter fort: „Sophie fragte nach Contraceptiva.“ Pause. Michael hielt die Luft an, er rechnete damit, dass Eva sich jetzt gleich in personifizierte Wut verwandelte. „Ich vermute, dass sie mit mir schlafen will“, er wusste, dass er das irgendwann kommunizieren musste, er hatte nur nicht damit gerechnet, dass es mit Sophies Schwester sein würde. Sie blieb wider Erwarten ruhig.

Er hörte nur ein Zischen am anderen Ende der Leitung, als ob sie die Luft fest einsog. Dann atmete sie wieder aus. „Sophie braucht kein Verhütungsmittel, sie kann keine Kinder mehr bekommen.“ Michael wusste im ersten Moment nicht, was ihn mehr betroffen machte. Die Tatsache, dass Sophie infertil war oder Evas Ruhe bei diesem brutalen Satz.

Er war zutiefst schockiert und nur stockend wagte er nachzufragen: „Warum, was ist passiert, wurde sie zwangssterilisiert?“ Das Entsetzen schwang in seiner Stimme mit.

„Ein Eierstock wurde von den Ärzten entfernt. Der andere ist so zernarbt wie die Gebärmutter. Außerdem bekommt sie Präparate, die das Einnisten eines Eis erschweren. Die Wahrscheinlichkeit, dass sie schwanger werden könnte, geht also gegen null. Wir brauchen sie also nicht mit einer weiteren Hormongabe zu belasten.“ Eva sagte das, als wäre sie die Ärztin und Michael der Patient. Es wurde still zwischen den beiden, Michael musste das erst wirken lassen.

„Liebst du sie denn“, fragte sie dann unvermittelt. „Oder ist sie für dich nur eine willkommene Ablenkung?“

Wow, diese Frage stellte er sich schon die ganze Zeit....

„Eva, ich wäre weiter, wenn ich das für mich beantworten könnte. Sophie hat es geschafft, mich wieder ins Leben zurück zu holen. Aber sie ist noch so jung, ich weiß nicht, ob es richtig ist...“ Seine Stimme wurde leise.

Eva sagte nichts.

„Ich möchte ihr gerne helfen, sie scheint mir zu vertrauen, das ist doch ein guter Anfang. Lassen wir es auf uns zukommen, ich denke, die Zeit wird Klarheit bringen.“

Auf einmal wurde ihr Ton eindringlich: „Du wirst niemanden etwas von dieser Verbindung erzählen, ok! Es darf unter keinen Umständen jemand etwas davon mitbekommen.“ Eva schien es ernst zu meinen, denn sie betonte jedes Wort. „Ich kann dich nicht daran hindern und ich kann Sophie nicht einsperren. Aber ich warne dich“, und sie machte eine Kunstpause in diesem Satz, „wenn du ihr weh tust, werde ich dir zeigen, welche Macht ich habe!“

Michael lief es eiskalt den Rücken herunter. SIE wollte er garantiert nicht zum Feind haben. Aber er beherrschte sich und entgegnete ihr so ruhig er das noch konnte: „Ich könnte ihr gar nicht weh tun, selbst, wenn ich das wollte. Sie ist ein Engel, sie fiel vom Himmel direkt in mein Wohnzimmer und rettete mich. Sie hat mich verzaubert und meine schlechten Träume weggefegt. Seit ich sie kenne schlafe ich - zwar mit Unterbrechung, aber ich schlafe tief und fest.“

Es war ruhig am anderen Ende der Leitung. Sie schien nachzudenken. „Würdest du sie denn heiraten?“ Michael erschrak, „soweit bin ich jetzt noch nicht! Wir haben gerade die Stunde Null. Lass uns doch Zeit!“

„Gut“, sagte sie endlich – und er wusste, dass sie im nächsten Augenblick auflegen würde.

„Moment noch, Eva“, kam ihr Michael zuvor und sie wartete noch.

„Darf ich dich zum Abendessen ausführen?“ Er musste es einfach sagen, jetzt. Sonst würde er es wahrscheinlich nicht mehr tun. Er schloss die Augen und war froh, dass sie sein Gesicht nicht sehen konnte, das seine Anspannung verriet. Sie reagierte belustigt: „Das hat aber lange gedauert. Ich hatte mit der Frage schon früher gerechnet. Bei den meisten Männern dauert es keine fünf Minuten…“

Michael schluckte schwer, er fühlte sich ausgeliefert, hilflos, entblößt, diese Frau entwaffnete ihn in Sekunden. Wieso fühlte er sich bloß immer wie ein kleiner Junge in ihrer Gegenwart?

Aber sie erbarmte sich seiner. „Ich mache mir nichts aus diesen romantischen Dinnern. Ich esse nur sporadisch, zuhause und schon gar nicht mit Männern. Wenn du mich treffen willst, dann komme morgen zum Flughafen Midway. Ich werde dort um 10.00 Uhr auf dich warten, keine Minute länger!“ Sie legte die Betonung diesmal auf den letzten Satz und Michael konnte die Zynik hören, die aus ihrer Stimme wie heißes Öl tropfte. Nein, eine Frau wie sie wartete nicht auf Männer, das hatte sie auch nicht nötig!

Jetzt legte sie ohne weitere Worte auf. Aber er kannte das ja schon, er nahm ihr schnörkelloses Benehmen nicht mehr persönlich.

Ich habe eine Verabredung mit Eva! Anders als geplant, aber besser als eine Absage, wie ein Sieg fühlt es sich aber nicht an. Eher wie eine Herausforderung...

Michael stand nachdenklich an einer Mauer, die an einen Park grenzte. Auf dem Spielplatz tobten Kinder lärmend durch den Sand. Er musste lächeln, es war als würde die Gegenwart ihn aus der Zukunft zurückholen. Er hielt die Tüte mit seiner Neuanschaffung fest im Griff und freute sich schon auf Sophies Gesicht heute Nacht, wenn sie es sah. Je tiefer er in Sophies Vergangenheit eintauchte, desto mehr wurde ihm klar, wie wichtig er für sie geworden war. Und sie auch für ihn!

Nur welche Rolle Eva nun in dieser Geschichte spielte, das konnte er im Moment gar nicht beantworten, sie ist für ihn die personifizierte Anti-Frau, aber sie faszinierte ihn gerade deswegen ungemein.

Langsam, gedankenverloren setzte er sich in Bewegung und schlug den Weg nach Hause ein.

Kapitel 9

Er wachte diesmal von alleine auf, er brauchte keinen Wecker zu stellen, seine innere Uhr hat sich auf sein Treffen mit Sophie eingestellt. Um 2.00 Uhr nachts stieg er aus dem Bett und tapste barfuß in die Küche, er hatte seine schwarzen Pyjamahosen an, die ihm lässig von den Hüften hing. Er nahm sich eine der kleinen Bierflaschen aus dem Kühlschrank und trank den Inhalt in einem Zug leer.

Nachdenklich wartete er ein paar Minuten. *Seltsam, sonst war sie immer um diese Zeit schon da…*

Er setzte sich ans Klavier und versuchte, sich zu konzentrieren und sich von den Gedanken an Sophie abzulenken. Es fielen ihm noch einige Stücke ein, die er schon lange nicht mehr gespielt hatte. Dabei waren es oft klassische Stücke, die er als Kind bis zum Erbrechen üben musste, aber die verlernte er dafür auch nicht mehr. Er suchte sich eine Sonate von Beethoven aus und begann zu spielen.

Um 3.00 Uhr war sein Beethoven Repertoire erschöpft und er sah aus dem Fenster. Keine Spur von Sophie. Er stand langsam auf, klappte den Tastendeckel zu und ging zur Balkontüre, die heute Abend für Sophie wieder offen stand.

War sie früher da gewesen? Aber dann hätte sie doch sicher auf mich gewartet…

Er zögerte noch kurz, dann fasste er einen Entschluss. *Wenn sie nicht zu mir kommt, komme ich eben zu ihr!*

Er holte sich das Oberteil seines Pyjamas aus dem Schlafzimmer, nahm die Tüte mit dem kleinen Päckchen und zog die Balkontüre ganz auf. Es waren ein paar Schritte bis zur Glasabtrennung, die den Seinen von Sophies Balkon trennte. Er setzte vorsichtig einen Fuß auf die Brüstung und hielt sich mit der linken Hand an der Kante der Scheibe fest, die andere Hand hielt die Tüte. Jetzt setzte er den anderen Fuß nach und stand vollends auf der Brüstung.

Nur nicht nach unten schauen... nur nicht nach unten schauen...

Er wiederholte es wie ein Mantra und bewunderte Sophie in diesem Moment insgeheim für ihren Mut. Nach ein paar bangen Sekunden konnte er schließlich wohl behalten auf der anderen Seite wieder absteigen und war froh, dass die Schlagzeile *„Milliardär stürzt von eigenem Balkon“* morgen nicht die Sonntagszeitungen beherrschen würde.

Er fand seine Idee jetzt schon töricht, barfuß und im Pyjama in eine andere Wohnung einzusteigen. Welcher Teufel hat ihn da nur geritten....

...wohl eher ein Engel, verteidigte sich Clay selbst. Und er grinste sich selbst Mut zu, schließlich hatte Sophie schon die gleiche Idee ein paar Tage zuvor!

Vorsichtig tastete er sich an Sophies Balkontür heran, er wusste, dass es ihr Zimmer ist, es war das einzige, das offen stand. Es war noch relativ dunkel bei Sophie, nur eine Nachttischlampe brannte.

Schläft sie etwa noch?

Ein seltsames Gefühl befiel ihn, irgendetwas stimmte nicht. Er schlüpfte durch den schmalen Spalt und stand jetzt mitten im Raum. Ein Lichtstrahl fiel von der geöffneten Zimmertüre herein, er hörte Stimmen auf der anderen Seite. Dort musste es direkt ins Treppenhaus nach oben zur Küche gehen. Vorsichtig legte er die Tüte auf ein Nachtschränkchen.

Was, wenn man mich hier ertappt? Jemand anders als Sophie... dann wäre er doch ein Einbrecher?

Es wurde ihm jetzt etwas heiß... wieso hat er sich nur von seiner Sehnsucht nach Sophie leiten lassen!

Der Raum war nicht sehr groß, er war spärlich eingerichtet. Kein Bild oder irgendetwas Persönliches war zu finden, fast steril. In der Ecke stand ein Infusionsbaum, Medikamente stapelten sich in einem Regal an der Wand, Handschuhe, Spritzenmaterial und ein Abfallbehälter waren sichtbare Zeichen für Sophies Behandlung. Michael runzelte die Stirn, das Zimmer hatte wirklich Krankenhausatmosphäre!

Im selben Moment hörte er Stimmen und Schritte, die in Richtung des Zimmers zukamen, in dem er sich gerade befand. Geistesgegenwärtig sprintete er barfuß in eine dunkle Nische. Es war wohl der begehbare Kleiderschrank, kein Versteck, aber im Dunkeln, so hoffte er, würde man ihn nicht wahrnehmen. Gut, dass er heute den schwarzen Pyjama trug, er war gut getarnt. Die beiden Personen, die das Zimmer betraten, unterhielten sich leise.

Michael erkannte sofort ihre Stimme, es war Sophie: „Warum müssen wir hier rein, wenn du mir etwas schenken willst, dürfen die anderen das nicht sehen?"

Eine Männerstimme erwiderte: „Ja, es ist nur für dich und für mich, es wird dir gefallen!“ Er sah die große dunkle Figur des Mannes über eine Stehlampe beugen und den Dimmer der Lampe höherdrehen. Leichtes warmes Licht durchflutete den Raum. Michael drückte sich tiefer in die Nische.

Der Mann war direkt vor ihm, er war tatsächlich in schwarz gekleidet, schwarzes Hemd mit einer schwarzen Hose. Schuhe, Gürtel, alles war schwarz und teuer. Er hatte schwarzes Haar und ein markantes Gesicht. Die Augen stachen in einem hellen Blau unter schwarzen Wimpern hervor. Die Nase war wohl einmal gebrochen worden, sie hatte einen Knick in der Mitte. Ohne diesen Schönheitsfehler wäre der Mann in Michaels Beurteilung als attraktiv durchgegangen. Die vollen Lippen umspielte ein arroganter Zug. Er hatte in etwa die gleiche Statur wie Michael, vielleicht ein bisschen größer, er war nur auffallend blass, als würde er nie das Tageslicht sehen.

Vielleicht lebt er auch nur in der Nacht, das würde zumindest die ungewöhnliche Uhrzeit erklären... Leben Vampire nicht auch nur in der Nacht?

Er schüttelte den Kopf, das Adrenalin in seinem Blut ließ seine Gedanken wirbeln.

Michael versuchte, so flach wie möglich zu atmen, er wollte auf keinen Fall auf sich aufmerksam machen, es war eine groteske Situation! *Hoffentlich komme ich aus der Nummer unbeschadet wieder raus...*

Die beiden bekamen von ihm und seinen Gedanken nichts mit. Michael konnte Sophie sehen, wie sie schräg vor dem schwarzen Mann stand und spürte förmlich, wie sie sich unter dessen Blick unwohl fühlte. Sie hatte wieder mal nur ein weißes Hängerchen und Shorts aus Seide an. Sie war ein so schöner Anblick!

„Zieh dich aus, Sophie!“ Der schwarze Mann sprach in einem leisen, aber sehr bestimmten Tonfall. Michael hielt den Atem an. Sophie gehorchte und zog sich das Hängerchen über den Kopf. Sie ließ es auf den Boden fallen. Nach kurzem Zögern zog sie auch noch die Shorts aus. Sie kringelten sich um ihre Füße. Sie stand nun völlig nackt vor dem Unbekannten und Michael und beide Männer waren von ihrem Anblick erstmal sprachlos. Sie war einfach eine Augenweide. Wie ihre Schwester hatte sie eine extrem schlanke Taille, einen perfekten Po und volle Brüste, die eine Männerhand füllten. Ihre blonden lockigen Haare waren offen, sie war der fleischgewordene Männertraum. Michael schluckte schwer, sein Mund war trocken. Sein Gegenüber hatte sich wieder im Griff und bedeutete Sophie näher zu kommen.

„Du bist wirklich wunderschön, Sophie, du bist wie für mich gemacht.“ Er sprach in einem leisen, beschwörenden Tonfall. Während Sophie zögernd näher kam, zog er aus einer kleinen Schachtel, die Michael nicht sehen konnte, etwas heraus, das wie ein Netz aussah und glitzerte. Sophie betrachtete es neugierig. Sie war vor ihm stehen geblieben. Der Unbekannte sah sie intensiv an und sprach leise weiter: „Ich möchte, dass Du das hier trägst, wenn wir heiraten. Ich schenke es dir schon heute als Zeichen meiner Verbundenheit. Wenn du erst meine Frau bist, werde ich dich in Gold und Seide hüllen.

Es wird dir an nichts mangeln. Das hier…“, er hob das glitzernde Netz hoch, „habe ich extra für dich anfertigen lassen. Es ist aus purem Weißgold mit Diamanten besetzt. Es ist ein Schmuckstück, das deine zarte Haut leuchten lässt!“

Wow, das hat ein Vermögen gekostet… Michael hatte so etwas noch nie gesehen.

Damit hob er das zarte Gebinde hoch und hob es vorsichtig über ihren Kopf. Langsam ließ er das Netz aus unzähligen Diamanten über ihren Körper fließen. Es war tatsächlich nur aus feinen Weißgoldketten gefertigt, die mit unzähligen glitzernden Diamanten besetzt waren. Das Netz war nur so fein, dass es zwar wie ein Schmuckstück auf Sophies Körper wirkte, aber nichts verhüllte. Es sah wirklich hinreißend aus. Die Steine funkelten im Licht der Standlampe wie Sterne am Firmament. Auf Sophies heller Haut kamen sie besonders gut zur Wirkung. Auch der große Schwarzhaarige hielt jetzt den Atem an. „Dreh dich, damit ich dich betrachten kann…“, flüsterte er heiser und fügte nach einer Pause hinzu, „langsam!“

Dazu machte er mit dem Finger eine Drehbewegung. Sophie gehorchte und drehte sich langsam um sich selbst. Sie ließ es sich nicht anmerken, ob es ihr unangenehm war. Seltsamerweise schienen die beiden sehr vertraut miteinander zu sein. Michael spürte einen Stich im Magen. Sophie wehrte sich zumindest nicht gegen seine Anweisungen. Sonst hätte er wohl doch eingegriffen.

Als sie sich wieder in die Ausgangsposition zurückgedreht hatte, sah sie dem Mann direkt in die Augen. Er atmete bereits schwer durch den Mund, er schien Gefallen an dieser

Vorstellung zu finden. Sein Blick war ungeniert auf ihre kaum verdeckten Brüste gerichtet. „Peter“, setzte Sophie mutig an und reckte das Kinn nach vorne, „ich möchte dich nicht heiraten, ich glaube einfach nicht, dass ich die richtige Frau für dich bin!“ Sie sagte das mit einer festen Stimme. „Und außerdem habe ich einfach Angst dass du mir weh tun wirst!“ Jetzt wurde ihre Stimme doch etwas unsicher.

Peter sah ihr schließlich wieder in die Augen: „Du bist die Richtige, alles was du lernen musst, bringe ich dir bei, du hast doch schon bewiesen, dass du es kannst! Ich werde dir alles beibringen, du wirst deine eigene Lust neu entdecken.“ Sophie schluckte, sie wollte etwas erwidern, aber er hob die Hand und machte eine Handbewegung, die sie zum Schweigen brachte.

„Komm näher, Sophie!“ Er redete zu ihr wie zu einem kleinen Kind. „Lass mich dir zeigen, was ich meine. Ich tue dir nicht weh, du wirst merken, dass Schmerz auch Lust bedeutet, ich werde dir Dinge zeigen, die du noch nie erlebt hast. Und ich werde dabei auch mein Vergnügen finden.“ Seine Stimme war verführerisch, er setzte sie gezielt ein, um Sophie zu beschwichtigen. Jetzt war sie so nah, dass er Sie berühren konnte. Mit beiden Händen umfasste er ihre Taille und zog sie zu sich heran.

Langsam wanderten seine Hände nach unten. Er legte den Zeigefinger der linken Hand auf ihre Klitoris und drückte sanft dagegen. Sophie ließ es geschehen, sie spürte den Druck und reagierte mit Gegendruck. Ganz fein ließ Peter den Zeigefinger über ihre empfindlichste Stelle kreisen, während er mit der anderen Hand von hinten über den Po streifte und sich langsam mit kreisenden Bewegungen nach vorne arbeitete. Schließlich steckte er Zeige- und Mittelfinger in ihre Vagina und der Daumen massierte den Anus. Sophie war ihm völlig ausgeliefert. Er führte nur minimalste Bewegungen durch, aber er schaffte es, dass sie innerhalb von kürzester Zeit einen Orgasmus aufbaute.

Er aktivierte ihre sämtlichen Sinne mit seinen geschickten Fingern, sie schnappte nach Luft, ihr Atem ging schneller. „Peter“, keuchte sie, „bitte, wenn du nicht aufhörst, komme ich!“ Peter grinste lüstern, „das ist doch der Sinn des Ganzen! Aber du darfst kommen, ich erlaube es dir!“ Und Sophie kam zum Höhepunkt wie auf Kommando, ihr Gesicht verzerrte sich in purer Lust und ihr Körper wand sich unter den Wellen ihres Orgasmus. Peter und Michael sahen ihr dabei zu. Michael mit einer Mischung aus Entsetzen und Neugier, bei Peter stand nur die gierige Lust im Gesicht. Sein Mund stand halb offen, er atmete schnell, er war offensichtlich genauso erregt wie Sophie, hatte sich aber erstaunlich gut im Griff. Als Sophie sich an ihn lehnte, um wieder zu Atem zu kommen, zog er seine Hände von ihr zurück und schob sich die zwei Finger, die Sophie so viel Lust bereitet hatten, in seinen Mund. Genussvoll saugte er die Spuren von Sophies Orgasmus von den Fingern.

Er sah Sophie dabei mit unverhohlener Lust an, seine Stirn glänzte vom Schweiß der Erregung. „Oh, Sophie, du schmeckst so gut, ich kann kaum erwarten, dich endlich zu ficken. Du wirst mir dankbar sein für das, was ich dir beibringen werde!“ Seine Stimme war nur noch ein Flüstern. Er öffnete mit einer Hand seinen Gürtel und die Hose, die seine Erregung kaum noch halten konnte. Sein Glied sprang dankbar aus der Enge der Hose frei und Sophie musste schlucken bei diesem Anblick. Auch Michael hatte sich in seinem Versteck noch ein Stück vorgetraut, um dieses Schauspiel besser zu sehen.

Sein Glied stand hart und heiß im Licht der Lampe, es war zu einer stattlichen Größe aufgerichtet, das ließ auch Sophie mit Erstaunen erkennen. Peter sah ihren Blick und genoss die Unsicherheit, die Sophie ergriff. Er saß nun mit dem Hintern auf der Kante des einzigen Tisches in diesem Raum, mit den langen Beinen nach vorne ausgestreckt. Sophie stand direkt neben ihm. Er nahm ihre Hand und legte sie um seinen erigierten Schwanz.

„Ich tue dir nicht weh, Sophie. Siehst du, du hast mich ganz in der Hand, sieh welche Macht du über mich verfügst!“ Sophie umklammerte sein bestes Stück. „Ja, Sophie, ganz langsam, bewege deine Hand ganz langsam!“ Sophie tat wie geheißen und sie konnte spüren, wie Peter sich immer mehr seiner Lust hingab und seine Beherrschung verlor.

Mit langsamen Bewegungen fuhr sie den Schaft seines Schwanzes herunter und wieder hoch. Er stöhnte und keuchte schwer. Stoßweise kam jetzt seine Stimme: „Du und ich, wir werden…das mächtigste Paar in Amerika, …stell dir das nur mal vor….das hat dein Vater so gewollt!“ Und in diesem Augenblick umklammerte Peter die Hand von Sophie und drückte fest zu. Mit der anderen Hand bedeckte er seinen Penis mit einem Taschentuch, das er schnell aus der Hosentasche zog und hielt es bedeckt. Er stöhnte auf, seine Kiefer spannten sich an und er kam mit einem langgezogenen Seufzer. Sophie spürte die Zuckungen in ihrer Hand, spürte, wie der heiße Saft über ihre Finger lief. Nicht alles wurde vom Taschentuch aufgefangen.

Peter wischte schnell die Spermaspuren von ihren und seinen Händen. Er hatte sich recht schnell wieder gefangen und in seinem Gesicht verrieten nur noch die Schweißperlen, dass er Sekunden zuvor einen Orgasmus hatte.

Sophie stand da und beobachtete ihn, wie er sich die Hose wieder zuknöpfte und das Hemd zurechtzupfte. Das Taschentuch wanderte in den Abfallbehälter. Er ging nochmals auf sie zu und nahm sie an beiden Schultern, sie schauten sich in die Augen. Peter fixierte sie mit einem durchdringenden Blick. „Dein Vater hat das Richtige getan, er wollte das Beste für dich!"

Sophie versuchte es noch einmal, der Ton ihrer Stimme war verzweifelt: „Bitte Peter, ich liebe dich nicht. Ich möchte nicht nur Sex, ich möchte Liebe! Ich will geküsst und geliebt werden, nicht nur gefickt. Verstehst du das? Unsere Eltern wollten, dass wir heiraten, aber ich werde nicht glücklich werden in dieser Verbindung. Ich weiß es, bitte, lass mich frei!"

Peter biss sich auf die Lippe. Er sah sie seltsam an und er antwortete ungeduldig: „Ich werde dich auf Händen tragen, ich werde sogar monogam für dich, ist das nicht Liebe?"

„Du kannst mich auch küssen, wenn du willst...." Fügte er nach einer kleinen Pause dazu.

„Nein, Peter, das meinte ich nicht. Du weißt gar nicht, was Liebe ist. Wie auch, du hast ja nie echte Liebe kennengelernt." Sophie drehte ihr Gesicht traurig zur Seite, sie konnte ihn während dieser Worte nicht ansehen.

Sein Gesicht verdunkelte sich, seine Kiefer spannten sich an. Der Griff an ihren Schultern wurde fester, er sah sie eindringlich, fast bedrohlich an: „Du wirst mich heiraten, so wollte es dein Vater und ich bestehe auf mein Recht!" Seine Augen glitzerten kalt, sie erinnerten Michael an die Augen von Eva. Seine Stimme war wie knisterndes Eis, sie hatten nichts mehr mit dem weichen, verführerischen Ton von vorhin gemeinsam. „ Wer soll dich denn noch lieben? Jeder normale Mann wird sich doch vor dir und deiner Vergangenheit ekeln! Irgendwann wirst auch du erkennen, dass es die richtige Entscheidung war. Sei nicht dumm, Sophie!"

Das saß. Sophie senkte den Kopf, damit er ihre Tränen nicht sah, die nun unaufhaltsam in ihre Augen schossen. Damit ließ Peter das verzweifelte Mädchen los und stapfte entschlossen aus dem Zimmer. Er schloss die Tür leise hinter sich. Drinnen sank Sophie auf das Bett und fing an zu schluchzen. Vermutlich hatte sie die ganze Zeit mit ihren Gefühlen gekämpft und jetzt, wo sie sich unbeobachtet fühlte, ließ sie ihnen freien Lauf.

Es tat weh, sie so zu sehen, aber Michael musste hier verschwinden, er durfte sich nicht verraten. Sie hatte ihr Gesicht im Kissen vergraben und wurde von den Wellen eines massiven Weinkrampfes geschüttelt. Michael wollte nur hier raus, er wusste, dass er ihr Leid ausnutzen musste, um hier rauszukommen! Langsam trat er aus seinem Versteck, er ging rückwärts auf die Balkontüre zu, immer mit Blick auf die heftig schluchzende Sophie, aber sie bemerkte ihn nicht, für sie war die Welt gerade ein brennendes Meer von Tränen und sie wurde darin gnadenlos verschluckt.

Michael trat aus dem Zimmer in die frische Luft der Nacht. Er atmete erleichtert durch. Ohne Schwierigkeiten fand er den Weg zurück in sein Apartment und sank erschöpft auf das Sofa. Sein Kopf schwirrte von den Ereignissen in Sophies Zimmer, das abebbende Adrenalin ließ ihn wieder ruhiger werden. Er war erschüttert, wütend und verwirrt zugleich. Peters Worte taten nicht nur Sophie weh, auch ihm. *Warum behandelt er sie so herablassend? Er hatte doch kein Recht dazu oder doch?*

Aber was am Schlimmsten in ihm wühlte, war die Erkenntnis, dass Sophie einem anderen Mann versprochen war. Damit hatte er am wenigsten gerechnet. Er brauchte jetzt dringend ein Bier!

Kapitel 10

Die Sonne schien schon mit wärmender Kraft an diesem Sonntagmorgen, es war ein klarer Frühlingstag. Auf dem Weg zum Midway Flughafen fuhr Clay nicht so konzentriert wie sonst. Heute saß er selbst am Steuer. Mit den warmen Sonnstrahlen holte er auch seinen Porsche 911 Cabrio Turbo raus und gönnte sich und dem Auto Frischluft. Leider hielt sich seine Freude am schönen Wetter in Grenzen, er war zutiefst in Gedanken versunken. Die Ereignisse der vergangenen Nacht haben ihn völlig in Beschlag genommen. Er musste dringend mit Eva reden, es gibt so viele Unbekannte in dieser Gleichung. Wäre er nicht irgendwann vor Müdigkeit eingeschlafen, hätte er noch die ganze Nacht gegrübelt.

Wer ist dieser Peter? Wie kommt er mitten in der Nacht in Sophies Zimmer? Eva muss ihn kennen…

Er gab irgendwann auf, er wusste einfach zu wenig, aber er wollte der Sache auf den Grund gehen. Je mehr er glaubte, Sophie zu kennen, desto weniger wusste er tatsächlich. Er versuchte krampfhaft, sich auf sein bevorstehendes Treffen zu konzentrieren. Er wollte nicht schon wieder vor Eva dastehen wie ein kleiner Junge.

In Midway landen, so viel er weiß, nur Billigflieger, die Landebahnen waren zu kurz für die Internationalen Großflugzeuge. Es gibt einige private Flugzeughallen, eine Hubschrauber- und eine Kunstflugschule haben sich dort angesiedelt.

Ansonsten treiben sich dort jede Menge Freaks herum, die Kerosin trinken und Fliegerlatein erzählen. Michael war nicht gerade begeistert von dieser Art Mensch, er mied solche Orte bisher. Er hatte keine Fluglizenz, aber er nutzte eine firmeneigene Maschine mit Piloten. Es war eine Eurocopter EC 135, sie war sogar nachtsichtgeeignet und machte sie somit zur idealen Reisemaschine für seine zahlreichen Geschäftsflüge. Sie stand auf seinem Firmengelände, immer auf Standby mit einem Piloten, der auch im Bedarfsfall seine Mitarbeiter zu wichtigen Treffen fliegen konnte. Eine praktische Anschaffung, die ihm größtmögliche Flexibilität verschaffte.

Er konnte sich nicht vorstellen, dass Eva selbst flog, er vermutete, dass sie einen Roundtrip mit einem Hubschrauber oder einer Flächenmaschine organisiert hatte. Er war wirklich gespannt, was ihn dort erwartete. Auf den letzten Meilen gab er nochmal Gas, damit sein Porsche auch merkte, dass er hinter dem Steuer saß. Die Freude währte nur kurz, die Ausfahrt zum Flughafen tauchte vor ihm auf, das GPS führte ihn geradewegs zu den privaten Hallen.

Heute Morgen fand er auf seinem Handy die GPS Koordinaten für das heutige Ziel, typisch Eva, ohne einen weiteren Kommentar. Sie betrieb Kommunikation wirklich nur auf das Nötigste beschränkt. Mithilfe eines Handys konnte sie wahrscheinlich auch den ganzen Tag schweigen.

Unbeirrt leitete ihn das GPS durch die Anfahrtswege der Terminals und Hallen. Gerade als es so aussah, als würde die Bebauung enden, endete die Straße an einem umzäunten Gelände. Die Durchfahrt war mit einer Schranke versperrt. Als

Michael seinen Porsche gerade anhalten wollte, um den Knopf zu drücken, ging die Schranke wie durch Geisterhand auf. Sie musste sein Kommen schon bemerkt haben...

Gut versteckt hinter Bäumen lag vor ihm ein riesiger schwarzer Hangar, ganz aus Glas in einer eiförmigen Anordnung. Diese Halle war vom ungewöhnlichen Design bis zur Statik ein absolutes Highlight. Schade, dass dieser architektonische Leckerbissen so versteckt lag, aber vermutlich war das Evas Absicht. Clay parkte den Wagen vor der Halle. Es war punkt zehn Uhr.

Ein schlanker Schwarzer mit einer Warnweste über seinem Hemd kam vom Tor auf ihn zugelaufen. Er bedeutete, ihm zu folgen. Michael setzte sich in Bewegung und gab ihm zur Begrüßung die Hand.

„Mr. Clay, schön Sie kennenzulernen. Ich bin Billy, ich organisiere die Flotte von Mrs. Sherman. Sie erwartet sie übrigens in der Halle." Er ging vor und Michael folgte ihm beeindruckt. Eine eigene Flugzeugflotte, das hätte er so nicht vermutet, aber es passt zu ihren Lebensstil...

Als er durch die Tür in das Innere trat, war er nicht nur erstaunt, was in einer solchen Halle Platz fand, er war auch völlig hingerissen, was er hier so alles vorfand. Mrs. Sherman schien ein Faible für schnelle Fahrzeuge zu haben, denn vom Formel 1 Boliden bis zum Düsenjet fand sich hier alles, was das Sammlerherz begehrt. Die Fahrzeuge waren alle einheitlich in der Farbe schwarz gehalten. Kein Logo oder irgendwelche Beschriftungen ließen Rückschlüsse auf den Besitzer zu. Eva beschränkte sich lediglich auf die Pflichtbeschriftung bei den Fluggeräten. In der Mitte der Halle stand das größte Flugzeug, eine Dassault Falcon 2000S. Die kannte Michael, da er für seine Firma mal einen Privatjet kaufen wollte. Dabei hat er sich auch mit diesem Typ Privatjet befasst, sie war ihm damals nur zu groß.

Er pfiff durch die Zähne, hier stand wirklich ein richtiges Vermögen herum! Langsam dämmerte es Michael, dass Eva weit reicher war, als er sie einschätzte. Wesentlich reicher als er auf jeden Fall! Er spürte, wie der ehrfürchtige kleine Junge wieder in ihm erwachte…

Der Boden war so sauber, man hätte davon essen können. Erstaunlich in einer Halle, die auch als Werkshalle diente. Michael ließ den Blick durch die großzügige Umgebung gleiten.

Dort stand sie! In ein Gespräch vertieft mit einem älteren Herrn, der temperamentvoll mit seinen Händen gestikulierte. Er regte sich wohl über etwas auf. Zielstrebig brachte ihn Billy zu den beiden Personen. Erst bei den letzten Worten ihres Gegenübers blickte Eva über die Schulter und stoppte den Redefluss durch eine kurze Handbewegung.

„Jack, darf ich vorstellen, das ist Michael Clay, er wird heute mein Gast sein!“ Michael reichte ihm die Hand, die er nur widerwillig annahm, er schien immer noch verärgert. „Ich hoffe, sie wissen was sie tun!“ grummelte er in Michaels Richtung. „Ich gehe mal und mache die Maschine fertig…“ Damit verließ er die beiden und er konnte sich Eva zuwenden. Sie steckte in einem schwarzen Fliegeroverall, einen Helm lässig unter dem Arm geklemmt, ihre Mörderstilettos hatte sie gegen bequeme schwarze Turnschuhe getauscht. Trotz der sportlichen und der Umgebung angepassten Kleidung war sie perfekt frisiert und geschminkt. Die Augen waren sogar bis zum Innenlid dick ummalt, es hatte fast einen ägyptischen Touch. Mit dem schwarzen akkurat geschnittenen Haar wirkte sie schon sehr futuristisch, so wie diese Halle hier auch! Michael konnte sich an ihr nicht satt sehen, auch im Fliegeroverall machte sie eine super Figur. Er hatte einen Kloß im Hals. „Guten Morgen", würgte er aus seinem trockenen Mund heraus, „nette Sammlung!"

Sie grinste wölfisch, „ja, ich habe ein Faible für schnelle Fahrzeuge!"

„...und die Lizenz dafür?" bohrte Michael nach.

„Nicht für alle Maschinen, aber ich kann die Agusta A109 als Helikopter hier hinten fliegen und den Extra 300 LP dort als Flächenflugzeug. Für alle anderen Maschinen habe ich Jack, er besitzt für alle Fluggeräte eine Lizenz. Sie deutete jeweils mit ihrem Finger auf die beiden Maschinen.

Donnerwetter, sie hatte die Pilotenlizenz für Hubschrauber und Flächenflieger. Zeitaufwendig und teuer, diese Frau war aber auch immer für eine Überraschung gut.

„Und damit verbringst du deine Freizeit?" Michael versuchte, ihr noch mehr zu entlocken. Ein Lächeln zeigte sich an ihrem Mundwinkel. „Ich lasse damit Dampf ab, Michael", ihr Ton war gefährlich, „das ist kein Hobby, es ist hartes Training. Ich habe dich hierher eingeladen, weil du mehr über mich wissen wolltest. Jetzt brauche ich dir nicht mehr viel erklären."

Sie schnappte sich eine der Wasserflaschen, die dort aufgereiht am Tisch standen und reichte sie ihm. „Damit ich dich mitnehmen kann, musst du erst diese Flasche Wasser austrinken.“ Michael sah sie fragend an, nahm sie aber und leerte sie in wenigen Schlucken. Eva beobachtete ihn dabei scharf.

„Das Wasser verdünnt dein Blut, es kann schneller in deine Blutgefäße und vermeidet eine Ohnmacht.“ Dies schickte sie als Erklärung hinterher und Michael hätte sich beinahe verschluckt.

„Ohnmacht? In welcher Höhe fliegen wir denn?“

„Nicht ganz so hoch, aber die G-Kräfte betragen bis zum 5-fachen deines Körpergewichts, vor allem beim Einfangen der Maschine nach einem Sturzflug.“

Michaels Blick zuckte zu der kleinen unscheinbaren Maschine, auf die sie vorhin zeigte. Jetzt dämmerte es ihm: es war ein Kunstflieger, Eva flog mit dieser Höllenmaschine die irrsten Pirouetten und sie wollte, dass er mit dabei ist.

Michael schaute sie grimmig an, „du meinst, dass ich jetzt Angst bekomme?“ Eva zeigte nun wieder ihr wölfisches Grinsen und ihre Augen funkeln. „Angst wäre jetzt das falsche Wort, ich zeige dir nur die Achterbahn, auf der ich so gerne fahre...!“ Sie drehte sich abrupt um und winkte ihm, ihr zu folgen. „Kotztüten sind im Flieger“, kam es trocken aus ihrem Mund.

Michael grinste, er war abgehärtet, was das Fliegen betraf, Eva wird ihn diesmal nicht klein kriegen.

„Was bekomme ich, wenn ich nicht kotze?“ Michael witterte eine Chance. Sie blieb kurz stehen und drehte ihren Kopf zu ihm zurück, sah ihn herausfordernd an. „Dann gehe ich mit dir essen…“

Michael lachte, *fair deal, genau da wollte ich sie haben*!

„Abgemacht!“

Sie hatten die Maschine erreicht, Jack hatte bereits den Außencheck durchgeführt und überreichte ihr nun den Zündschlüssel und Michael einen Helm. Behende kletterte sie auf den linken Flügel und bat ihn, an ihr vorbei nach hinten einzusteigen. Er schnallte sich zwar selbst an, aber sie überprüfte noch einmal den Sitz der straffen Gurte. Sie kam Michael dabei sehr nah und er bemerkte, dass ihr seine Nähe zu schaffen machte, ein klein wenig wirkten ihre Bewegungen fahriger wie sonst. Michael überlegte, ob sie vielleicht doch eine schwache Seite hatte. Sie konnte doch nicht in allem so perfekt sein. Es war wirklich unheimlich.

Schnell zog sie sich auf ihren Sitz zurück, machte den Innencheck und ließ den Motor an. Die Propellermaschine erzeugte einen ohrenbetäubenden Lärm. Sie deutete auf die Kopfhörer in den Helmen und zeigte auf einen Knopf. Er schaltete den Sprechfunk ein.

Sie reckte den Daumen hoch, „verstehst du mich?“

Michael gab durch den Lautsprecher sein OK und sie bewegten sich langsam aus der Halle. Während Eva sich bei Rollkontrolle und Luftkontrolle anmeldete, spielten seine Gedanken Katz und Maus. Was reizte ihn eigentlich so an Eva? Sie verhielt sich so unweiblich, wie man es sich vorstellen konnte, es war wirklich schwer für einen Mann, mit ihr Schritt zu halten. Aber sie hatte etwas, das er unbedingt herausfinden möchte. Ein Geheimnis, das um sie herum waberte wie ein Nebel. Er kam einfach nicht drauf. Dabei schien sie ja auch Gefallen an ihm zu finden. Anders konnte er ihre Reaktion nicht deuten, als sie ihm so nahe kam. Es durfte ihm nur nicht schlecht werden, dann wäre er schon einen Riesenschritt weiter.

Auf einmal drückte es ihn mit Gewalt in den Sitz, Eva hatte die Startfreigabe und gab Gas. Nach extrem kurzem Anlauf hob die Maschine schon ab und schoss mit ihm in den Himmel. Erst als sie die vorgeschriebene Höhe im Kontrollraum erreichten, legte sie die Maschine gerade.

„Ich muss etwas außerhalb vom Flughafen fliegen, damit ich aus dem Kontrollraum komme. Sonst darf ich nicht höher", erklärte sie mir. Hinter ihnen sah Michael die Skyline von Chicago im Dunst verschwinden. Sie waren beide mit ihren Gedanken alleine.

Schließlich verabschiedete sie sich vom Tower und glitt nach rechts über den Michigan See. Die endlose Weite dieses Binnensees wurde einem erst aus der Luft bewusst. Hier war keine Besiedelung, der Luftraum frei. Eva zog die Maschine hoch, die Flugzeugspitze ragte steil nach oben. Eva meldete sich von vorne durch die Kopfhörer wieder bei ihm zu Wort: „In dieser Position und ohne Sicht auf den Boden verliert man völlig das Gefühl, ob die Maschine noch steigt oder schon in der Luft steht. Dafür habe ich den rote Faden am Flügelende, siehst du ihn?" Und tatsächlich, Michael schaute nach links und erkannte den roten Faden, der an der Flügelspitze befestigt war.

„Wenn der rote Faden nach unten zeigt, steigen wir immer noch, hängt er waagerecht stehen wir in der Luft“. Und im selben Moment richtete sich der rote Faden auf, sie standen nun senkrecht in der Luft!

Eva zog die Maschine über Kopf nach hinten und ließ sie in einem willkürlich trudelndem freien Fall nach unten sausen. Michaels Magen drehte sich. Nach ein paar tausend Fuß fing sie die Maschine wieder ein und Michael seinen Magen und es ging wieder nach oben.

Wow, sie ist wohl nicht besonders scharf darauf, mit mir essen zu gehen....

Er konnte sich nur mit Mühe beherrschen. Aber er hielt tapfer durch! Er liebte es schon als Kind, Achterbahnen zu fahren, sein Vater machte sich einen Spaß daraus, ihm die größten und schnellsten Achterbahnen der Welt zu zeigen. Das hier war ähnlich, nur härter. Sie flog noch einige Kunstfiguren, die Spanische Acht, Sturzflüge oder einfach nur ein paar Meter über dem Wasser auf dem Kopf. Michael erlebte Eva in einer gelösten Stimmung, lachend und mit viel Spaß! Sie flog mit einer Leichtigkeit, die ihm wiederum das Vertrauen in ihre Flugkünste gab, es war durchaus – schön! Er konnte sich trotz irrwitziger Flugweise einigermaßen entspannen und sein Magen rebellierte nicht mehr ganz so wild. Eva war von ihm beeindruckt, dass er sie in keinster Weise von irgendetwas abhielt oder sogar ganz aufgab, er hielt tatsächlich durch!

Als die Maschine in den Hangar rollte, war Michael trotzdem ganz flau im Magen. Eva sprang aus der Maschine, der Propeller lief noch nach, da half sie ihm schon aus den Gurten. Dabei sah sie ihm prüfend ins Gesicht. Er war wohl etwas blass um die Nase, denn sie fragte besorgt: „Alles in Ordnung?"

„Ja", brachte Michael heraus, „ich habe mir unser gemeinsames Essen schwer verdient, was?"

Sie lachte ihn an, „Ja, das hast du, ich bin beeindruckt, es gibt nicht viele, die meine Fliegerei ohne Schaden überstehen - und es wird mein erstes Abendessen mit einem Mann sein! Du kannst dich also wirklich glücklich schätzen!"

Michael lächelte gequält und sah sie seltsam an, so locker, wie sie vor ihm stand und lachte, da erschien sie ihm so jung. Wie alt mochte sie bloß sein? „Ich hoffe, dass du das Essen mit mir genauso unbeschadet überstehst!"

Sie wurde wieder ernst: „Bitte kein Restaurant, Michael, ganz privat, ich gehe nicht gerne unter Menschen!" Man merkte, sie war es nicht gewohnt, um etwas zu bitten, aber es schien ihr sehr wichtig.

„Schon verstanden. Ich kenne einen Club, da sind wir ungestört, ich warte dann heute Abend um 19.00 Uhr auf dich." Es war ihr sichtlich unangenehm, aber sie hat die Wette nun mal verloren. Sie nickte und er verabschiedete sich von ihr, da sie sich umziehen wollte. Michael war dankbar, dass sie nicht noch auf eine Flasche Wasser oder einem Snack bestand, denn er kämpfte ständig mit seinem Magen, der sich immer noch im Kunstflug befand.

Sein Kopf brummte, sein Blut pumpte noch in den Venen. Die Schwerkraft hat ihm ziemlich zugesetzt. Im Auto schloss er erst einmal die Augen, damit er sich wieder konzentrieren konnte. Erst nach einer Weile ebbte das Adrenalin wieder ab und sein Magen besann sich auf seine eigentliche Aufgabe. Entschlossen zündete er den Motor und bog auf den Highway ein Richtung Chicago. Wie schön, mit allen vier Rädern auf dem Boden zu sein. Auch die horizontale Beschleunigung hat ihren Reiz. Michael gab Gas!

***

Er hatte in seinem bevorzugten Club eine Suite reservieren lassen. Dort ist Eva sicher vor neugierigen Gästen. Für ihre Angst, zusammen gesehen zu werden, hatte er durchaus Verständnis, es wäre ein falsches Signal für einige Unternehmen. Zeitungen konnten da schon mal für Überraschungen in den Chefetagen sorgen.

Er hatte sich seinen schwarzen Anzug mit den feinen braunen Streifen von Zoe auffrischen lassen und stand nun wie aus dem Ei gepellt im Dreiteiler vor seiner Fensterfront. Sein Blick fiel auf Sophies Schlafzimmer, es war dunkel. Sein Gesicht bekam wieder einen düsteren Ausdruck, als er sich die Nacht ins Gedächtnis holte. Zwischen den Augen war die schräge Falte tiefer als sonst. Er wird mit Eva heute Abend darüber reden müssen, hoffentlich hatte sie gute Laune…

Es klingelte pünktlich und Clay drehte sich um. Theo hatte schon die Tür geöffnet und ließ Eva den Korridor entlang laufen. Michael lief ihr entgegen und blieb kurz stehen, um nach Luft zu schnappen, als er sie sah. Sie hatte ein Cocktailkleid an, das auffällig ihre Modelfigur betonte. Zwei Träger überkreuzten sich vorne, verdeckten die Brust und liefen am Rücken wieder zusammen. Das kniekurze Rockteil hatte einen seitlichen Schlitz, gerade lang genug, um sexy zu wirken. Der Stoff war schlicht, aber der Schnitt dafür atemberaubend!

Ihre Highheels hatten drei Schnallen aus Lackleder, eine umfasste den Fuß, eine die Fessel und die letzte die Wade. Dazu passend eine Lacktasche. Alles in schwarz – natürlich! Auch das Make-up war wie erwartet tiefschwarz, die Lippen leuchteten in einem warmen Rotton.

Ihr Schmuck bestand aus einem Collier mit Diamanten besetzt in Form eines Jaguars und die Ohrringe waren passend dazu gemacht.

Michaels Herz setzte für einen Schlag aus. Sie war einfach umwerfend – und er ging heute Abend mit ihr aus!

Sie blieb ebenfalls stehen und betrachtete ihn interessiert. „Schwarz steht dir", stellte sie nüchtern fest. „Dir auch", antwortete Michael belustigt und er war froh, dass sie ihm mit einem Anflug von einem Lächeln signalisierte, dass sie heute Abend ihre Krallen zuhause ließ.

„Ich habe eine Flasche Champagner kühl gestellt, möchtest du einen Aperitif hier trinken?"

„Welchen denn?"

Michael wurde es heiß, *oh, ja, sie stellte Ansprüche!* „Bollinger Rose Vintage 1999. Ein hervorragender Jahrgang...

„Nein, entgegnete sie, der schmeckt nicht." Michael klappte das Kiefer nach unten. „Vielleicht gibt es im Club einen besseren, ich werde das schon rausfinden." Und sie drehte sich Richtung Ausgang, „lass uns gehen, ich habe schon Hunger!"

Michael war ja schon abgehärtet, aber das hatte er noch nie erlebt. Er ging bisher davon aus, den besten Champagner zu kennen. Dass sie seine Wahl so herabwürdigte, machte ihn doch zu schaffen. Er schluckte seinen Ärger herunter und folgte ihr in den Fahrstuhl. Mit unbewegtem Gesicht sah sie ihn an. „Du hast gesagt, du lädst mich zum Essen ein, von Champagner war nicht die Rede!"

Michael beherrschte sich mühsam. *Warum muss sie aus jeder Kleinigkeit ein Staatsdrama machen? Ich muss lernen, ihren Ton zu ignorieren, sie treibt mich sonst zur Weißglut!*

„Ist schon ok, ich hoffe, du magst wenigstens das Essen, das ich vorbestellt habe, sonst zweifle ich langsam an meinen Gastgeberqualitäten."

„Ich bin nicht besonders anspruchsvoll...!"

„Was das Essen angeht", fügte sie noch schnell hinzu, aber Michael lachte schon prustend los, er konnte sich nicht zurückhalten und Eva lachte mit. Wenigstens konnten sie die erste Krise schon mal mit Humor lösen. Der Lift hielt, Michael bot ihr seinen Arm, aber sie ignorierte die höfliche Geste geflissentlich und stakste an ihm vorbei. Kopfschüttelnd, aber immer noch grinsend stieg Michael ebenfalls aus dem Lift. Dort stand Cathy mit der S-Klasse. Michael stutzte, er hatte Theo als Fahrer erwartet. Sein Lächeln schmolz davon.

„Wieso fahren wir mit deinem Wagen?" Er wurde schon wieder misstrauisch.

„Reg' Dich nicht auf, es war meine Anweisung, Theo fährt schon vor zum Club. Cathy hat ein paar Paparazzi vor dem Eingang entdeckt, die gilt es abzuhängen. Ich möchte nicht, dass man uns zusammen sieht. Also, steig ein und vertrau mir!"

Michael sagte nichts mehr, er fügte sich ihren Anweisungen, auch wenn es sich anfühlte, als wäre er wieder das Kind.

Woher hat sie eigentlich diese Autorität? Sie macht das wirklich gut, vielleicht ist sie deswegen so gefürchtet, einige Männer, die geschäftlich mit ihr Kontakt standen, haben sie mir gegenüber als ‚abgezockte Braut' bezeichnet. Wenn man sie so erlebt, kommt man auf kein anderes Ergebnis.

Er setzte sich nach hinten links, rechts waren alle Bildschirme montiert. Cathy fuhr vorsichtig den schweren Wagen die Rampe hinauf. Tatsächlich, dort hatten sich ein paar Paparazzi versammelt und warteten auf einen guten „Schuss", es war widerlich. Die Seitengläser des Wagens waren verdunkelt, so konnten sie von außen weder sehen, wer noch wie viele Personen im Wagen saßen. Eine praktische Erfindung!

Die einzige Chance, doch noch ein gutes Bild zu erwischen, war beim Ein- oder Aussteigen. Das Einsteigen hatten sie schon verpasst, jetzt müssen sie dem Wagen nur folgen, um vielleicht das Aussteigen noch mitzubekommen. Sie liefen zu ihren geparkten Autos und folgten der schwarzen Limousine.

„Lästiges Pack!" Schimpfte Eva mit einem Blick in den Rückspiegel. „Die würden alles tun für ein Foto mit uns beiden zusammen. Irgendwo her hatten sie wohl einen Tip...“ und sie blickte ihn von der Seite an.

„Du glaubst doch nicht im Ernst, ich würde...“, er brauchte nicht zu Ende zu sprechen, sein wütender Gesichtsausdruck nötigte sie zu einem spöttischen Lächeln. „Ich weiß“, beschwichtigte sie, „du nicht, aber es gibt eine undichte Stelle!“

Michael grübelte über ihre Worte nach. Sie tauchten in einen der vielen Tunnel in Chicago ein. Plötzlich riss Cathy das Steuer nach rechts und hielt mit quietschenden Reifen den Wagen an. Sie war in einer Ausbuchtung stehen geblieben. „Komm, schnell, steig aus!“ Rief ihm Eva noch zu, bevor sie aus dem Wagen stürmte. Ein Wunder, wie flink sie sich mit diesen hohen Hacken bewegen konnte. Michael tat es ihr nach und sprang aus dem Wagen. Kaum schlug er die Tür zu, brauste Cathy mit röhrendem Motor davon.

Michael sah einen anderen Wagen in der gleichen Ausbuchtung stehen, es war ein schwarzer Bentley. Ein kleiner asiatischer Fahrer sprang aus dem Wagen und hielt Michael die Tür auf. Schnell sprang er in den Wagen und sah Eva auf der anderen Seite alleine einsteigen, das ging schneller. Wortlos starrte er sie an, während sich der schwere Wagen in Bewegung setzte. Gemächlich setzten sie ihre Fahrt fort. Vergnügt sahen sie die Horde Paparazzis an sich vorbei sausen.

Michael zollte ihr Anerkennung. „Du bist echt versiert im Abhängen von Paparazzis.“

„Funktioniert immer! Cathy fährt dann immer gemütlich den Wagen in die Waschanlage...“ Sie lachten beide, die Vorstellung von Paparazzi in der Waschanlage war köstlich!

Jetzt war es nicht mehr weit. Bei der Ankunft vor dem luxuriösen Eingangsbereich hielt der Fahrer den Wagen vor dem Club an und machte Michael die Tür zuerst auf. Michael ließ es sich nicht nehmen und öffnete die Hintertür bei Evas Sitz, die diesmal so lange sitzengeblieben war. Einmal mehr verweigerte sie seine dargebotene Hand. Michael wunderte sich immer mehr.

Was ist eigentlich ihr Problem?

Keine Paparazzi weit und breit, der Trick war gelungen. Michael brachte Eva zum Fahrstuhl. Die wenigen Gäste, die sich hier bewegten, trauten kaum ihren Augen, sie waren einfach ein erstaunlich attraktives Paar. Eva beachtete die bewundernden Blicke gar nicht oder zumindest tat sie so.

Der Eintritt in den Club war so professionell wie immer. Freundliche Butler im Livrèe nahmen die beiden in Empfang und führten sie in eine der privaten Suiten. Dabei kamen Sie an der Bar vorbei, die für alle zugänglich war. Der Barmann grüßte freundlich: „Guten Abend Mr. Clay, möchten sie einen Bourbon wie immer als Aperitif?“ Michael sah zu Eva und erwiderte ohne den Barmann anzuschauen: „Ich denke, wir genehmigen uns einen Champagner zu Beginn, Mrs. Sherman hier wird die Flasche wählen!“ Er grinste dabei wissend.

Eva zögerte keine Sekunde, sie drehte sich zum Barmann um und raunte ihm zu: „Wir öffnen die Flasche Palmes d'or Rose Vintage von 2003, Charles. Du hast sie ja schon auf Eis gelegt, nehme ich an?“ Sie zwinkerte ihm zu. Charles grinste und zwinkerte zurück, „aber natürlich, möchten sie das erste Glas hier an der Bar trinken?“ Eva nickte nur und schnappte sich einen der Barhocker. Michael hatte die ganze Szene mit Staunen verfolgt. Eva musste den Champagner bereits vorbestellt haben, aber woher wusste sie, wo er reserviert hatte...?

Charles holte die auffällige Flasche mit noppenförmiger Oberfläche aus dem Champagnerkühler. So eine Flasche hatte Michael noch nie gesehen. Geschickt füllte er zwei vorgekühlte Champagnergläser.

„Kannst du mir mal erklären, wieso du immer alles im Voraus weißt, organisierst und dann perfekt in Szene setzt?" fragte ein frustrierter Michael.

In einem eleganten Schwung setzte sich Eva auf die Kante des Hockers, ein perfektes Bein angewinkelt und mit dem Absatz im Stuhl eingehakt. Das Strumpfband ihrer halterlosen Strümpfe spitzte durch den Schlitz im Kleid hervor. *Sie gleicht einem Model in dieser Pose, sie weiß einfach, wie verdammt attraktiv sie ist,* schoss es Michael durch den Kopf.

Alles immer... ach, verdammt! Er fand keine Worte für den Auftritt, sie war einfach unbeschreiblich.

Eva nahm sich Zeit, um zu antworten. „Michael, ich bin eine der wenigen Frauen in diesem Business auf diesem Niveau. Ich versuche, meinen Konkurrenten immer eine Nasenlänge voraus zu sein, ich bin nicht härter oder besser als die, ich bin meist nur schneller. Und dazu gehört eine gute Vorbereitung. Ich habe meine Mittel und Wege, Informationen zu beschaffen. GPS und Internet sind Handwerkszeug im Kampf um die vordersten Plätze. Und mein Aussehen ist mein Kapital. Ich habe keine Skrupel, alles gnadenlos einzusetzen."

„Und dazu gehört auch das Abhören von Telefonen?"

Sie grinste. „Ja, wenn es sein muss!“ Währenddessen zog sie eine goldene Zigarettenschachtel aus ihrer Lacktasche und öffnete den mit einem Diamanten verzierten Verschluss. Mit einer kurzen ruckartigen Bewegung ihrer Hand sauste eine Zigarette aus der Packung in den Mund. Michael blieb die Spucke weg, *was ist denn das für ein Zaubertrick?*

Der Barkeeper reagierte schnell, er hielt ihr ein Feuerzeug hin und sie ließ sich die Zigarette anzünden. Sie nahm einen tiefen, ersten Zug und zerdrückte die Zigarette sofort im Aschenbecher. In einem großen Schwall stieß sie den Rauch durch Mund und Nase wieder aus.

„...Ich...ich wusste gar nicht, dass du rauchst?“ Michael hatte den Kontakt zu seinem Sprachzentrum verloren. Er war durcheinander, diese Frau raubte ihm den Verstand. Er schloss die Augen, um sich zu sammeln.

Eva zuckte mit den Schultern. „Ich will es mir eigentlich abgewöhnen..., aber auf diesen einen Zug möchte ich noch nicht verzichten!“

Sie blickte ihn ernst an. „Hast du keine Laster, Clay?“

Michael überlegte. „Whiskey...bis vor kurzem, ich will es mir auch abgewöhnen!“

Eva lachte, schnappte sich ihr kondensiertes Glas am Stiel und hielt es Michael zum Anstoßen hin. Michael nahm es ebenfalls am Glas und bevor er mit ihr anstieß, meinte er nachdenklich: „Auf unsere Laster...!“

Kling, die Gläser klirrten.

Michael hatte schon einige Champagner getrunken, er kannte Moet Chandon, Dom Perignon, Bollinger, aber dieser übertraf bei Weitem seine Vorstellung. Prickelnd, fruchtig, vollmundig. Er hielt kurz inne, um zu genießen.

„Woher kennst du dich mit Champagner so gut aus? Ich habe so etwas noch nie getrunken!“ Er war beeindruckt.

Eva nahm noch einen Schluck und legte den Kopf etwas schief, als sie antwortete: „Man muss einige probiert haben, um den besten zu finden. Mir half der Zufall, denn ich bin durch einen, hm... Freund... auf diesen Champagner gestoßen, er kennt den Winzer persönlich.“ Bei dem Wort ‚Freund‘ machte sie eine kurze Pause, lang genug, um Michael auf eine Idee zu bringen.

„Peter?“ Sagte er so beiläufig wie möglich.

Eva hielt in der Bewegung inne. Sie sah ihn scharf an, ihre Augen verengten sich. „Woher weißt du von Peter?“

Michael jubilierte innerlich, endlich ein Punkt, er hatte ins Schwarze getroffen. „Ich habe da so meine Quellen...“ , er lächelte schelmisch. Sie drehte das Glas in ihren Fingern, sie dachte nach, dabei sah sie ihn argwöhnisch an. „Peter ist nicht nur ein guter Freund“, sie machte eine Pause, „er ist mein Mentor!“

Ja, er scheint eine besondere Beziehung zu euch Sherman Schwestern zu haben!

Michael wartete, bis sie weiter sprach.

„Er hat mir geholfen, mein Imperium auszubauen. Ich hatte zwar schon Geld verdient, aber die Ideen, die Kontakte und letztlich auch die Strategie, da hat mir Peter geholfen. Ich war ja ein Greenhorn am Markt.“

„Am Aktienmarkt?“ fragte Michael nach, denn das ist alles, was er von ihren Geschäften wusste.

„Ein Drittel Aktien, ein Drittel sind Immobilien und ein Drittel Sicherheitstechnik, mein Steckenpferd.“

„Sicherheitstechnik?“

„Ja, alles was mit Computersicherheit und Sicherheit am Gebäude zusammenhängt.“

Michael dachte an die Kameras vor ihrer Haustüre. „Daher hast du Zugang zu allen persönlichen Daten, du verwendest dein Know-how, um anderen nachzuspionieren.“

„So würde ich das nicht nennen, ich nenne es ‚in Vorleistung‘ gehen. Ich versuche von möglichen Interessenten private Daten auszuspionieren und zeige ihnen dann, wo seine Schwachstellen sind. Funktioniert verblüffend einfach.“

„Ich bin aber kein Kunde von dir...“

„Vielleicht wirst du es ja noch, wir haben hervorragende Programme, um sämtliche private Daten geheim zu halten und du hast dich bisher noch nicht allzu sehr um Datensicherheit in deiner Firma bemüht.“ Jetzt war Michael wieder an der Reihe, verblüfft zu sein.

Sie hat sich sogar in das Firmennetzwerk eingeschlichen! Eva ist wirklich mit allen Wassern gewaschen!

Sie lachte über seine Verwunderung und Charles schenkte das zweite Glas nach. „Glaubst du wirklich, ich hätte dich mit Sophie alleine gelassen, ohne alles über dich zu wissen?“ Sie wurde wieder ernst.

Michael erinnerte sich, dass er ja noch ein paar Fragen hatte. Er hatte sich die ganze Zeit an die Bar gelehnt, statt sich zu setzen, deshalb drehte er sich jetzt nur leicht und deutete auf den Korridor. „Dort geht es zu unserer Suite, sollen wir den Champagner mitnehmen und vorsichtshalber mal etwas essen? Ich fürchte, ohne etwas im Magen wird der Alkohol schnell spürbar...!“

„Natürlich!“ Eva schlängelte sich vom Hocker, zupfte sich das Kleid zurecht, indem sie mit der Hand ihre Hüften entlang gleitet. Eine sehr erotische Handbewegung. Michael war irritiert.

Sie macht das doch mit Absicht?

Er ließ sie vorgehen und betrachtete mit stummen Applaus ihren Hintern, der in dem Kleid so bezaubernd betont wurde.

Die Suite hatte eine Fensterfront, die einen schönen Blick auf Chicago und den Trump Tower gewährte. Eva hatte sich vor das Fenster gestellt. Michael stellte sich hinter sie, er überragte sie um fast einen halben Kopf, trotz ihrer hohen Schuhe. Sie war so nah, er konnte ihr Parfüm riechen, die Wärme ihres Körpers spüren, es waren nur ein paar Zentimeter zwischen ihnen.

„Darf ich dich etwas Persönliches fragen?“ fragte er leise.

„Solange es nicht die Frage nach meinem Alter ist...“

„Hast du ein Verhältnis mit Peter?“

Sie drehte sich langsam um und sah ihm in die Augen. „Woher kennst du ihn?“

„Das war nicht die Antwort!“

„Nein, ich habe nichts mit ihm! Also, woher kennst du ihn?“ Fragte sie nochmals eindringlich.

„Ich war gestern in Sophies Zimmer, sie kam nicht zu mir, da bin ich zu ihr.“ Michael entschloss sich, nur die halbe Wahrheit zu erzählen, „Peter war bei ihr, ich war unfreiwillig Zeuge ihrer Unterhaltung. Peter scheint in eurer Familie weitgehend ‚integriert‘ zu sein.“

Eva nickte stumm, ein kalter Zug legte sich über ihr Gesicht. „Er will Sophie heiraten!“

Michael schluckte. Das deckte sich mit dem, was er gehört hatte. „Aber Sophie will nicht!“

„Michael, Peter ist ein sexbesessener Sadist. Er liebt es, Frauen zu dominieren und ihnen weh zu tun. Er wird Sophie vollends zerstören!“

Ihr Blick war so intensiv, Michael zuckte zusammen.

„Warum lässt du es dann zu? Man kann doch niemanden zwingen?“

Sie seufzte schwer. „Sie ist ihm versprochen, Michael. Das ist in unserer Verbindung so Tradition. Peters und unsere Eltern haben das schon lange miteinander ausgehandelt. Es gibt keinen Weg zurück…“

„Wir leben doch nicht im Mittelalter, es gibt kein Gesetz, das die beiden zwingt!“

Eva sah ihn seltsam an. „Es sind unsere Gesetze. Sie zu brechen, bedeutet den automatischen Ausschluss, es kommt einem gesellschaftlichen Todesurteil gleich.“

„Solange Peter auf seine Rechte besteht, habe ich keine Chance, sie davon zu erlösen. Es sei denn….“ Sie stockte. Michael sah, dass sie zögerte. „Es sei denn, wir kaufen sie frei!“

„Wieviel?“ Michaels Stimme war heiser.

„Zuviel", war ihre Antwort.

„Wieviel", er war ungeduldig, „komm schon, Eva!"

„1 Milliarde." Sie ließ die Summe sacken. „So sind die Bestimmungen, eine Summe, die ich nicht ohne weiteres aufbringen kann..." Evas Stimme war bedrückt, sie hatte die Augen geschlossen, ihr Glas hielt sie an die Stirn gepresst.

„Mein Gott...", entfuhr es Michael, „1 Milliarde Dollar für eine Seele!"

Der Butler unterbrach ihre düsteren Gedanken, indem er die Vorspeise servierte. Eva und Michael setzten sich auf die gepolsterten Stühle. Sie versuchten beide, den Abend wenigstens halbwegs mit Würde und Anstand hinter sich zu bringen und versprachen sich gegenseitig, sich jetzt auf das Essen zu konzentrieren, was bei dem Anblick leichter fiel, als gedacht. Es waren Austern, auf Eis serviert mit Zitrone und frischen Champagner!

„Eine gute Wahl!" brachte Eva schließlich anerkennend hervor und schlürfte genüsslich die erste Muschel. „Passt hervorragend zu meinem Rose Champagner!"

„...oder umgekehrt!" ergänzte Michael tapfer und griff zu.

***

Das Menü, hauptsächlich Fisch, sagte Eva zu, sie hatten beide Hunger und leerten still ihre Teller. Währenddessen waren beide mit ihren Gedanken beschäftigt.

Erst als die Hauptspeise, ein Loup de Mer in Salzkruste mit Gemüse, vertilgt war, setzte Michael die Unterhaltung von zuvor fort. „Was ist das für eine Verbindung, von der du immer redest?“

„Seit etwa fünf Jahrhunderten gibt es die Verbindung der Schwarzritter. Sie formierten sich in Europa als Ableger der Tempelritter. Irgendwann sandten sie auch Getreue ins neue Amerika. Ähnlich wie die Kreuzritter haben sie es sich zur Aufgabe gemacht, Kreuzzüge durchzuführen, aber nicht für Gott, sondern für den...“, sie zögerte und sah Michael direkt in die Augen, „für den Teufel. Sie beteten Luzifer an und brachten ihm und seinen Priestern weltliche Schätze. Meist war ein gewählter Oberster Priester der Empfänger und Verwalter. Später wurden die Mitglieder weltlicher, der Oberste Priester hieß er nur noch Meister, um die Religiösität zu verbergen. Mein Vater war ein solcher Meister, diese werden im Orden von den Mitgliedern gewählt, wenn der alte Meister gestorben war. Er war unglaublich wohlhabend und einflussreich. Sophie war als seine Tochter die Auserwählte. Peter war der Sohn eines der Mitglieder, sie hatten die Ehe schon lange verhandelt, bevor sie laufen konnten. Peter ist genauso daran gebunden wie Sophie, es ist ein interner Ehrenkodex, keiner würde dies je in Frage stellen.“ Sie machte eine Pause und nahm noch einen Schluck Champagner.

„Es sollten zwei mächtige Familien wiedervereint werden, das ist der Grund, warum die Schwarzritter so erfolgreich sind.“

„Sophie liebt ihn nicht...!“

Eva sah ihn überrascht an, „aber sie ist die Auserwählte!“ Sie blieb hartnäckig.

„Eva, ich weiß nicht, wie ich es dir sagen soll, aber Sophie ist wohl, hm...sehr interessiert an mir! Ich auch an ihr... Wie soll ich mich jetzt ihr gegenüber verhalten? Ich will sie nicht mit einem anderen Mann teilen müssen!“

Sie sah ihn eine Weile an. „Liebst du sie?“ Und ihr Blick bekam wieder diese intensive Färbung.

„Ich muss ständig an sie denken...“ sinnierte Michael.

„Liebst du sie?“ fragte sie nochmals, eindringlich.

„Ja, ich denke schon...“, gab er schließlich zu.

„Dann werde ich das Geld auftreiben.“

„Eva, das wirst du nicht, diese Heirat wird nicht stattfinden!“

„Du gehörst nicht zur Verbindung...“

„Das ist doch alles Fiktion, eine Sekte, erfunden!“ Erboste er sich, „ ihr erstellt eure eigenen Gesetze, ohne Rücksicht auf das persönliche Glück eines Menschen. Für mich gelten sie nicht!“ Michael wurde böse.

„Aber für uns sind sie verbindlich, seit Jahrhunderten, ich kann mich dem nicht entziehen. Peter hat die Ehe schon vollzogen, er kann ebenfalls nicht zurück!“

„Wie bitte?“ Michael wurde blass. „Vollzogen? Das heißt, Peter hat sie...?“

„Ja, entjungfert, als sie 10 Jahre alt war.“

Michael wurde leichenblass. *Was sind das für Schweine! Das war ein Kind, verdammt, das sind alles Pädophile!*

„Das gibt es doch gar nicht…“ flüsterte er, „ wir sind im 20. Jahrtausend und ihr führt euch auf wie im Mittelalter. Mit zehn Jahren, da war sie…noch ein Kind!“

„…mit Absicht, denn vor Einsetzen der Periode wird sie nicht schwanger!“

Michael erstarrte, so etwas Unglaubliches hat er noch nie gehört, es war wie in einem Schauermärchen!

Er wurde still, er wusste nicht, ob er noch mehr hören wollte. Der Appetit war ihm vergangen. Was musste Sophie alles durchgemacht haben, er sah wieder ihr trauriges Gesicht vor sich, die Augen, die so viel weinen mussten. Ja, sie hatte in dieser Verbindung keine Chance, sie musste sich ihrem Schicksal fügen!

Er wischte sich mit der Serviette den Mund ab und stand auf. „Ich glaube, ich muss wieder zurück, morgen ist ein anstrengender Tag.“ Seine Stimme klang unsicher. Er suchte nach einer Ausrede, um seinen plötzlichen Aufbruch zu erklären. Er wollte nur weg von hier, weg von Eva, als wäre sie für alles verantwortlich. Er hatte so um dieses Abendessen gekämpft, jetzt war er nur noch aufgewühlt und deprimiert.

Eva stand ebenfalls auf und für sie ungewöhnlich höflich meinte sie nur knapp: „Danke für das Essen, es war ausgezeichnet!“ Vielleicht spürte sie, dass er bis ins Mark erschüttert war. Aber sie ließ sich nichts anmerken, ihr Gesicht war wie eine Maske, das Makeup wie immer ohne Makel.

Michael signierte noch die Rechnung und kam schließlich Eva hinterher, die schon vorausgegangen war. Im Lift nach unten kam ihm schließlich ein Gedanke neben den tausend anderen.

„Was ist mit dir? Bist du jemanden versprochen? Hast du überhaupt einen Partner? Eine Frau wie du ist sicher nicht lange allein…“

Sie senkte den Kopf, dann ganz langsam, sah sie ihn an und es war dieser seltsame Blick, der ihm durch Mark und Bein fuhr. Eine Mischung aus Wut und Verzweiflung. „Ich werde nie einen Mann haben, Michael. Ich büße für das, was Sophie angetan wurde!“

Und damit trat sie aus dem Lift. Sie sprach kein Wort mehr an diesem Abend. Sie sah müde aus, es war, als hätte sie jedes Wort immens erschöpft, das sie soeben ausgesprochen hatte.

Kapitel 11

Der Abschied war leise. Michael wollte nichts mehr wissen. Er war zutiefst erschüttert. Schweigend verbrachten sie die Zeit im Wagen auf der Fahrt nach Hause. Es ist anders gelaufen, als er es sich gewünscht hatte, seine neuesten Erkenntnisse waren erschütternd, sie hallten noch lange nach an diesem Abend. Eva respektierte sein schockiertes Verstummen und ließ es bei einem kurzen Abschied bewenden.

Er schlief unruhig in dieser Nacht, er träumte von schwarzgekleideten Männern, nackten Frauen und Sophie spielte Klavier für tanzende Fratzen in Priestergewändern. Irgendwann hatte die Nacht ein Erbarmen und er wachte auf.

Aber seltsamerweise hörte die Musik nicht auf. Er traute seinen Ohren kaum, aber die Klänge von seinem Klavierstück, *‚Die Welt der Amelie'* drangen leise in sein Schlafzimmer. Es war unverkennbar die traurige Melodie. Er schwang sich aus dem Bett und nahm den Weg ins Wohnzimmer. Die Klänge wurden lauter. Tatsächlich, als er ins Wohnzimmer kam, saß Sophie dort und spielte das Lied.

Sie hat doch gar keine Noten, kann es sein, dass sie das Lied nur vom Zuhören…? Unmöglich!

Michael stand da wie vom Blitz getroffen. Sie spielte das Lieblingslied seiner Frau, mit einer Anmut und Spielfreude, wie er es in jahrelangem Training nicht hinbekommen würde.

Sophie war wirklich ein außergewöhnliches Talent! Sie hatte es tatsächlich von dem einen Mal Spielen auswendig gelernt.

Er sah sie fasziniert an. Sie war wie immer in ihrem Nachtzeug gekleidet. Diesmal zartrosa, das Oberteil war von Spitze durchsetzt, der Rest durchsichtig. Wie sie da im Halbdunkel saß und spielte, wurde ihm ganz heiß. Sie war wirklich nicht von dieser Welt!

Er lehnte sich an das Klavier und wartete hingerissen, bis sie mit dem Lied fertig war. Schließlich beendete sie das Lied ganz sanft und ließ die Arme sinken. Sie sah ihn mit einer Mischung aus Erwartung und Angst in ihren ausdrucksvollen Augen an.

Ahnt sie etwas? Hatte sie ihn damals doch bemerkt in ihrer Garderobe?

Er nahm seine Hände nach oben und klatschte Beifall. Er hatte dieses Stück noch nie so gehört.

Sie lächelte schüchtern und errötete. „Ich muss wohl noch ein bisschen üben!“ Die Feststellung alleine ließ ihn lachen. „Wenn ich so wie du spielen könnte, würde ich meinen Job an den Nagel hängen!“

„Meinst du, ich könnte damit mein Geld verdienen?“ fragte Sophie ernst.

„Du musst kein Geld verdienen, Sophie. Du hast genug und du kannst ja einen reichen Mann heiraten…!“ Er sagte das absichtlich, er wollte prüfen, ob sie etwas wusste.

Ihre Augen wurden groß. „Du warst gestern in meinem Zimmer, stimmt's?“

„Woher weißt du das?“ Jetzt war Michael doch verblüfft.

„Ich habe das gefunden." Sie zog das Päckchen hervor, das Michael für sie gekauft hat. Jetzt dämmerte es ihm. Sie wusste es... „Wie lange warst du in meinem Zimmer?"

„Lange genug, um zu sehen, was passiert ist." Michael sprach leise. Sie schluckte. „Dann liebst du mich jetzt sicher nicht mehr?" Ihre Stimme zitterte vor Verzweiflung. Sie sank in sich zusammen.

„Ich hasse Peter", schluchzte sie auf, „ich will diese Ehe nicht. Aber ich kann nichts tun, der Bund ist zu mächtig. Wenn ich nicht einwillige, muss Eva viel Geld bezahlen. Was soll ich denn tun?" Michael ging auf sie zu und setzte sich zu ihr auf die Klavierbank. Ohne weitere Worte nahm er sie in den Arm.

Das wollte er schon die ganze Zeit tun. Sie klammerte sich an ihn wie ein Ertrinkender im Wasser und ihre Schultern bebten. Sanft streichelte er ihre Haare. „Wir werden eine Lösung finden. Eva ist sehr clever, vielleicht kann sie dich frei kaufen?"

Sie schüttelte den Kopf, „so viel Geld hat sie nicht, das Meiste gehört der Verbindung. Und mein Geld darf sie nicht haben, das ist vom Notar gesperrt bis ich sechsundzwanzig Jahre alt bin."

„Und wann musst du Peter heiraten?"

„Mit fünfundzwanzig", meinte sie kleinlaut.

Sie lehnte immer noch an ihm. Ihre warme Haut duftete wieder so verlockend. Ihr Gesicht war so nah. Er nahm ihr Kinn und schaute ihr tief in die feuchten Augen. Er schluckte, dann nahm er tief Luft und sein Stimme vibrierte, als er schließlich gestand: „Sophie, ich liebe dich. Ich begehre dich.

Schon seit du in mein Wohnzimmer eingedrungen bist, habe ich mich in dich verliebt. Ich habe es nur nicht wahr haben wollen. Du hast mich aus einem Loch geholt, aus dem ich alleine nicht herausgekommen wäre und ich bin dir so dankbar dafür. Ich werde dir helfen und zusammen werden wir das schaffen. Du bist so stark und schon so weit gekommen, du wirst auch den Rest des Weges schaffen, vor allem, wenn wir miteinander gehen. Ich bin dir etwas schuldig."

Er atmete tief durch, er wollte das schon die ganze Zeit sagen, endlich war die Zeit dafür gekommen. Sophie sah ihn an, ihre Lippen zitterten, sie schloss die Augen, als könnte sie es nicht glauben und als sie sie wieder aufmachte, traten Tränen des Glücks hervor.

„Michael,..." Sie war sprachlos.

Er lächelte und dann drückte er seine Lippen auf die ihren. Ja, das wollte er schon den ganzen Abend.

***

Sophie genoss diesen Augenblick, sie gab sich seinem Kuss hin, seinem Spiel mit den Lippen und der Zunge. Immer fordernder wurden seine Küsse, Sophie kletterte schließlich rittlings auf seinen Schoß, so konnten sie sich intensiver ihrem Spiel hingeben. Sophie spürte seine Erektion an ihrem Becken.

Atemlos hielten beide inne und sahen sich an. „Liebe mich, jetzt, bitte!“ Sophie schaute ihn dabei zärtlich an, ihr Blick ging unter seine Haut, ein Schauder überkam ihn. Er war dabei, sich völlig seiner Lust hinzugeben und diesmal wird sein Verstand ihn nicht zurückhalten. Michael stand einfach mit Sophie auf, so leicht, als würde sie gar nichts wiegen. Er ließ sie dabei nicht aus den Augen. Dann trug er sie in sein Schlafzimmer, setzte sie vorsichtig auf dem Bett ab und machte die Bettbeleuchtung an.

Sophie sah ihm erwartungsvoll in die Augen. Er atmete schwer in seiner Erregung, er konnte seinen Blick nicht von ihrem Körper nehmen. Langsam fing er an, ihr erst das Hemd und dann auch das Höschen auszuziehen. Gierig sah er sie an, diese wunderschöne Frau! Zärtlich fuhr er mit der Hand ihre Konturen entlang. Es war schon so lange her….

Er spürte das Ziehen und Pochen in seinen Lenden, er wird sich nicht mehr lange zurückhalten können. Er genoss ihren Anblick, ihre nackte Scham bedeckte kein Haar, sie hatte so etwas Kindliches. Michael zog seine Pyjamahose aus und legte sich neben Sophie. Sie drängte sich zu ihm und er spürte ihren ganzen bebenden Körper. Seine Hand tastete sich nach unten zwischen ihre Beine und er konnte fühlen, wie bereit sie war, und allein diese Erkenntnis nahm ihm vollends den Verstand.

Er küsste sie wild auf den Mund und drückte sie mit der Hüfte auf das Bett. Sofort umklammerte sie ihn mit ihren Beinen. Er brauchte keine Sekunde, um mit seinem harten Penis in ihre feuchte Vagina zu finden, er glitt wie von alleine dorthin, wo er hingehörte und sie nahm ihn dankbar auf. Er stöhnte auf, als ihn ein weiterer Schauder durchfuhr. Ab jetzt war der Kopf ausgeschaltet, nur noch animalische Kräfte leiteten die beiden Liebenden. Er stützte sich auf die Ellenbogen und stieß mit harten, rhythmischen Bewegungen seinen erigierten Penis in ihre Vagina. Gierig hob Sophie ihr Becken im Takt seiner Stöße, atmete hörbar durch den Mund aus, wenn er kraftvoll sein Becken nach vorne schob. Michael konnte trotz seiner Erregung noch einige Male zustoßen, er war wie von Sinnen. Sophie bäumte sich bei ihrem Orgasmus auf und kam mit einem lauten, gestöhnten „Michael...", währenddessen hielt er sie mit den Armen am Becken fest umklammert und vergoss mit einem langgezogenen Stöhnen seinen Samen.

„Mein Gott, Sophie..." er konnte es gar nicht fassen, wie er sie begehrte, wie sehr er sie brauchte - und welches unbekannte Tier sie in ihm weckte!

***

Schwer atmend lagen beide halb neben-, halb aufeinander. Schweiß glänzte auf ihren Körpern, sie waren erschöpft, aber glücklich. Michael spielte mit ihren Locken, die wie Wellen über Schultern und Brust fielen. Sie schaute ihn lange an.

„Darf ich dich berühren?" Fragte sie dann irgendwann und er blickte sie erstaunt an. „Warum frägst du, natürlich kannst du mich berühren – überall!" Sie lächelte verschämt und wurde rot. Er grinste zurück, dann wurde ihm schlagartig etwas bewusst. Nun hatte sie damit angefangen, also setzte er nach: „Sophie, hat sich diese Bestie denn niemals anfassen lassen?" Sie schluckte und schüttelte langsam den Kopf. „Nur auf seinen ausdrücklichen Befehl, er hätte mich sonst schwer bestraft. Er war sowieso meist mit einer Hose bekleidet. Nur der Oberkörper war nackt..."

„...und du durftest nicht kommen!"

Sophie stutzte, „woher...?"

„Ich habe es aus deiner Frage vermutet, gestern, mit Peter." Michael hatte doch ein wenig schlechtes Gewissen.

„Oh...ja, Lucifer wollte nicht, dass ich in irgendeiner Form Lust empfinde. Er war wirklich so krank, er wollte mich nur erniedrigen. Daraus zog er dann sein eigenes widerliches Vergnügen....", ihre Stimme versagte.

Er nahm sie in den Arm, „ist schon gut, ich hätte nicht fragen sollen, aber mich hat noch keine Frau um Erlaubnis gefragt, als sie mich berühren wollte!"

Sophie lehnte sich wieder ein wenig zurück und hielt sein Gesicht. „Du fühlst dich gut an, du riechst so gut und du liebst mich intensiv. Ich erlebe das zum ersten Mal..., es ist so schön!"

Ihre Finger glitten langsam seinen Hals hinab und kraulten die Brusthaare, fasziniert sah sie zu, wie sich seine Brustwarzen aufrichteten. Michael hatte seinen Kopf auf den Ellbogen gestützt und ließ sie gewähren. Er war amüsiert über ihre neugierigen Hände. Sie wanderten weiter die Bauchmuskeln entlang bis hin zum Ansatz der Schamhaare. Spätestens jetzt regte sich Michaels Lust wieder. Er hielt ihre Hand fest und lachte.

„Stopp, sonst werde ich dich nochmal nehmen müssen…“ und er senkte seine Stimme zu einem verführerischen Ton, „ich kann nämlich gar nicht genug von dir bekommen.“

Sie hauchte ihn an: „Ja, ich auch nicht!“ Michaels Gesicht wurde ernst, es nahm einen lüsternen Ausdruck an.

„Wenn ich es recht bedenke, habe ich mich noch gar nicht richtig mit dir beschäftigt“, und sein Blick streifte gierig ihren Körper entlang. „Ein Jammer eigentlich, dein Körper hätte wesentlich mehr Aufmerksamkeit verdient!“ Er nahm ihre Hand und führte sie zu seinem Mund, dann küsste er die Innenfläche ihrer Hand. Sophies Mund öffnete sich, sie zog die Luft scharf ein. Er setzte seine Küsse fort von der Innenfläche ihrer Hand an ihrer weichen Innenseite des Arms zur Armbeuge. Sophie schauderte und kicherte unter seinen zarten Berührungen. Er machte weiter über die Schulter in die Halsbeuge, ihrem Kiefer entlang, bis er ihren Mund fand. Ganz zart knabberte er an ihren Lippen und Sophie dachte schon, dass er sie küssen würde so wie vorhin, aber er lächelte nur und zog seine Bahnen weiter den Hals hinab bis zum Brustbein. Jetzt fingen seine Hände an, über ihren Körper zu streichen. Seine Küsse erreichten eine Brustwarze. Er umschloss sie fest mit beiden Lippen und saugte daran. Sophie schnappte nach Luft.

Mit der anderen Hand nahm er die andere Brustwarze und strich vorsichtig mit dem Finger darüber. Sofort wurde sie unter der zarten Berührung hart. Sophie fing an zu keuchen, sie bewegte ihr Becken und versuchte, sich an ihm zu reiben. Er ließ die Warze mit dem Mund los und raunte ihr zu: „Schhhh, langsam, Sophie, wir haben Zeit!“

Sophie sah ihn frustriert an, versuchte dann aber, sich wieder zusammen zu nehmen. Sie schlug eine Hand über das Gesicht. Michael lachte leise und senkte seinen Kopf wieder auf ihren Körper. Die Küsse zogen sich diesmal bis zum Bauchnabel, er erkundete mit der Zunge ausgiebig den kleinen Wirbel am Bauch. Gleichzeitig wanderten seine Hände von der Brust zum Unterleib. Er schob eine Hand über die feuchten Schamlippen und schob zwei Finger in ihre Vagina. Heiß und nass hob sie ihm ihre Klitoris entgegen. Er richtete sich auf und kniete sich zwischen ihre Beine, die Fersen an seinem Po. Sie stützte sich auf ihre Arme und kam ihm mit dem Oberkörper entgegen. Ihre Zungen tanzten einen wilden Tanz, als sich ihre Münder trafen. Er schob ihr Becken mit beiden Händen hoch zu sich in den Schoß. Mit breit gespreizten Beinen rieb sie nun mit ihrer Klitoris an der Unterseite seines heißen erigierten Schwanzes. Sie hielt sich an seinen Oberarmen fest und sie küssten sich immer noch wild. Mit einem Ruck hob Michael sie mühelos auf sein Glied und sie stöhnte laut, als sie bis zum Schaft aufsetzte. In dieser Position spürte sie ihn besonders tief. Michael sah ihr in die Augen. „Mach deine Augen nicht zu“, flüsterte er, „ich will dich sehen beim Orgasmus! Ich liebe es, dir dabei zuzusehen, wie du kommst!“ Sophies Atem ging laut und schnell, sie war schon kurz vor dem Höhepunkt, jetzt fing sie an, sich zu bewegen, sie ritt ihn mit kurzen, harten Stößen, ihre Oberarme legte sie auf seine Schultern. Sie stöhnte lustvoll. Während sie sich in Ekstase ritt, schaute sie ihm unentwegt in die Augen, ihr Gesicht war lustvoll verzerrt, ihr Mund weit geöffnet und es entfuhr ihr ein Schrei, als Sie ihren Oberkörper durchbog und ein letztes Mal ihr Becken nach vorne warf.

Michael kam alleine von dem Anblick, den sie bot, er hielt sie fest umklammert und sein Schwanz zuckte und schleuderte in mehreren Schwallen den Samen in Sophies Körper. Er hielt sie fest in seinem Arm, auch als der Orgasmus wieder abebbte. Stumm hielten Sie einander fest, langsam beruhigte sich ihr Atem. Sie genossen beide die Wärme und Zuneigung des anderen. Sophie schloss die Augen und küsste seine Brust. Seine Brusthaare kitzelten ihre Nase, schließlich schmiegte sie ihre Wange daran. Michael konnte sein Glück kaum fassen, er war wie betäubt von seinen Gefühlen und dieser Frau an seiner Seite.

Nach einer gefühlten Ewigkeit holte sie die Wirklichkeit wieder ein. „Es wird Zeit zu gehen, Michael." Sophie sprach als erste und durchbrach damit den Zauber. „Ja, es ist schon fast 4.00 Uhr. Ich helfe dir, dich anzuziehen." Sie kletterten beide aus dem Bett, rasch zog sie ihre Nachtwäsche über und Michael brachte sie zum Lift. Bevor der Lift kam, nahm er sie noch einmal in die Arme und küsste sie innig.

„Eines Tages wirst du neben mir einschlafen und aufwachen, ich will es so." Michael lächelte aufmunternd und strich ihr zärtlich über das weiche Haar. „Aber jetzt musst du zurück." Sophie hatte wieder Tränen in den Augen, als sie in den

Fahrstuhl stieg, sie tippte die PIN in das Keyboard und drehte sich schnell weg, damit er sie nicht wieder weinen sah.

Michael blieb aufgewühlt zurück. Seine Welt um ihn herum hatte sich in dieser Nacht vollkommen verändert. Er konnte keinen klaren Gedanken fassen. Er ging langsam zurück in die Küche. Er nahm ein Bier aus dem Kühlschrank und trank es ohne abzusetzen aus. Sein Schlaf diese Nacht war tief und traumlos.

Kapitel 12

Der Wecker klingelte ihn gnadenlos wach. Es war schon 7.00 Uhr und die Sonne hatte den ganzen Raum schon mit ihrem Licht geflutet. Die Nächte mit Sophie forderten langsam ihren Tribut. Nur schwer öffnete Michael die Augen. Er fing an zu lächeln, als er an die vergangene Nacht dachte.

Es fühlte sich alles so gut an, es konnte einfach nicht falsch sein! Und mit diesem Glücksgefühl erhob er sich und stapfte ins Bad. Er wird heute Abend einfach früher schlafen gehen, dann wird er es schon hinkriegen. Ein zweifelndes Gesicht seines Spiegelbildes mit einer tiefen schrägen Furche über der Nasenwurzel schaute ihn skeptisch an.

Ich kann das nicht auf Dauer machen, Sophie schläft den ganzen Tag, ich arbeite den ganzen Tag!

Er schüttelte den Kopf. Er muss es irgendwie schaffen und steckte sich die elektrische Zahnbürste in den Mund. Das Brummen verjagte die negativen Gedanken.

Das Frühstück war wieder einmal köstlich, Zoe hatte sich heute selbst übertroffen. Theo wartete schon mit dem Wagen auf ihn und überhaupt war heute an diesem Montag alles so wie schon die Montage davor und doch war alles anders. Er hatte sich bis über beide Ohren in eine Frau verliebt, die er nur knapp zwei Stunden sehen kann und die einem anderen versprochen ist! Wie verrückt ist das denn! Er saß im Wagen rechts hinten und seine Gedanken kreisten um Sophie.

Wenn ich nur 1 Milliarde Dollar auftreiben könnte…

Er könnte vielleicht 50-60 Millionen aus seiner Firma nehmen, aber bei einer höheren Summe wird die Kapitaldecke zu dünn, ein Verzug in den Forderungen und er müsste zwangsweise Insolvenz anmelden. Nein, das ist zu gefährlich und zu wenig. Er muss anders an das Geld kommen.

Solange sie noch keine 25 Jahre alt ist, hat er ja noch Zeit. Es waren ja fast 8 Jahre bis dahin! Da kam ihm eine Idee: *Vielleicht sollte ich mal mit Peter reden. Wenn er generell bereit wäre, gegen Geld auf Sophie zu verzichten, vielleicht ließe er sich bei einer früheren Auszahlung von mir zu einer geringeren Summe überreden. Und über die Bank könnte ich dann die Firma beleihen. Sie war ja auf gesunder Basis gewachsen…*

…oder er entführt Sophie einfach, soll doch die Polizei mal klären, welche Gesetze gültig sind…nein, ich würde Eva damit gegen mich aufbringen und wahrscheinlich den ganzen Clan!

Michael grübelte tief, als er von einem Anruf aufgeschreckt wurde. Die Nummer war unterdrückt.

„Guten Morgen!“ Klang es kühl.

„Guten Morgen, Eva!“ Er unterdrückte ein Gähnen. „Lass mich raten, du siehst mich gerade auf deiner geheimen Überwachungskamera und weißt, dass ich mich im Auto auf dem Weg zur Arbeit befinde.“

„Hm, so ähnlich!“

„Wie gut, dass du noch nicht in mein Hirn blicken und meine Gedanken lesen kannst!“ Michael grinste, die Vorstellung belustigte ihn. Vielleicht, in naher Zukunft wird auch das möglich sein.

„Das kann ich auch erraten, dazu braucht es keine Hilfsmittel…“

Michael blieb stumm, er fühlte sich auf einmal nicht mehr so wohl in seiner Haut. Weiß sie etwa alles?

Sie lachte leise. „Ich wollte mit dir gerne etwas Geschäftliches besprechen.“

Er horchte auf. „Geht es um Sophie?“

„In erster Linie geht es einfach nur ums Geld. Ich habe da einen Deal, aber dazu brauche ich noch einen Investor.“

Michael runzelte die Stirn. Sie hatte ihn doch davor noch nicht gebraucht, warum jetzt?

„Ich wollte Peter aus dem Projekt entlassen…“, fügte sie zur Erklärung bei. Sie sprach leise. „Hast du generell Interesse?“

„Ja, möglich.“ Er wurde vorsichtig.

„Wir treffen uns morgen auf neutralen Boden.“

„Ist Krieg?“

Sie lachte, „nein, nicht hier, auf einem Schiff! Allerdings liegt es etwas weiter weg…, auf den Cayman Islands. Mein Flieger startet ab 8.00 Uhr morgens in Midway. Zurück sind wir Mittwochabend.“

Er ging im Gedanken seinen Terminkalender durch. Es ließe sich alles soweit verschieben, Melinda macht das. Da gab es nur noch einen Haken: „Was ist mit Sophie? Kommt sie mit?“

„Nein, sie kommt nie auf meinen Geschäftsreisen mit, wieso sollte sie?“

„Lässt du sie alleine?“

„Nein, eine Krankenschwester ist bei ihr. Manchmal lassen wir sie auch durchschlafen, dann bekommt sie es gar nicht mit. Aber sie mitzunehmen ist viel zu aufwendig.“ Er überlegte. Das Geschäft mit Eva ist wichtig, sonst würde sie ihn nicht einladen. Er muss mit Sophie unbedingt heute Nacht reden. „Ok, ich bin morgen pünktlich da. Soll ich dich zum Flughafen mitnehmen?“

„Nein, ich... ich fliege mit Peter zu den Inseln.“

Er sog die Luft scharf ein. *Was für ein Spiel spielt sie da?*

„Dann fliege ich also alleine mit deiner Maschine? Ist das nicht ein wenig übertrieben, ich kann auch Linie fliegen.“

Er fragte es lauernd, irgendetwas stimmte nicht.

„Du fliegst mit meiner Entourage, Cathy ist auch dabei.“

Sie merkte, dass Michael misstrauisch wurde. „Vertrau mir, Michael.“ Ihre Stimme war belegt.

Schließlich gab er nach, er hatte nichts zu verlieren. „Ich bin pünktlich morgen in Midway!“

***

Melinda kümmerte sich um alles, sie legte die Termine um und sagte auch nichts, als er zum wiederholten Mal geistesabwesend aus dem Fenster blickte.

„Mr. Clay?“

Er sah sie an, „was ist?“

„Kann ich die Architekten auf den Donnerstagmorgen verschieben, sie müssten dann ihr Fitnesstraining nach vorne ziehen“, wiederholte sie geduldig.

„Ja, machen sie das so. War es das?“

„Ja, den Rest besprechen wir dann Donnerstag.“

Sie nahm ihren Tablet Computer und stand auf. Sie zögerte noch kurz beim Rausgehen. „Mr. Clay, ist alles in Ordnung?“

Michael sah sie nachdenklich an, „noch ist alles in bester Ordnung, Melinda. Und ich werde dafür sorgen, dass es so bleibt!“

Er ging an diesem Tag früher wie sonst. Selbst der stärkste Kaffee konnte seine Müdigkeit nicht vertreiben. Punkt fünf räumte er seinen Arbeitsplatz auf und ging aus dem Büro. Er wollte früher schlafen gehen, er hatte Nachholbedarf und Sophie wird sicher in dieser Nacht auf dem Balkon stehen. Er freute sich auf sie...

***

Er war um acht Uhr im Bett und schlief sofort ein. Noch bevor sein Wecker läutete, riss er die Augen auf. Er sah auf die Uhr, es war 1.46 Uhr in der Nacht. Er war einigermaßen fit und stand auf. Sofort sah er nach, ob Sophie schon da war und tatsächlich, sie stand an der Balkontüre. Er zog sie ganz auf und sie fiel ihm sofort um den Hals.

„Ich habe dich vermisst!“ Murmelte er an ihren Hals. „Ich dich auch“, und sie küsste ihn leidenschaftlich auf den Mund.

„Hey, langsam“, lachte er, „lass dich mal ansehen.“ Michael hielt sie etwas von sich weg und fixierte ihr Gesicht. „Bist du ok?“ Sie strahlte. „Ja, immer wenn ich hier sein darf!“ Er lächelte gequält.

Ich würde dich am liebsten gar nicht mehr gehen lassen...

Sein Blick wanderte über ihren Körper. Heute war es ein Negligè aus lila Seide, darunter ein String. Sie sah zum Anbeißen aus...

„Ich wollte dir eigentlich etwas schenken, Sophie. Deswegen war ich vorgestern in deinem Zimmer. Bitte, mach es auf, ich denke, du kannst es verwenden.“

Ihr Blick ging zu dem kleinen Päckchen, das sie gestern auf das Klavier gelegt hatte. Es lag noch dort. Sie drehte sich um und nahm es vorsichtig.

Michael folgte ihr und setzte sich auf den Klavierhocker. Er lächelte ihr aufmunternd zu, als sie zögerte. Dann packte sie es aus. Sie zog das Smartphone fragend aus der Verpackung. „Ist das jetzt mein Handy?“

„Ja, ich möchte, dass du mich jederzeit anrufen kannst, wenn dir danach ist.“ Und nach einer kleinen Pause, „und ich dich, wenn mir danach ist...“

„Meine Nummer ist schon eingespeichert. Ich habe dir auch Musik auf das Handy geladen, da kannst du Musik hören, die Kopfhörer sind dabei. Es ist auch viel Tanzmusik drauf!“ Er grinste verschmitzt.

„Danke, Michael...“, Sophie war etwas belegt, es war ihr peinlich, dass sie selbst noch nicht auf diese Idee gekommen war. Seine Wärme war spürbar und seine wachsende Erregung, sie ließ das Handy sinken. Sophie schluckte, sie sah ihn an und dann die Beule in seinen Pyjamahosen. „Bin ich daran schuld, Michael?“

„Ja“, atmete er, „ich begehre dich so, ich kann kaum den Blick von dir abwenden!“

Sophie legte das Handy auf das Klavier. Sie stand auf und blieb nach zwei Schritten stehen. Sie griff den Saum ihres Negligès und zog es sich über den Kopf. Michaels Mund stand offen, sie stand einfach nur da und ließ seinem Blick freien Lauf. Dabei errötete sie leicht. Sie stand da in dem sexy String, der am Steiß über dem wohlgeformten Po zu einem Dreieck aus Strasssteinen zusammenführte. Dann fing sie an, sich langsam zu drehen, wie sie es bei Peter gemacht hatte und Michael fuhr sich mit der Zunge über die Lippen. Sein Glied war hart und drängte gegen den Stoff der leichten Hose. Er atmete schwer.

Als Sophie wieder vor ihm stand, ging sie langsam in die Knie, sie griff an den Hosenbund und zog daran die Hose etwas herunter, so dass sein Geschlecht zu sehen war.

Sie griff mit der einen Hand seinen Hoden und mit der anderen seinen Schwanz. Dabei sah sie ihn fragend an. Er nickte keuchend und sie beugte sich vor, um seinen Penis in den Mund zu nehmen. Daumen und Zeigefinger ließ sie am Schaft und drückte damit zu. Ihr Mund glitt langsam über seinen kompletten Penis, soweit sie konnte und dann wieder zurück.

Ihre Zunge spielte dabei mit der weichen Haut, saugte und leckte abwechselnd. Die andere Hand hielt den Hoden fest umklammert und hielt ihn unter Spannung.

Michael musste nach Luft schnappen, so mächtig war das Lustgefühl und es packte ihn eine neue Welle der Erregung. Ihr Anblick, der Po, der String mit den Strasssteinen von oben, der sich aufreizend vor ihm präsentierte, ihre Hände und dieser herrliche, geschickte Mund, der sein Glied so wollüstig bearbeitete. Er wusste, es dauert diesmal nicht lange.

Sophie hat inzwischen ihr Tempo erhöht. „Sophie, wenn du nicht willst, dass ich in deinem Mund abspritze, dann höre bitte jetzt auf!“ Er quetschte es aus zusammengebissenen Zähnen heraus, sein Kiefer war angespannt. Er packte sie am Haarschopf und zwang sie, ihn anzusehen, aber sie ließ ihn nicht los. Und ihr lüsterner Blick ließ ihn kommen, ein Schwall heißes Sperma ergoss sich in ihren Mund und sie saugte noch einmal kräftig und leckte seinen Schwanz sauber.

Er war einfach nur überwältigt von ihr. *Wo hat sie das nur gelernt?* Er schämte sich auf einmal seiner Gedanken, natürlich, sie hatte eine harte Schule hinter sich...

Atemlos zog er sie zu sich heran und küsste sie auf den Mund, fest und leidenschaftlich. Er ließ sie los und legte seine heiße Stirn an die ihre. „Kein Mensch wird dir jemals wieder wehtun, ich verspreche es dir!“ Er flüsterte es nur, aber Sophie verstand, sie presste ihre Lippen aufeinander und nickte stumm.

Er bedeutete ihr, aufzustehen und sie stellte sich vor ihm hin. Er ging vor ihr auf ein Knie, küsste sie auf den Bauchnabel und zog ihr dabei sachte den String von der Hüfte und ließ ihn fallen. Er packte ihre beiden Oberschenkel und hob sie im Aufstehen hoch. Sie hielt sich an seinen Schultern fest, um die Balance zu halten. Dann setzte er sie vorsichtig auf dem Klavier ab, die Beine auf der geschlossenen Tastenklappe. Er drückte ihren Oberkörper auf die Oberfläche des Klaviers und beugte sich über ihre Brüste. Sie strich dabei mit den Fingern durch sein Haar. Zärtlich knabberte er an ihren Knospen, die sich unter seiner Berührung aufrichteten. Er hielt mit seinen Händen den Busen unter Spannung, knetete ihn und fuhr zart mit den Fingerkuppen über die harten Brustwarzen. Sie zog an seinem Haar und stöhnte leise, ihr Körper vibrierte unter seinen sinnlichen Berührungen.

Er rollte die Nippel zwischen den Fingern und setzte sein Küsse Richtung Bauchnabel fort. Langsam wanderten seine Hände an den Hüften entlang zu den Oberschenkeln, er umfasste sie mit beiden Händen und drückte sie auseinander. Sein Mund zupfte inzwischen die zarte Haut am Venushügel, er war nun knapp oberhalb ihres Hotspots. Sophies Hüften begannen, sich ihm entgegenzudrücken, sie war so erregt!

Seine Zungenspitze fand die Klitoris und umkreiste sie sanft, ein lustvolles Stöhnen belohnte ihn. Seine Daumen, die immer noch die Oberschenkel gespreizt hielten bohrten sich in das feuchte Fleisch ihrer Scham und drückten ihre Schamlippen auseinander. Gierig leckte Michael das entblößte Geschlecht von der Klitoris bis zu den Schamlippen, steckte seine Zunge in ihre Vagina und hörte Sophie vor Erregung wimmern. Er saugte und leckte abwechselnd und es dauerte nicht lange, bis Sophie sich in Ekstase aufbäumte, sie schrie und stöhnte seinen Namen, und er konnte ihren Orgasmus schmecken.

Als sie sich ihm entgegenwarf, packte er sie an der Hüfte und presste sie gegen die Seine. Schwer atmend verharrte er eine Weile, um sie wieder einzufangen und trug sie dann zur gegenüberliegenden Wand. Er presste sie mit dem Rücken gegen die kalte Mauer und sie klammerte fest ihre Beine um seinen Hintern. Sein harter Schwanz fand sofort ihren Eingang, der noch immer nass und angeschwollen war.

Jetzt begann er sie zu ficken, hart und lange, denn es war schon das zweite Mal, er konnte sich länger und besser beherrschen. Und Sophie spürte, dass er sie noch einmal zu einem Orgasmus bringen wird, einen, der noch stärker war als der erste. Immer wieder traf er ihren schon gereizten Hotspot, tief und heiß fühlten sich seine Stöße an. Heiser stöhnte er vor Erregung und Anstrengung, sie konnte bei jedem Stoß seine Muskelstränge am Rücken und Schulter fühlen, die pure animalische Kraft! Sein Kiefer war angespannt, gepaart mit diesem lustvollen Ausdruck in seinem Gesicht. Es war Lust pur! Sie spürte deutlich, wie sie sich von unten nach oben ausbreitete und wie eine Spirale ihren ganzen Körper erschauern ließ. Sie explodierte förmlich und schrie ihre Lust in sein Gesicht und sie gab ihm damit das Signal zum letzten lustvollen Aufbäumen, den finalen Stoß.

Sie sanken beide erschöpft zu Boden. Er hielt sie immer noch in den Armen, bis ihr Atem sich beruhigt hatte.

„Sophie, du bist ein Engel, vom Himmel gefallen, um mich zu retten…“, flüsterte er zärtlich und knabberte an ihrem Ohrläppchen. Sie musste kichern, es kitzelte und die Berührung sandte Blitze ihre Wirbelsäule hinab. „Ich bin wohl eher ein gefallener Engel“, lachte sie leise zurück.

„Nein, das wäre ja dann der Teufel…“ entgegnete Michael ihr nachdenklich.

Sophie zuckte zusammen bei der Erwähnung des Teufels. Er schaute sie fragend an und ihre Augen waren weit aufgerissen.

„Der Teufel ist ein gefallener Engel?“ fragte sie atemlos.

„Laut Bibel war der Teufel ein Engel, der vom rechten Weg abkam“, bestätigte Michael, „ein gefallener Engel.“

„Luzifer…“, flüsterte sie.

Den Namen hatte er doch schon gehört…, ja, in ihrer Unterhaltung mit Peter!

„Wer ist Luzifer?“ Sie sah ihn an, ihre Augen schimmerten dunkel. „Der Mann, der mich so lange quälte!“ und das Fremde war auf einmal wieder zu spüren, es war ein Gefühl, als wäre jemand Drittes im Raum, schwer und bedrohlich. Sie fing an zu zittern, er hielt sie ganz fest. Sie schlang ihre Arme fest um seinen Hals und beide verharrten in dieser innigen Umarmung, bis sie sich wieder beruhigt hatte. „Luzifer war ein Mitglied des Ordens, bevor er verstoßen wurde“, flüsterte sie an seinem Hals.

Michael horchte auf, „verstoßen? Warum?“

„Er hatte…, er hatte gegen die weltlichen Gesetze verstoßen und brachte Schande über die Schwarzritter!“ Sie machte eine Pause, sie las in seinem Gesicht, dass er jetzt wirklich wissen wollte, was er getan hat. Ihre Augen hielten seine ganz fest. „Er hat Kinder entführt, brutal gefoltert und getötet!“

Kapitel 13

Die Fahrt zum Flughafen war lang. Sie quälten sich durch Chicagos Stadtverkehr und auch der Highway war voll mit Autos. Es war eben kein Wochenende.

Zoe hatte Michaels Sachen gepackt und sich von ihm noch lachend verabschiedet. Theo saß geduldig hinter dem Steuer und ließ ihn mit seinen Gedanken alleine. Er war extrem diskret, als sein Boss war er ihm sehr dankbar, dass er nie nachfragte oder aufdringlich war. Auch jetzt wartete er, bis Michael ihn ansprach.

Er hatte gestern Abend noch Sophie erklärt, dass er diese Nacht nicht zuhause ist. Aber sie könne ihn anrufen, wenn sie wach ist. Er hatte ihr besser nicht verraten, wohin er fliegt und wen er trifft, sondern nur, dass es Geschäftlich ist.

Sie war beim Abschied wieder sehr traurig. Das Gespräch war überhaupt auf einen Tiefpunkt gesunken, nachdem sie ihm Luzifers Verbrechen offenbart hatte. Je mehr Michael über diese Geschichte erfuhr, desto tiefer zog ihn Sophie in ihre schreckliche Vergangenheit. Sie erzählte ihm immer wieder nur Bruchstücke und er versuchte sie zusammenzusetzen. Es war wie bei einem Puzzle, aber er bekam immer nur Randstücke, er drang nicht zum Kern der Sache vor. Auf der anderen Seite wollte er Sophie nicht zwingen, mehr davon preiszugeben, als sie wollte. Sie musste das von sich aus tun, das hatte er von seiner Mutter gelernt. Er wusste nur, dass sie ihm vertraute und dass sie sich ihm offenbarte, das war eigentlich der größte Fortschritt. Michael war sich sicher, dass sie bald therapiefähig sein wird. Sie muss irgendwann doch auch wieder ein normales Leben führen können mit einem Rhythmus, der es ihm ermöglichen wird, ein gemeinsames Leben zu führen. Er wollte irgendwann mit Sophie an seiner Seite morgens aufwachen. Er machte die Augen zu und stellte sich vor, was er dann mit ihr tun würde...

„Mr. Clay, ich lasse Sie direkt vor dem Flugzeug raus, eine Sicherheitskontrolle wird nicht durchgeführt, die Passkontrolle erfolgt in Georgetown dann an Bord." Theo fuhr mit dem großen Audi direkt an die Rolltreppe und sprang aus dem Wagen. Michael seufzte, er wäre gerne noch ein Stück gefahren!

Da stand sie, die Falcon, die er schon im Hangar gesehen hatte, schwarz und riesig glänzte sie im Morgenlicht. Ihre Triebwerke waren am hinteren Rumpf befestigt, damit war sie für die Passagiere angenehm leise. Sie brauchte nur knapp 700m zum Landen, damit war sie für den kleinen Flughafen ideal. Der Kapitän saß schon im Cockpit und checkte die Flugpläne.

Michael stieg aus dem Wagen und nahm die fünf Stufen der Außentreppe nach oben. Theo kümmerte sich bereits um das Gepäck und parkte den Wagen an der Halle.

Eine Stewardess, brünett und hübsch geschminkt – für seinen Geschmack zu stark - erwartete ihn am Eingang.

„Guten Morgen, Mr. Clay! Willkommen an Bord!" Sie schüttelte seine Hand. „ Ich bin Brittany, ihre Stewardess für diesen Flug. Ich begleite sie zu ihrem Sitzplatz.“ Sie drehte sich um und ging vor, dabei fiel Michael auf, dass sie zu ihrer komplett schwarzen Uniform immerhin einen weißen Gürtel trägt.

Innen war Platz für zehn Passagiere. Natürlich waren die Sitze weiß und die restliche Ausstattung schwarz. Zwei Sitzplätze sahen aus wie der Rücksitz in Evas Mercedes, sie waren mit Bildschirmen zu Arbeitsplätzen ausgebaut, die anderen Sitze waren teilweise zusammen, teilweise einzeln aufgereiht. Im hinteren Bereich befand sich eine Bar und ein Esstisch. Clay sah Cathy bereits an ihrem Platz und zwei Asiatinnen, die noch in der Bar hantieren. Die kleinere der beiden Asiatinnen kannte er schon, das war das schüchterne Wesen, das er in Evas Küche gesehen hatte. Beide Mädchen trugen die bunte Kleidung und die lustigen Zehensocken, die Michael so gefielen.

Er lächelte freundlich und bekam ein höfliches Lächeln mit einem scheuen Kichern zurück. Cathy half Theo noch mit dem Gepäck und setzte sich dann auch neben ihn auf eine der gegenüberliegenden Sitze, Michael hatte sich an einem der Arbeitsplätze breit gemacht. Brittany erklärte ihm, wie er die Ausrüstung bedienen kann, allerdings erst, wenn die Maschine die vorgeschriebene Reiseflughöhe erreicht hat.

Michael nickte und sah zu, wie alle ihre Plätze einnahmen und die Maschine zum Start gerollt wurde. Michael war gespannt, was ihn dort erwartete. Eva sprach von einem Schiff, vermutlich lag es dort vor Anker. Aber warum dort, warum außerhalb der USA und was hatte Peter damit zu tun? Er hoffte, dass er bald eine Antwort finden würde und anstatt zu arbeiten, wie er es eigentlich vorhatte, schlief er bald darauf in seinem Sitz ein. Er merkte gar nicht, wie die Stewardess ihm den Sitz in eine Liegeposition verstellte und eine Decke überwarf. Der Schlafmangel der kurzen Nacht forderte wieder ihren Tribut.

***

Kurz vor der Landung wachte Michael auf. Er musste seinen Sitz wieder gerade stellen und sich anschnallen. Er hatte fast vier Stunden geschlafen! Ich glaube, ich werde langsam alt, ging es ihm durch den Kopf. Früher hätte er diese Nächte locker weggesteckt...

Brittany ließ zuerst die Pass- und Zollkontrolleure herein, bevor irgendjemand raus durfte. Rasch wurden die Pässe abgestempelt und die Crew entließ die Uniformierten nach dem Check wieder nach draußen. Jetzt durften die Passagiere von Bord. Michael sah einen schwarzen Agusta Helikopter an der Rasenfläche vor den Hallen stehen. Die Rotorblätter schwangen mit niedriger Drehzahl. Eine schlanke Gestalt saß auf dem vorderen Sitz und hantierte an den Schaltern.

Brittany dirigierte die Gruppe bestehend aus den beiden Bodyguards, den Mädchen und Michael sowie das Gepäck zu eben jenen Helikopter, der schon von außen als äußerst luxuriöses Reisemittel erkennbar war.

Sie war es! Als sie näher kamen, erkannte Michael ihren schwarzen auffälligen Haarschnitt. Zum Gruß hob er seine Hand und auch sie grüßte zurück. Während Brittany sich noch um das Verladen des Gepäcks kümmerte, kletterten die Gäste in die vibrierende Maschine. Auch innen wurde nicht an Luxus gespart, die schwarz-weiße Innenausstattung aus Leder und Carbon verriet Evas Handschrift.

Michael nahm vorne neben Eva Platz und sie bedeutete ihm, sich anzuschnallen und den Kopfhörer aufzusetzen.

„Guten Flug gehabt?“ Selbst durch den Kopfhörer, hatte ihre Stimme diese kühle Distanz.

„Ich habe ihn eigentlich komplett verschlafen“, war seine ehrliche Antwort.

„Sophie scheint dir den Schlaf zu rauben...“, sie gönnte sich einen prüfenden Blick, „du siehst etwas, hm..., mitgenommen aus!“

„Ich möchte keine Minute mit ihr missen...“, und er grinste sie schief an. Sie legte den Kopf schief und ließ den Satz wirken. Dann lächelte sie leicht in den Mundwinkeln und drehte am Pitch, der Rotor fing an, sich schneller zu drehen, die Vibration nahm zu. Irgendwann stabilisierte sich die Kabine aufgrund der hohen Drehzahl und Eva zog den Pitch vorsichtig nach oben.

Sie hievte die schwere Maschine vom Boden weg, hoverte zur Startlinie und schoss nach der Freigabe des Towers schräg nach oben in die warme Luft von Goergetown, der Hauptstadt der Cayman Islands.

Michael genoss die wunderschöne Aussicht dieser Inselwelt, die azurblaue Farbe des Meeres und den Sonnenschein. Er hatte sich seine Sonnenbrille aufgesetzt, die Sonneneinstrahlung war dort oben sehr intensiv.

Nach etwa einer dreiviertel Stunde Flug tauchte auf einmal ein Schiff am Horizont auf, es ankerte etwa 3 Seemeilen vor einer der Inseln. Eine majestätische Jacht von ordentlicher Größe. Er schätzte sie auf mindestens 150 Meter. Sie hatte zwei Hubschrauberlandeplätze, das konnte er von hier oben sehen. Und Eva hielt direkt darauf zu.

...sie hat doch nicht so ein Schiff in ihrer Flotte?

Er blickte sie ungläubig an. Sie grinste und schien seine Gedanken zu lesen, denn sie beantwortete in dem Moment seine gedachte Frage: „Sie gehört einem Geschäftspartner von mir, einem russischen Oligarchen. Ich darf sie benutzen, wann immer sie frei ist. Ich zahle dafür nur mit meinem guten Namen!"

In stummer Bewunderung sah Michael zu, wie Eva geschickt den Helikopter in den Wind stellte und sich auf das Helipad herunter bewegte, keine einfache Aufgabe, aber sie löste sie souverän.

Sie ließ die Rotoren noch ein paar Minuten auf niedriger Drehzahl auslaufen und fuhr dann erst das Triebwerk herunter. Schließlich stellte sie die Zündung ganz ab. Langsam und surrend kamen die Rotoren zum Stillstand. Ihre Angestellten sprangen schon raus und kümmerten sich um das Gepäck.

Sie waren jetzt allein im Helikopter. Beide nahmen den Kopfhörer ab und schnallten sich los. Sie drehte sich leicht im

Sitz und schaute ihm geradewegs in die Augen. „Schön, dass du dir die Zeit nehmen konntest.“

„Eva, du hast mich hergebeten, sollte ich da nein sagen?“

„Das macht dich so berechenbar!“

„Ist das so schlecht?“

„Du weißt, ich habe nun mal eine Schwäche für Zahlen...!“ Damit drehte sie sich zur Tür und sprang aus dem zum Stillstand gekommenen Helikopter. Einige Leute von der Bordcrew fingen sofort an, die Rotorflügel mit Stahlseilen am Helipad festzumachen. Eva lief mit zügigen Schritten zur Brücke.

Der Kapitän war ein dicker sympathischer Mann mit Vollbart. Er hielt Michael seine große Hand hin und drückte sie fest. „Willkommen an Bord, Mr. Clay. Genießen sie ihren Aufenthalt, meine Leute und ich stehen ihnen zu Diensten!“

Michael bedankte sich und folgte Eva ein Stockwerk tiefer in eine Art Lounge. Dort waren auch schon die beiden Mädchen. „Du bist sicher hungrig, möchtest du etwas essen?“

„Nur eine Kleinigkeit, ich habe noch keinen großen Hunger.“ Der Tisch vor der Lounge war mit zwei Tellern samt Besteck und Gläsern gedeckt. „Du isst doch sonst nicht mit Männern, warum jetzt auf einmal?“ Sein Ton war eine Spur spöttischer als beabsichtigt.

„Ich esse auch nicht mit dir, ich bin in meinem Büro. Wenn du fertig bist, kannst du ja nachkommen.“ Sie klang kalt und abweisend. Er könnte sich ohrfeigen, sie ließ ihn nun die Vermessenheit spüren, zu glauben, sie würde mit ihm nun jedes Mal zusammen speisen.

...arrogantes Luder!

Michael sagte nichts mehr dazu, er schluckte seinen Ärger hinunter und setzte sich an einen der beiden Plätze. Die Aussicht war fantastisch. Die größere der beiden Asiatinnen, sie stellte sich als Jin vor, schenkte ihm Wasser und ein Glas Weißwein ein. Es gab gegrillten Seefisch mit Risotto und einen kleinen Salat. Es war genau richtig für ein leichtes Mittagessen. Der Wein mundete, er ließ ihn auf der Zunge zergehen und er schmeckte die Holunderblüte und den Pfirsich. Hm, ein Sauvignon Blanc... vom Alkohol und Essen versteht sie ja etwas. Wenn sie vom Sex genauso viel versteht...?

Michael wischte den lüsternen Gedanken auf die Seite. *Eva lässt sich noch nicht mal mit meinem kleinen Finger berühren, was bilde ich mir denn ein? Jedes Mal wenn ich glaube, ich wäre ihr einen Schritt näher gekommen, weist sie mich wieder in die Schranken, es ist frustrierend!*

In ihrer Nähe sind seine männlichen Sinne immer auf Vollgas, als hätte sie einen direkten Draht zu seinem Testosteronspiegel. *Was ist das, was sie umgibt?* Es war für ihn ein echtes Rätsel.

Er legte das Besteck zur Seite, stand auf und stellte sich an die Reling, es war angenehm warm mit einer leichten Brise. Er hatte sich für ein Leinenjackett zu einem Poloshirt und einer langen Jeans entschieden. Das Jackett zog er jetzt aus und Kim, die kleine Asiatin, war sofort zur Stelle, um es ihm abzunehmen. Sie sagte nichts, winkte nur, ihm zu folgen. Eigentlich hatte sie noch nie einen Ton gesagt, er fragte sich, ob sie vielleicht stumm ist. *So schüchtern kann doch keiner sein...*

Sie führte ihn in einen Raum, der unverkennbar das Chefbüro auf diesem Schiff war. Eva saß oder besser lag halb auf einem schwarzen Ledersessel, die Füße auf dem Tisch überkreuzt und lässig das Telefon am Ohr. Sie sprach noch mit jemand am anderen Ende der Leitung, bedeutete ihm aber, sich zu setzen. Kim brachte noch etwas Wasser für beide und raschelte dann fast lautlos auf ihren Socken wieder nach draußen.

„...nein, die Zahlen sind echt, ich habe sie selbst überprüft." Eva hatte eine unbewegte Miene, die Stimme war kalt, unerbittlich, geschäftlich. „Dann machen wir es so!" Sie legte auf.

„Hat es geschmeckt?"

„Ja, auch der Wein - ausgezeichnet!"

„Lassen wir das Geplänkel", sie winkte ungeduldig mit der Hand, „...Peter ist bald wieder hier und ich möchte das Geschäftliche vorher mit dir geklärt haben."

Wow, die Frau kennt kein Erbarmen, als Boss ist sie sicher nicht einfach ...

„Worum geht es?"

Sie hatte ihren Ellbogen auf die Lehne ihres Stuhles gelegt und die so typische Eva-Haltung angenommen, der Zeigefinger an der Wange, der Daumen am Kinn und der Mittelfinger an ihren Lippen. Diesmal biss sie aber nervös auf den Mittelfinger anstatt damit ihre Lippen zu streifen.

Michael Schwanz zuckte. *Herrgott, wie macht sie das? Sie sieht so sexy dabei aus, ich würde auch mal gerne in diesen Finger beißen... und noch ganz woanders hin!*

Er schreckte jäh aus seinen Gedanken, denn sie beugte sich plötzlich vor. „Wieviel wäre dir Sophie wert?"

„Alles Geld, was ich habe…!"

„Nein, im Ernst, wieviel Geld kannst du locker machen, um Aktienpakete zu kaufen?"

Michael dachte nach, „50 Millionen könnte ich schon flüssig machen, bei Risikokapital werden die Banken allerdings mit Argusaugen überwachen, wohin das Geld fließt…!"

„Die Banken werden gar nicht so schnell recherchieren können, wo das Geld geblieben ist. Bevor sie drauf kommen, wird es wieder da sein." Sie dachte nach. „Ich brauche Fremdkapital. Nichts von meinen Konten."

„Vertraust du mir?"

Michael wurde doch etwas nervös. „50 Mio. Dollar sind eine Menge Geld!"

„Ich werde es vervielfachen."

„Wie?"

„Vertrau mir einfach. Es ist deins und es bleibt deins, du wirst damit Sophie freikaufen!"

„Warum ich?"

„Weil du sie heiratest!"

„Warum muss ich sie denn gleich heiraten?"

„Weil das die Regeln sind. Sollte jemand Sophie vor ihren vollendeten 25. Lebensjahr heiraten, muss er Peter Kompensation zahlen." Und sie fügte noch in einem sarkastischen Ton hinzu: „Ich kann sie ja schlecht heiraten."

Michael schluckte. „Das geht alles ziemlich schnell, ich kenne sie doch erst knappe fünf Tage, die Frage nach der

Hochzeit hatte ich mir eigentlich romantischer vorgestellt." Er sah sie ärgerlich an. „Außerdem braucht sie eine Therapie, ich kann ja schlecht eine Frau heiraten, die ich nur zwei Stunden am Tag sehen kann."

„Manche Männer wären froh, wenn sie ihre Frauen nur zwei Stunden am Tag sehen müssten..." Sie grinste, er lächelte schwach. „Es ist einfach anstrengend, Eva! Ich brauche meinen Schlaf!"

„Mal sehen was wir tun können", Sie lehnte sich zurück, „man könnte das Zeitfenster weiter nach vorne rücken und ausweiten, so etwa von 10.00 Uhr bis 1.00 Uhr nachts."

„Ich hätte sie gerne länger bei mir, warum kann sie nicht einfach bei mir schlafen?"

„Das geht nicht!" Das kam sehr entschieden. „Jedenfalls noch nicht!"

„Warum, sie kann doch auch ihre Medikamente bei mir..." Sie fiel ihm ins Wort, „nein, verdammt noch mal, es geht nicht! Lassen wir das Thema."

Er wollte jetzt keinen Streit mit ihr, sie scheint hier nicht mit sich reden lassen zu wollen. Er gab seufzend nach und wechselte wieder auf das Hauptthema.

„Ich komme also um eine Heirat nicht herum?"

„Wenn du sie freikaufen möchtest, nein!"

„Wann brauchst du die 50 Millionen? Ich brauche ein paar Tage, um die flüssig zu machen."

„Ich rufe dich an, du wirst sie auf ein Konto auf den Cayman Inseln einzahlen, von dort kaufst du dann die Aktienpakete. Ich sage dir wann und welche. Du brauchst dort ein Konto. Morgen früh wird jemand von der Bank aus Georgetown hier sein und mit dir ein Konto eröffnen."

Ich brauche nicht mehr selbst in die Bank, hier ist der Kunde noch König...

„Wann?"

„Bald..."

„Mache ich mich mit der Transaktion strafbar?"

„Nein, du nicht!"

„...aber du?"

Sie lächelte geheimnisvoll. „Ich habe gute Anwälte!"

Michael schluckte. Eva will eine krumme Tour fahren, um Sophie vor Schaden zu bewahren. Sein Gedanken jagten sich.

„Ich mache auf keinen Fall etwas, was irgendwie jemanden schaden könnte, Eva!"

„Du machst ja auch nichts, du stellst mir nur Kapital zur Verfügung, außerhalb der Gerichtsbarkeit Amerikas. Nach dem Deal zahlst du die 50 Millionen wieder auf dein Firmenkonto ein."

„Wie hoch ist der Faktor?"

„Faktor 20." Sie sprach langsam und sah ihn intensiv an. Es war still in dem Raum.

Er hatte keine Wahl. Sie wird das durchziehen.

„Was wird dann mit dir passieren?"

„Ich werde gehen..."

„Wohin?"

„Da wo ich hergekommen bin, aus der Hölle!"

„Mach keine Witze, du kannst nicht einfach abhauen, die werden dich finden, bei so einer Summe lassen die Behörden nicht locker!“

„Ich mache keine Witze, Michael, ich habe dir schon mal gesagt, dass ich nur wenig Zeit habe, ich werde gehen und auf diesem letzten Weg nichts mitnehmen!“

Jetzt hatte er verstanden. Er sprang entsetzt auf, „was soll das? Du wirst dich doch nicht...?“ Er konnte das Wort gar nicht aussprechen. Er sah ihr ins Gesicht und es war so kalt und unbewegt wie eine Totenmaske, das Make-up verstärkte die Wirkung nur noch. Lediglich ihre kobaltblauen Augen glitzerten. Ihm fuhr ein eiskalter Schauer den Rücken hinunter. Kalter Schweiß trat ihm auf die Stirn. „Was hast du für einen irren Plan, Eva, bist du wahnsinnig?“

„Den werde ich sicher nicht verraten. Und es ist besser, du weißt von nichts. Du heiratest Sophie, das ist das Beste, was du für mich und für sie tun kannst. Alles andere mache ich!“

„Ich will dich aber nicht verlieren...“, Michael sagte es nur ganz leise, aber sie sog die Luft scharf ein. Sie stand langsam auf. Jetzt stand sie Michael auf der anderen Seite des Schreibtisches gegenüber und stützte sich wie er mit den Armen auf die Tischplatte. Ihre Gesichter waren nur noch wenige Zentimeter voneinander entfernt.

„Was willst du von mir, Michael? Ich bin nicht die Frau, die du liebst, es ist Sophie! Was du in mir zu sehen glaubst, existiert nur in deiner Phantasie, ich bin nur ein Abbild dessen, wovon Männer träumen. Du wirst mich nie berühren oder mit mir Sex haben können!“ Und fügte leise dazu: „Auch wenn du das gerne möchtest…“

Sie spürte es also doch…

Er sah ihr fest in die Augen, sie spürte sein Verlangen, aber sie erwiderte seine Gefühle nicht oder sie zeigte sie nicht. Deutlicher konnte sie es ihm nicht sagen, dass er sich zum Teufel scheren soll!

Solch eine Frau frisst dich doch zum Frühstück…

Michael wollte noch nicht aufgeben, zu nah war er ihr schon gekommen, hatte sich schon an ihr die Finger verbrannt.

„Ich hätte dich gerne einmal geküsst, dich berührt, dich gefickt! Ja, ich bin fasziniert von dir, von deiner Perfektion, deiner Ausstrahlung, welcher Mann ist das nicht“, gab er leise zu. Jetzt war es raus, er konnte nicht mehr zurück!

Eva legte den Kopf schief und schloss die Augen.

Er war ihr jetzt ganz nah, er sah ihre Lippen und es war wie eine unsichtbare Kraft, die seinen Kopf langsam darauf zusteuern ließ. Sein Herz klopfte ihm bis zum Hals. Er öffnete leicht den Mund, um ihre Lippen aufzunehmen, da riss sie auf einmal die Augen auf und wich erschrocken einen Schritt zurück.

„Nein“, schrie sie voller Panik, „nein, ich kann nicht!“ Es kam wie ein verzweifelter Seufzer tief aus ihrer Brust.

Michael folgte ihr um den Tisch herum, wie ein Tiger um seine Beute, er witterte seine Chance. Er wollte diese Lippen unbedingt küssen, jetzt!

„Ich werde dich küssen, Eva, das wollte ich schon die ganze Zeit!“ Seine Stimme war rau, er hatte zum ersten Mal in diesem verdammten Spiel die Oberhand und er wollte seinen Trumpf spielen. Er baute sich vor ihr auf.

Eva stand mit dem Rücken zur Wand, weiter konnte sie nicht zurückweichen. Ihre Augen waren weit aufgerissen. „Bitte Michael, mach keinen Fehler!“

Er stand vor ihr, seine Erregung strömte durch seinen Körper. Er konnte ihre Hitze spüren. Eva atmete durch den Mund, sie hatte komplett ihre kühle Fassade verloren.

„Lass mich dich küssen!“ Sein Ton war so sanft wie das Schnurren einer Raubkatze. Evas Brust hob und senkte sich hektisch. „Nein, verdammt, Michael, ich ertrage das nicht!“ Ihr Ton klang erstickt.

„Was erträgst du nicht?“

„Deine Berührung...“

Einen Moment lang war Michael versucht, sie zu packen und einfach leidenschaftlich zu küssen. Aber etwas in ihrem Blick hielt ihn zurück. Es war ...Angst! Sie hatte Angst. Die knallharte, selbstsichere Eva hatte vor ihm Angst. Warum?

„Warum kann ich dich nicht anfassen?“

„Ich leide unter einer krankhaften Angststörung“, ihre Stimme zitterte, „ich bekomme Panik, wenn ich berührt werde!“

Michaels männliche Aggressivität fuhr ein paar Grad zurück. Er hatte davon gehört, seine Mutter hatte mal einen Patienten mit dieser Symptomatik. Sie erzählte ihm davon, im

Fachjargon nennt sich das Haphophobie. Aber bei dem armen Mann betraf dies nur den Rücken.

„Haphophobie?" würgte er heraus.

Sie nickte langsam, „es ist eine extreme Form davon, bisher nicht therapierbar, auch nicht von Professor Shelby..."

„Welche Körperteile kann man berühren?"

Sie sah ihn überrascht an, sie rechnete wohl nicht damit, dass er dieses Krankheitsbild kannte. „Nur die Hände bis zum Ellenbogen...", sie schluckte und senkte den Kopf, die Situation schien ihr schwer zu schaffen zu machen. Und nach einer endlosen Weile, „und das Gesicht."

***

Michael stand wie festgewachsen da. Er blickte Eva ungläubig an, diese Frau, die sich innerhalb von Sekunden zu einem zitternden Nervenbündel verwandelte, sobald er ihr zu nahe kam. Aber kaum hatte sie die notwendige Distanz, war sie so kalt wie ein Eisberg am Nordpol.

Er verharrte in seiner Position, er musste nachdenken und er wollte dieser Frau vor ihm keine Möglichkeit geben, wieder ihren Schutzpanzer anzuziehen. Sie war ihm jetzt ausgeliefert, nie war er seinem Ziel näher als jetzt.

„Ich werde dich auf den Mund küssen und ich verspreche dir, ich werde dich sonst nirgendwo berühren!" Sie schüttelte heftig den Kopf, sie konnte nicht antworten, ihre Stimme versagte.

Ganz langsam senkte er den Kopf und suchte ihre Lippen, da fuhr ihre Hand nach oben und gegen seine Brust. „Nein“, keuchte sie, „nein!“ Ein letzter verzweifelter Versuch, ihn zu stoppen.

Und Michael stoppte. Er konnte sie nicht gegen ihren Willen küssen. Er hatte kein Recht dazu. Ein Nein ist ein Nein, hier setzte seine gute Erziehung ein. Seufzend trat er einen Schritt zurück. Sie atmete in Stößen aus, Schweiß hatte sich oberhalb ihrer Lippe gebildet. Sie leckte sich jetzt die trockenen Lippen. Langsam beruhigte sie sich wieder.

„Ok“, sagte sie dann auf einmal in die entstandene Stille. „Ich habe dich verstanden“, ihre Stimme wurde fester. „Du bekommst deinen Willen, aber anders, als du dir das vielleicht vorgestellt hast. Denn du kannst mich nicht küssen, aber ich kann dich küssen!“

Michael sah sie überrascht an. „Allerdings muss ich sicher gehen, dass du mich nicht anfasst. Ich traue keinen Mann zu, dass er mich küssen kann, ohne irgendwann seine Hände zu benutzen, so viel Kontrolle hat keiner, und wenn, darauf verlassen möchte ich mich nicht.“

Sie setzte wieder ihr kühles, berechnendes Gesicht auf und in einem Ton, der zwar keinen Widerspruch duldete, aber für Michael extrem sexy klang, befahl sie ihm: „....gib mir deine Hände!“

Michael war irritiert, wie spielerisch Eva wieder die Kontrolle übernahm. Langsam streckte er die Hände nach vorne aus. Sie packte seine Handgelenke mit einem festen Griff, drehte die Handflächen nach innen und zog die Arme leicht nach außen. Wie beim Tanzen drehte sie jetzt seinen ganzen Körper am Handgelenk haltend um 180 Grad. Sie drehte sich mit und stand jetzt mit dem Rücken zum Schreibtisch. Die ganze Zeit ließ sie in nicht eine Sekunde aus den Augen.

Michael stand mit dem Rücken zur Wand. Sie zog die Handgelenke nach hinten, Michael gehorchte und wich die wenigen Zentimeter zurück bis er an der Wand angelangt war. Sie presste die Handgelenke an die Wand, ihr Griff war erstaunlich fest.

„Jetzt kann ich dich küssen...!"

Sanft drückte sie ihre Lippen auf die seinen. Er war völlig elektrisiert, er spürte ihre Energie, ihre sexuelle Anziehungskraft, alle Härchen an seinem Körper stellten sich auf und sorgten für ein Prickeln am ganzen Körper. Die Tatsache, dass sie ihn festhielt und die Kontrolle innehatte, hatte einen zusätzlichen Reiz. Er saugte an ihren Lippen, fordernd. Sie öffnete ihre Lippen, suchte mit der Zunge die seinen und öffnete sie spielerisch, er gab nach und gleich darauf tanzte sie mit seiner Zunge einen erotischen Salsa. Er stöhnte, sie konnte ihn wirklich nur mit der Zunge zum Höhepunkt bringen.

„Eva!"

Ruckartig ließ sie Michael los und ging einen Schritt zurück. Sie drehte sich um und die beiden Ertappten starrten den Mann an, der ohne zu Klopfen in ihr Büro kam und ihren Namen rief.

„Peter!"

Ihr Gesichtsausdruck zeigte Staunen. „Du bist schon zurück? Du wolltest doch erst abends kommen...?“

„Nun, ich konnte einen Termin gleich am Telefon erledigen, daher musste ich nicht noch weiter reisen. Ich sehe aber, dass ich dich nicht alleine lassen kann, ohne dass du auf dumme Gedanken kommst...!“

Er sah dabei Michael feindselig in die Augen, er kam bedrohlich ein paar Schritte näher.

„Peter, das ist mein Nachbar Michael Clay, ich habe dir ja erzählt, dass er heute unser Gast ist. Michael, das ist Peter Sullivan, mein Geschäftspartner und Mentor.“ Ihre Stimme war wieder kühl und beherrscht, als wäre nichts passiert.

Peter streckte die Hand aus, immer noch kam kein freundliches Lächeln. Michael ergriff sie zögernd. „Sehr erfreut, Mr. Sullivan.“ Sie belauerten sich gegenseitig, er konnte nicht sagen, ob sein Gegenüber Freund oder Feind war.

„Nennen sie mich doch Peter, hier an Bord sind wir allesamt eine Familie. Nicht wahr, Eva!“ Und sein Blick war süffisant auf Eva gerichtet.

Eva hatte sich wieder voll im Griff. „Natürlich, und wenn wir uns mit freundlich Vornamen ansprechen, werden wir auch nicht von Peter gefickt, stimmt's?“

Woahhh, das war unter der Gürtellinie!

Michael erwartete jetzt einen Wutausbruch bei Peter, aber weit gefehlt, er hatte sich entweder völlig unter Kontrolle oder sie führten ihre Gespräche immer auf diesem Niveau...

Peters Blick wanderte von Michaels Gesicht zu Eva.

„Du bist heute so frech, Eva und du riechst so herrlich nach Sex, sollte ich dir deinen Übermut mit der Peitsche ein wenig austreiben?“

„Peter, du weißt doch, nicht vor dem Abendessen, da kann ich ja hinterher nicht mehr sitzen!“ Sie flötete es in einer schnurrenden Stimme, die selbst Michael durch Mark und Bein fuhr.

Was spielen die hier für komische Spielchen?

„Ich kann dir auch nach dem Abendessen noch ein wenig den Hintern versohlen. Mir würde bei dir noch so einiges mehr einfallen...“

Eva seufzte. „Ernsthaft, Peter, ich muss noch Einiges mit dir besprechen. Ficke lieber die Kleine, die du mitgebracht hast. Ich bin sicher, die lässt sich mehr als willig auch den Hintern grün und blau schlagen. Wir sehen uns gleich im Meetingraum im Officedeck!“

Peter lachte und folgte Eva, die bereits losgelaufen war, durch die Tür, nicht ohne Michael noch einen herausfordernden Blick zugeworfen zu haben. Michael blieb einfach zurück, kein Wort mehr, kein weiterer Blick von ihr. Er fühlte sich leer und erschöpft, seine Lippen brannten noch von ihrem Kuss. *Diese Frau kostet mich meine ganze Kraft...*

***

Wo bin ich nur hier reingeraten, sind denn eigentlich alle hier irgendwie krank oder abartig? Was passiert eigentlich mit mir?

Michael hatte sich wieder nach draußen begeben, er brauchte dringend frische Luft. Sein Kopf brummte, er versuchte, die Eindrücke der letzten Minuten zu verarbeiten. Er hatte diese Frau tatsächlich geküsst, nein, sie hatte ihn geküsst. Und für sie machte es einen gewaltigen Unterschied.

Haphophobie, die Angst berührt zu werden…und das bei einer Frau, die so atemberaubend schön war? Welch ein Jammer…

Er war immer noch ganz schockiert von dieser Erkenntnis. Was war mit Eva passiert? Der Patient seiner Mutter wurde jahrelang mit einem Gürtel verprügelt, er konnte als Erwachsener keine Berührungen mehr ertragen, auch nicht die seiner eigenen Frau. Missbrauch oder Gewalt können solch eine Reaktion auslösen.

Aber Eva? Missbraucht? Traumatisiert? Das kann ich kaum glauben, ich muss der Sache auf den Grund gehen…

Während er seinen Gedanken nachhing, fand er sich selbst auf dem Loungedeck wieder, auf dem er gefrühstückt hatte. Dort fand sich auch eine Terrasse mit einer Sitzecke und einem Pool. In den Stühlen räkelte sich eine junge Dame, die Michael bisher noch nicht gesehen hatte. Sie hatte einen ziemlich knappen Bikini an und war auch sonst ein ziemlich hübsches Wesen. Brünette lange Haare und ein blasses Gesicht, aber ausdrucksvollen Augen. Sie war nicht sehr groß, dafür relativ proper, sie hatte für Michaels Geschmack zu viel

Hintern und Busen. Ein sehr weibliches Wesen, durchaus attraktiv. Er schlenderte gemächlich auf die Gruppe zu, denn sie unterhielt sich gerade mit Jin, der größeren Asiatin, während Kim zusammengekauert im Schatten saß.

Jin sprang sofort auf, als sie ihn sah, während die Bikinidame ihn nur neugierig musterte.

„Hallo, ich bin Michael, wir kennen uns noch nicht!“ Er gab ihr höflich die Hand. Sie lächelte schüchtern und tat es ihm nach. „Ich heiße Mony, ich bin Peters Begleitung!“

Interessant, sie nennt sich Begleitung, nicht Frau oder Freundin…

„Kann man hier schwimmen? Oder ist das Wasser zu kalt?“

Die beiden Frauen kicherten belustigt. „Wir haben es ehrlich gesagt noch nicht ausprobiert. Aber wir gucken auch gerne zu!“ Meinte die dralle Brünette kokett.

Jin verneigte sich kurz und meinte höflich, „soll ich ihnen einen Badeshort aus ihrer Kabine bringen? Ich habe schon ihren Koffer ausgepackt und gesehen, dass sie Schwimmsachen dabei haben.“

Natürlich, Zoe hat mal wieder an alles gedacht…

„Gerne, kann ich mich hier umziehen?“

„Ja, hier ist ein Duschraum mit WC, dort können sie wechseln.“ Damit trippelte sie auch gleich los.

Er drehte sich wieder zu Mony, die sich aufgesetzt hatte und einen Drink schlürfte. „Möchten sie auch etwas trinken?“

„Ja, ein Bier wäre mir ganz recht…“ Mony sah Kim an und sagte nur: „Bier“ mit einem Zeigefinger nach oben. Und da kam Bewegung in die kleine Kim, sie sprang auf und raschelte los, mit kleinen trippelnden Schritten, froh, von hier wegzukommen, wie es den Anschein hatte.

Michael war mit der Brünetten alleine. „Sind sie mit Peter hierhergekommen?“

Sie sah sich hastig um, als hätte sie sich gerade an ihn erinnert.

„Ja, er hat mich heute Mittag vom Flughafen abgeholt. Ich bin aus New York hier hergekommen. Es ist solch ein schönes Wetter hier!“

Sie zupfte an ihrem Bikini, der kaum etwas verhüllte und versuchte, Konversation zu treiben. Ihre Wimpern klimperten nervös und sie strich sich auffällig oft mit der Zunge über die Lippen. „Woher kommen Sie?“

„Aus Chicago“, Michael versuchte sich mit Zurückhaltung, sie war ihm etwas zu aufdringlich. Etwas an ihr war seltsam. Er versuchte, sie nicht anzustarren, das hätte sie womöglich falsch aufgefasst, aber er wollte wissen, was ihn so an ihr störte. Und dann fiel es ihm auf: sie hatte immer noch ihren Schmuck an! Und das beim Sonnenbaden?

Kim kam mit seinem Bier und stellte es vor ihm auf einen der kleinen Tische. Indem so tat, als würde er sich mit der Flasche beschäftigen, nutzte er die Gelegenheit, Mony näher zu betrachten. Denn sie setzte sich auf die Kante ihrer Liege und nestelte wieder an ihrem Bikini. Dabei blickte sie ihn nicht an. Sie hatte an jedem ihrer Handgelenke und am Hals eine enganliegende Kette, die einen ziemlich festen Eindruck machte, nicht so fein und delikat wie eine Schmuckkette. Das

Halsband wurde hinten von, Michael konnte es kaum glauben, von einem Ring gehalten!

Eine seltsame Art, Schmuck zu tragen und er musste kurz an das Netz denken, das Peter Sophie geschenkt hatte. Er schien auf diese Art Schmuck bei Frauen zu stehen.

Jin brachte ihm nun auch seinen Badeshort und er machte sich auf zur Umkleide. Auf dem Rückweg waren die drei Damen mucksmäuschenstill. Sie saßen andächtig auf den Sesseln und hatten nur Augen für diesen Adonis, der da gerade aus der Umkleide kam und lässig in den Pool stieg. Keine drei Sekunden später tauchte der komplette Mann prustend unter und prustend wieder auf. Er zog seine Bahnen, ohne auf die Damen zu achten, sehr zu deren Bedauern.

Als Michael nach einer halben Stunde wieder zur Treppe zurück schwamm, nahm er Eva war, die sich ebenfalls dort niedergelassen hatte und – leider – auch Peter. Eva hatte einen Bikini an, dessen Wert in bezug zum Stoffeinsatz um ein Vielfaches zu hoch war. Natürlich in schwarz und mit raffinierten Schnürungen, *sie scheint Schnüre und Schnallen zu lieben...*

Peter blieb angezogen, vermutlich vertrug er keine Sonne, denn er blieb auch bemüht im Schatten. Auch Eva vermied die Sonne, ein Hut bedeckte ihre Haare und eine Sonnenbrille ergänzten das Outfit. Sie waren gerade mitten im Gespräch, als Michael über die Treppe aus dem Wasser stieg. Jin war schon bei ihm und reichte ihm das Handtuch, mit dem er sich flüchtig abtrocknete. Ohne zu zögern setzte er sich auf einen der freien Plätze und trank ein weiteres Bier, das ihm Jin aufmerksam reichte. Die anderen waren verstummt.

Eva hatte ihn die ganze Zeit nicht aus den Augen gelassen. Kim kniete hinter ihr und cremte ihren Rücken ein. Michael beobachtete dies mit Staunen. *Warum kann Kim sie am Rücken berühren? Machte es einen Unterschied, ob eine Frau oder ein Mann sie berührte?*

Ganz selbstverständlich übernahm Eva wieder das Gespräch. „Wir haben noch ein paar Stunden Zeit bis zum Abendessen, wir fahren zur Little Cayman Insel, dort kann man exzellent tauchen. Eine der schönsten Steilwände der Welt, die Bloody Bay ist dort. Interesse?"

Es war fast, als erwartete sie ein Ja, und Michael erinnerte sich vage, dass er in einem Urlaub mit seinen Eltern einen Tauchkurs belegt hatte, es war schon etwas länger her...

Aber er wollte sich seine Unsicherheit nicht anmerken lassen und lächelte tapfer. „Natürlich, das ist sicher sehr spannend!"

Er hätte sich für sein ‚ja' ohrfeigen können, aber die Reaktion von Peter versöhnte ihn wieder mit seiner Entscheidung, denn dieser verzog das Gesicht, als hätte er in eine Zitrone gebissen und schüttelte den Kopf.

„Ich ziehe es vor, hier zu bleiben. Diese Art von Betätigung ist mir zuwider. Ich denke, Mony und ich ziehen uns ins Zimmer zurück und betätigen uns anderweitig." Damit beugte er sich zu seiner üppigen Begleitung und sah ihr ins Gesicht. Sein Ton wurde leise, gefährlich.

„Wenn ich es mir recht überlege, muss ich dir noch beibringen, dass ich etwas mehr Aufmerksamkeit verdiene, als du mir gerade gönnst!“ Tatsächlich hatte Mony bisher Peter kaum eines Blickes gewürdigt, ihr Interesse galt eindeutig Michael. Die verstohlenen Blicke sind auch Peter nicht entgangen.

Mony schluckte, Peters Stimme bekam einen lauernden Klang. „Komm!“ Er sprach das aus wie eine Drohung, hakte einen Finger in die Halskette, zog sie damit von der Liege hoch und sah ihr geradewegs in das hübsche Gesicht, das nun ziemlich blass wurde.

„Ich habe gerade einen unwiderstehlichen Drang, dir den Hintern zu versohlen!“ Peters Blick war kühl, er machte keine Witze! Er ließ ihre Halskette los und machte nur eine Kopfbewegung. Mony gehorchte wortlos, sie drehte sich Richtung Deck und verschwand in dem Korridor, der zu den Kabinen führte.

Peter verabschiedete sich noch von der Gruppe und folgte ihr. Eva sah Michaels Blick und sie schien seine Gedanken zu erraten, denn sie nickte. „Ja, es ist immer wieder erstaunlich, dass es Frauen gibt, die auf Bestrafungen stehen. Er hat manchmal jede Woche eine Neue, der er es besorgt, manchmal sogar zwei gleichzeitig. Dabei ist er nicht gerade zimperlich.“

Michael musste seine Überraschung überspielen, er hatte von solchen Spielchen gehört, aber noch nie jemanden gekannt, der das praktizierte. „Ist das die Nummer mit den Handschellen und Peitschen?“

„BDSM ist nicht nur eine Nummer, es ist ein richtiges Spiel mit Rollenverteilung. Der Schmerz und das Gefühl, dem anderen völlig ausgeliefert zu sein, ist zentraler Bestandteil dieser sexuellen Richtung. Peter ist ein Meister darin, den Frauen systematisch Schmerz zuzufügen und sie damit sexuell zu stimulieren. Ich habe noch keine Frau erlebt, die ihn wegen seiner Brutalität angezeigt hat, also scheinen beide etwas davon zu haben. Zumindest, solange ich es mitbekam", fügte sie noch dazu.

Michael ließ diese Informationen auf sich wirken. Er dachte an Sophie und ihre Angst vor Peter, sie war durchaus berechtigt. „Deshalb will ihn Sophie auch nicht heiraten..." sinnierte er.

„Ja, Peter wird bei Sophie sicher nicht von seiner sexuellen Präferenz abweichen!" Evas Blick bohrte sich in den Seinen. „Wir müssen verhindern, dass die Hochzeit stattfindet, Michael!"

Michael nickte langsam, er verstand.

„Lass uns gehen, das Boot wartet schon auf uns!"

Tatsächlich hatte die Bordcrew ein Motorboot vorbereitet, auf dem Tauchausrüstung und Handtücher zu finden war. Das Motorboot war eine kleine Jacht, die gut versteckt im Rumpf des riesigen Schiffes gelagert und bei Bedarf ins Wasser gesenkt wurde. Die Plattform, die sich dafür aus der Schiffswand hydraulisch nach unten klappte bildete eine Art Terrasse knapp über der Wasserfläche, auf der Michael und Eva nun standen und warteten, bis das Boot positioniert war.

Mit einem zügigen Schwung setzte Eva ihren Fuß auf die Schiffskante und schwang sich in die Jacht. Sie missachtete die Hand, die ihr von einem der Männer dargeboten wurde. Michael folgte ihr auf den Fuß.

Die Jacht fuhr in einem Höllentempo etwa dreißig Minuten bis zu einer Stelle, an der eine felsige Steilwand aus dem Wasser ragte. Sie erstreckte sich über ein paar Kilometer an der Insel entlang. Ganz professionell überprüfte Eva den Druck der Sauerstoffflaschen und zog sich einen Neoprenanzug über den Bikini. Michael tat es ihr gleich und kopierte einfach nur das, was Eva ihm vormachte, es war doch schon länger her…

Eva ließ sich nicht helfen, weder beim Anziehen der Flossen noch beim Überstreifen der schweren Tauchflasche. Michael ahnte warum, sagte aber nichts.

Sie prüfte nochmal den Sitz seiner Gurte und Bleie, reichte ihm die Brille und sah ihn prüfend an: „Die Luft reicht bei normaler Atmung etwa 40 Minuten. Ich gebe dir das Zeichen zum Auftauchen, sobald wir 5 Minuten vor Ende sind, ok?“

Michael nickte und grinste unsicher. Eva nickte aufmunternd, sie spürte wohl seine Unsicherheit und stieg über die Reling die Außentreppe hinab. Sie zog auf der letzten Stufe ihre Flossen an und ließ sich in einer fließenden Bewegung ins Wasser gleiten. Im Wasser spülte sie die Brille nochmals mit Meerwasser und setzte sie auf.

Er hatte keine Wahl. Tapfer zog er ebenfalls seine Flossen an und stieß sich von der Treppe ab.

Das Wasser war überraschend warm, vielleicht 28 Grad, schätzte Michael, und die Sicht war atemberaubend. Mit wenigen Flossenschlägen erreichten Sie die Steilwand, die über und über mit Schwämmen und Fächerkorallen bedeckt war. Dazwischen schwammen Fische in allen Farben, sogar Schildkröten und Hammerhaie konnte Michael ausmachen. Er war überwältigt.

Die Schönheit der Unterwasserwelt kommt eigentlich erst deshalb richtig zur Geltung, weil im Wasser alles ohne Ton ist. Er hörte nur das gleichmäßige Zischen seines Atems und das Blubbern der Luftblasen beim Ausatmen. Sonst war es absolut still.

Eva bedeutete ihm mit einem Handzeichen, dass er ihr in die Tiefe folgen sollte. Langsam wurde das Wasser kälter, gut, dass auch er einen Neoprenanzug trug, er hatte es zuerst für überflüssig gehalten.

Die Steilwand schien kein Ende zu nehmen. Immer noch reichte das Licht der Sonne aus, um auch hier unten ausreichend sehen zu können. Bei etwa 15 Metern blieb Eva in gleicher Tiefe und schwamm jetzt waagrecht an der Steilwand entlang. Michael konnte immer noch kein Ende sehen. Dafür aber unendliche Fischschwärme, Zackenbarsche und eine Korallenwelt, die einfach faszinierend war.

Er sollte wirklich öfter tauchen, es ist eine so friedliche Welt hier unten, schoss es ihm durch den Kopf. Seine Gedanken drifteten weit ab zu Sophie und der wenigen gemeinsamen Zeit. Er war fasziniert von ihrer natürlichen Art, ihrem Charme, ihrem Sex. Sie hatte ihn mit ihrer naiven, unverbrauchten Art völlig aus seinem Selbstmitleid gerissen und es war gut so.

Er merkte gar nicht, wie die Zeit verging, so tief war er in der Stille des Wassers in seinen Gedanken. Da machte Eva das Handzeichen zum Auftauchen. Langsam, mit einer Sicherheitspause dazwischen, schwammen sie beide wieder zur Oberfläche zurück. Eva strahlte, als ihr Kopf wieder über Wasser auftauchte. „Hast du schon mal so schöne Korallen gesehen?“ Michael lachte gelöst zurück. „Nein, noch nie, es ist wirklich eine einzigartige Welt!“

Die kleine Jacht hatte die beiden entdeckt und kam mit einem Aufbrüllen der Motoren zügig näher. Das Boot drehte bei und Eva fing schon an, ihre Flossen ausziehen. Sie warf einfach alles auf die Jacht, meist fingen schnelle Hände sie Dinge auf. Nur die Tauchflasche übergab sie direkt. Spielend leicht zog sich Eva über die Treppe wieder ins Innere des Bootes. Michael tat es ihr nach und spürte plötzlich wieder die Schwerkraft, er war wieder zurück im Leben. Einer der Männer reichte ihnen sofort Handtücher.

Michael sah ihr ins Gesicht. Sie lächelte sogar gelöst, sie schien sich zu entspannen. Erstaunlicherweise hatte ihr Makeup kaum Schaden genommen. Nur die schwarzen Haare standen ihr nass und wirr vom Kopf.

Es muss wasserfest sein...

Sie trocknete sich nicht ab, wie Perlen glitzerten die Tropfen auf ihrer nackten Haut. Sie setzte sich mit dem Rücken zu ihm und starrte auf das Meer hinaus Richtung Schiff, ihre Sonnenbrille hatte sie wieder aufgesetzt.

In dem Moment konnte er es genau sehen: es waren zwei Narben auf den beiden Schulterblättern, jeweils zwei gleiche Wulste, die ca. 3cm auseinander standen. Die Gleichmäßigkeit der Narben machte Michael stutzig. Er hatte keine Idee, wie man sich in dieser Weise verletzen kann, dass solche Wunden entstehen. Er grübelte noch, als das Boot mit lautem Brüllen über die Wasseroberfläche zum Schiff zurückschoss.

***

Nach der Rückkehr von ihrem Tauchausflug konnte Michael erstmals an diesem Tag in seine Kabine und einen Blick in sein Notebook sowie das Handy werfen. Ein paar wichtige Mails beantwortete er in Windeseile und telefonierte auch, aber er unterließ es, mehr zu tun, denn die Auszeit an diesem Tag tat ihm sehr gut, es war einer der ersten freien Tage seit langer Zeit.

Außerdem freute er sich über die Gesellschaft, die Eva ihm anbot. Er hatte diesem Ausflug heute sehr viele positive Seiten abgewinnen können, ihr Lachen gefiel ihm, es war selten, aber wenn, dann wirkte sie doch um Jahre jünger und freier.

Vielleicht spielt sie auch einfach nur eine Rolle, eine, die man ihr zugewiesen hat?

Michael wurde in seinen Gedanken jäh unterbrochen, denn es klingelte an der Tür. Jin verbeugte sich höflich, als er die Tür öffnete.

„Abendessen ist angerichtet, Sir“, ihre niedliche Stimme gefiel ihm, sie erinnerte ihn an ein Kind. *Überhaupt sehen diese Asiatinnen alle aus wie Kinder…*

Michael schnappte sich sein Jackett und nahm die Treppe zum Upperdeck Richtung Lounge Bar.

***

Die Sonne begann sich in einen glutroten Feuerball zu verwandeln, als sie im Westen ins Meer tauchte. Das warme Licht strahlte angenehm in die Gesichter und gab selbst der blassesten Haut einen goldenen Schimmer.

Eva lehnte an der Reling, sie schien alleine zu sein, von Peter und seiner Begleitung war nichts zu sehen.

Sie hatte ein Chiffonkleid an, es war ein Hauch von Stoff, der in mehreren Lagen um ihre Figur herumgelegt zu sein schien, ihr Rücken war tief ausgeschnitten. Zum schwarzen Kleid hatte sie als einziges Accessoire eine lange weiße Perlenkette und Perlenohrstecker an. Sie sah dem Sonnenuntergang zu, stand mit dem Rücken zu Michael. Er stellte sich neben sie und verharrte einen Augenblick, um ebenfalls dieses Spektakel zu genießen.

Kim kam mit einem Tablett und zwei kondensierten Gläsern Champagner zögernd auf uns zu. Eva nahm ihr beide Gläser ab und reichte eines davon ihrem Gast. Er nahm es, grinste über das ganze Gesicht und meinte kennerhaft: „Ich nehme an, es ist Palmes d'or Rose Vintage 2003?"

„2005, aber mindestens ebenso gut", korrigierte ihn Eva. Sie lächelte wissend und ließ die Gläser klingen. Sie genossen den prickelnden Geschmack des außergewöhnlichen Champagners schweigend.

Schließlich war es Michael, der die andächtige Stille unterbrach. „Der Tauchausflug heute war... beeindruckend! Ich bin schon lange nicht mehr unter Wasser gewesen, eigentlich seit meiner Jugend nicht mehr." Er machte eine Pause, „danke, dass du mich wieder ermuntert hast, diesem Hobby nachzugehen, ich hatte vergessen, wie schön es ist!"

Eva sah ihn nachdenklich von der Seite an. „Wie fühlt sich eigentlich Liebe an?"

Michael ließ sein Glas sinken, er öffnete den Mund, um etwas zu sagen und schloss ihn wieder. Der plötzliche Themawechsel, die Frage und die direkte Art Evas nahm ihn sichtlich mit. Sein Gesichtsausdruck war eine Mischung aus Staunen, Verwirrung und Schreck. „Ich ...ich verstehe nicht ganz, was du meinst", brachte er schließlich hervor, „Liebe ist ein Gefühl, das kann man kaum beschreiben...!"

„Warum wissen dann so viele Leute, dass sie verliebt sind?" Eva blieb hartnäckig.

„Man weiß es einfach, man fühlt es." Michael hatte keine andere Erklärung dafür. Dabei hatte er die Liebe schon kennengelernt und jetzt, vielleicht nochmal?

„Liebst du denn Sophie?"

„Ja, sie ist wirklich eine bezaubernde Person!"

„Liebst du mich auch? Ich durfte dich immerhin küssen."

Allein die Frage schockierte Michael. Sie hatte recht, wenn er sie so unwiderstehlich findet, kann er dann Sophie wirklich aufrichtig lieben? Liebte er Eva auch? Er musste darüber nachdenken. Es war für ihn unerklärlich.

„Eva, du bist für mich purer Sex, verführerisch, perfekt. Was ich in dir sehe ist das, was eben Männer so gerne haben wollen, sie wollen dich erobern. Aber ich fühle mich auch so sehr zu dir hingezogen, ich bin gerne mit dir zusammen...", Michael atmete aus. Dieses Thema ist schwierig, er fühlte sich ertappt wie ein kleiner Junge beim Klauen.

„Michael, du weißt, dass ich keinen Sex mit Männern haben kann, ich ertrage keinerlei Berührung, ich habe keine Emotionen, ich habe einen Körper, aber ich nehme ihn nicht wahr." Sie ließ das kurz sacken.

„Ich kann dich küssen ohne etwas zu spüren." Dabei sah sie kurz in seine Augen und lächelte schief, „zumindest hier." Und sie deutete auf ihr Herz.

„Spürst du denn etwas hier?" Michael deutete zwischen ihre Beine.

Ihr Lächeln wurde schmal.

„Ja", kam es schlicht. Sie leckte sich dabei die Lippen. „Ich würde gerne Sex mit dir haben...!"

Michael blieb die Spucke weg. Er stand vor einer absoluten Traumfrau und sie erklärte, dass sie ihn gerne mal..., sein Hirn machte einen Aussetzer. „Du sagtest eben, daß du keinen Sex haben kannst...!"

„Ja, das ist richtig, trotzdem denke ich oft darüber nach und es gibt ja auch noch andere Möglichkeiten, sich Befriedigung zu verschaffen." Michael wurde es jetzt ziemlich heiß, er schaute Eva direkt ins Gesicht, um ihre Gedanken besser zu lesen, aber er sah nur Zeichen von Anspannung, sie hatte sich ziemlich gut im Griff. „Ich habe dich heute geküßt, vielleicht schaffen wir den Rest auch noch?"

„Mach dir keine Hoffnungen, du wärst nicht der erste, der es probiert hat und kläglich gescheitert ist."

„Du hast es schon versucht?"

„Ja, ein paar Mal, aber über einen Kuss bin ich nie hinaus gekommen..." Ihr Gesicht war jetzt aschfahl, die goldene Farbe war verschwunden. Es schien ihr doch an die Nieren zu gehen. Sie schüttelte leicht den Kopf, als würde sie ihre Gedanken loswerden wollen, drehte sich abrupt um und ging mit ihrem Glas Richtung Tisch. „Komm, lass uns essen, ich bin hungrig!"

„Hat es Peter auch versucht?" Er folgte ihr zum Tisch.

Sie setzte sich auf einen der Stühle. „Nein, er küsst nicht, er schlägt zu!"

Das war Michael nicht neu. „Dann hatte er keine Chance bei dir?" Insgeheim war er froh darüber. Er mochte Peter nicht.

„Michael, Peter wäre nicht hier, hätte er jemals Hand an mich gelegt. Wir respektieren uns, wir sind immerhin Leidensgenossen und wir arbeiten zusammen."

Da fiel ihm etwas ein. „Eva, darf Peter Sophie jederzeit sehen?"

„Sehen schon...“, sie horchte auf, „warum frägst du?“

„ Er kann doch jederzeit zu ihr gehen und sie beschlafen?“

Sie seufzte und schüttelte den Kopf. „Nein, er darf nicht mit ihr schlafen bis sie 25 ist. Denn erst dann darf er sie heiraten und auch Sex mit ihr haben, so lauten die Regeln.“

Michael starrte sie an. „Aber dann darf er sie doch noch nicht....ich meine....“, er rang nach Worten, „ in sexueller Weise berühren!“

Sie starrte ihn wortlos an. Langsam und drohend fragte sie: „Was hat er mit ihr gemacht?“

„Nun, er, hm..., er ist ihr ziemlich nahe gekommen.“

„Rede nicht um den heißen Brei, hat er sie gefickt?“

„Nein, nicht richtig, nur mit seinen Fingern!“

Eva starrte Michael ungläubig an. Dann lehnte sie sich in ihrem Stuhl zurück. Ihr Lächeln war hart, die Augen hatten wieder dieses kalte Kobaltblau, das Michael so fürchtete.

„Dieses verdammte Schwein, eines Tages wird er dafür büßen, Michael. Und es dauert nicht mehr lange...!“ Sie zischte es förmlich. „Ich werde ihn in Zukunft von ihr fernhalten. Er scheint immer frecher zu werden. Wahrscheinlich ist er sich ihrer schon sehr sicher...!“

„Oder auch nicht und genau darum geht er ihr an die Wäsche, ich denke, er muss Sophie noch von seinen Ehequalitäten überzeugen und mit seinem Verständnis von Zärtlichkeit hat er natürlich ein gutes Argument, sie kennt ja nichts anderes.“

Sie wurden jäh unterbrochen, Kim servierte den ersten Gang.

Auf großen flachen Tellern brachte sie Entenleber mit Rotweinschaum und Brioche, nicht unbedingt Michaels Geschmack, aber sehr delikat. Sie ließen es sich schmecken, denn sie waren beide hungrig nach dem Ausflug heute.

Die Hauptspeise war ein Angus Rinderfilet, so zart, wie er es noch nie gegessen hatte. Der Koch schien sein Handwerk zu verstehen. Beide aßen mit gesundem Appetit und vertilgten das komplette Stück.

Nach diesem Gang lehnte sich Michael entspannt zurück und grinste Eva an. Sie war sofort argwöhnisch und fragte nach dem Grund seiner guten Laune, da lachte er triumphierend und meinte nur: „Du hast mir mal gesagt, du würdest nicht mit Männern essen gehen, jetzt sitzen wir schon zum zweiten Mal zusammen und essen."

Sie lehnte sich zurück, sah ihn prüfend an und zog ihr Zigarettenetui hervor. Er beobachtete sie genau, diesmal wollte er sehen, wie sie das macht. Aber wieder war die schnelle Schleuderbewegung ihres Handgelenks für das menschliche Auge nicht nachvollziehbar und die Zigarette kam aus der Box geschossen, direkt in ihren halbgeöffneten Mund.

Michael blieb wieder die Spucke weg, *unerklärlich, wie sie DAS macht!*

Sie entzündete die Zigarette mit einem Feuerzeug, zog fest daran, atmete geräuschvoll aus und zerdrückte den Rest.

Genau wie beim letzten Mal, das hat wirklich System.

Eva sah ihm in die Augen und antwortete endlich. „Ich weiß nicht, was an dir so besonders ist, aber ich fühle mich zu dir hingezogen. Ich habe keinerlei Emotionen oder empfinde so etwas wie Liebe oder das, was ich für Liebe halte, für dich, aber es ist mir wichtig, in deiner Nähe zu sein. Das ist neu für mich, ich hatte bisher noch nie dieses, dieses.... Bedürfnis irgendjemanden gegenüber." Ihre Stimme wurde leiser. „Ich brauche keinen Mann, ich kann keinen Sex haben, was will ich also von dieser Spezies Mensch?" Sie betonte jedes Wort, als müsste sie es sich selbst wieder vor Augen führen.

Michael erstarrte, was für ein knallharter Satz, was für ein Ego! Seine Mutter hätte die hellste Freude an so einer Patientin!

Sie machte ungerührt weiter: „Aber du hast irgendetwas verändert und das macht mich sehr unsicher, denn du passt nicht in mein Weltbild. Und ich bin erstaunt, dass du Sophie fickst und trotzdem meine Nähe suchst. Was spielst du für ein Spiel? Du bist nicht die Sorte Mann, der eine Frau erobern muss und dann zur nächsten eilt. Ich würde gerne deinen nächsten Zug wissen wollen, wenn das hier ein Spiel sein sollte!"

Sie stand auf und kam langsam um den Tisch herum. Michael wurde es ganz heiß. Seine Gedanken galoppierten, seine Hose spannte. Er antwortete heiser: „Ich weiß nicht, was hier passiert, aber ich würde dich einfach nur gerne auf diesen Tisch hier werfen und ficken bis zur Besinnungslosigkeit..."

Habe ich das tatsächlich gerade zu ihr gesagt?

Sein Mund war leicht geöffnet, er schluckte schwer, ihre unerwartete Nähe ließ ihn anfangen zu schwitzen. Sie sah, dass er nervös wurde. Sie hatte ihn wieder komplett in ihrem Bann.

Sie beugte sich zu ihm herunter. „Ich könnte mir vorstellen, dass du mich gerne nackt sehen würdest und ich könnte dich berühren, denn meine Hände dürfen dich berühren....!"

Ihre Stimme ging ihm wie ein Rasiermesser unter die Haut.

Allein nur die Vorstellung von Eva nackt...

Er dachte an die Szene in der Parkgarage... *und jetzt diese Frau mit mir allein, woahh!*

Er spürte ihre Stimme in seinen Lenden widerhallen. Er schloss die Augen, er wollte ihr nicht so offensichtlich zeigen, was er gerade dachte. Aber vermutlich verriet ihn schon sein ganzer Körper, er konnte sie bereits riechen, so nah war sie schon bei ihm.

„Ich würde dir gerne zeigen, wie ich mich befriedige, aber dazu müsste ich dich festbinden..."

Er riss die Augen auf. „Wie bitte?"

Sie lächelte verschwörerisch, „ich müsste dich festbinden, damit du mich nicht berühren kannst. Du wirst alles über dich ergehen lassen und glaube mir, ich werde es dir richtig besorgen!"

Michaels Gedanken schlugen hysterische Purzelbäume. *Wenn sie mich fesselt, könnte sie mich theoretisch auch schlagen...*

„Nein...", scheinbar erriet sie seine Gedanken, „denk nicht so weit. Ich brauche das nur zur Sicherheit, ich werde dir nicht wehtun. Aber je besser du gefesselt bist, desto lockerer werde ich, verstehst du?"

Michael dachte kurz nach, sofern das überhaupt noch möglich war. Er hasste es, jemanden so ausgeliefert zu sein. Konnte er ihr trauen?

Sein Schwanz beantwortet die Frage für ihn, er war knüppelhart. Eva lächelte lustvoll und bedeutete ihm, ihr in ihre Kabine zu folgen.

Kapitel 14

Ihre Kabine war wirklich beeindruckend. Es war die Größte auf dem Schiff und locker dreimal so groß wie Michaels. In der Mitte des Raumes stand ein Bett in Übergröße, davor ein Bank mit Kissen und die gesamte Kopfseite war verglast.

Es müssen verspiegelte Gläser sein, sonst könnte man ja alles im Zimmer sehen... aber der Blick nach vorne auf das Meer ist fantastisch!

Angrenzend war eine walk-in Garderobe und ein Badezimmer, das seinesgleichen sucht. Luxus wurde hier groß geschrieben, dass man sich auf einem Schiff befand, merkte man hier absolut nicht, eher in einer Luxussuite eines Nobelhotels.

Mit einer Fernsteuerung dimmte Eva das Licht und setzte sich lässig auf die gepolsterte Bank. „Zieh dich aus!" Ihre Anweisung kam scharf und duldete keinen Verzug.

Michael versuchte mit größter Selbstbeherrschung, gelassen zu wirken, er fühlte sich ausgeliefert und wusste auch nicht so recht, was er von der ganzen Situation halten sollte. Er war immer gern Herr der Lage und die Führung abgeben zu müssen, widersprach seinem männlichen Ego. Aber das hatte Eva schon seit Tagen ständig untergraben. Er wird sich hilflos in ihre Hände begeben müssen, das behagte ihm ganz und gar nicht. Schließlich ließ ihn sein männlicher Trieb gehorchen, sein Verstand war gerade zu seinem besten Stück hinuntergewandert und verschanzte sich hinter einer Armada von Hormonen.

Er grinste unsicher und fing an, erst seinen Gürtel, dann sein Hemd und seine Hose auszuziehen. Sie schlug die langen Beine übereinander und sah ihm zu. Als er in Unterhose vor ihr stand, deutete sie auf seine Armbanduhr. „Runter damit, man kann sich damit leicht verletzen!"

Er lächelte und führte auch diesen Befehl aus, er legte die Armbanduhr vorsichtig auf die Bank. Irgendwie konnte er diesem Spiel etwas abgewinnen. Es war irgendwie sehr erregend, von einer Frau geführt zu werden, er war wieder der kleine Junge, nur diesmal machte es ihm Spaß wieder Junge zu sein...

Sie stand langsam auf, ihre Haltung hatte sich verändert, sie hatte nun etwas sehr Katzenhaftes, Bedrohliches. Aus einem der Sideboards holte sie so etwas wie Seile heraus, erstaunlich, was sie so alles mit sich führte auf einer Schiffsreise...

„Ich bin immer vorbereitet, Michael, man weiß nie!" Und sie hatte wieder mal seine Gedanken erraten.

Wie macht sie das nur? Kann sie in mein Gehirn schauen? Oh, Gott, hoffentlich nicht...

Vorsichtig pirschte sie sich an ihn heran, sie zog im Vorbeigehen einen gepolsterten Stuhl mit und stellte ihn neben Michael. „Setz dich", kam der kurze Befehl.

Wie bei einem Hund... Michael gehorchte zögernd, noch konnte er sich nicht richtig fallen lassen, ihr Ton kam zu schneidend. „Mußt du so herrisch sein, ich bin schließlich nicht dein Sklave!“ Michael versuchte wenigstens, noch ein wenig seiner Würde zu retten. „Michael, das gehört zum Spiel, ich muss wissen, dass du mir gehorchst und vertraust. Ich übernehme die Führung und die Verantwortung, du genießt! Möchtest du das zu meinen Bedingungen?“ Sie stand jetzt vor ihm und sah auf ihn herunter, ihr Blick war heißes Lava, sie hatte Spaß an diesem Spiel, warum sollte er sich dann nicht auch entspannen. „Gut, ich werde tun, was du sagst, aber du wirst mich nicht verletzen!“ Seine Forderung war wohl eher eine Bitte, denn seine Stimme war heiser und sein Atem ging schneller. Sie kam mit dem Kopf noch näher, leckte sich über die Lippen und sah ihm tief in die Augen.

„Traust du mir?“

„Eva, ich traue dir, aber es ist schwer für mich loszulassen. Ich war noch nie gefesselt, ich weiß nicht....“ Er konnte den Satz nicht zu Ende sprechen, sie legte ihm den Zeigefinger auf den Mund, dann fuhr sie mit dem Finger die Unterlippe entlang. Michael spürte den Finger überall am Körper, es war wie pure Elektrizität, es kribbelte. *Wie sie duftet, diese Augen, diese Lippen, oh, was ich mit diesem Mund anstellen würde!*

„Gibt mir deine Arme, leg sie hinter die Lehne zusammen!“ Sie hatte wieder ihren Befehlston in der Stimme, aber diesmal verstand Michael besser und kam sofort ihrer Aufforderung nach. „Gut so“, meinte sie ermunternd und ging um Michael herum zur rückwärtigen Seite. Sie kniete nieder und packte seine Arme fest und zog sie fester zusammen..

„Wenn es zu eng ist, sag es mir, ok?“ Ihr Gesicht tauchte hinter der Lehne auf, „tust du das?“ Er wandte den Kopf und blickte ihr in die Augen. „Ja, ich werde es dir sagen!“ Sie tauchte wieder hinter die Lehne. „Es ist wichtig, du musst mir jederzeit sagen, wenn es anfängt unangenehm zu werden...“

Sie nahm seine beiden Handgelenke und wickelte das Seil zweimal darum, dann zog sie ein Ende durch die beiden Gelenke und verknotete die Enden mit einem Doppelknoten. Mit einem anderen Seil nahm sie sein linkes Bein zog es seitlich und band es an das untere Stuhlbein, dasselbe machte sie mit dem anderen Bein. Sie rüttelte noch kurz an jedem Seil und prüfte die Festigkeit. Michael war jetzt mit dem Rücken an die Lehne fixiert und hatte die Beine gegrätscht seitlich am Sessel.

Eva trat einen Schritt zurück und bewunderte ihr Werk.

„Woher kannst du das? Das ist schon ziemlich professionell, was du da gemacht hast.“ Michael war erstaunt, nicht nur über die Knoten, auch über die Schnelligkeit, mit der sie ihn verschnürt hatte.

„Ich hatte einen guten Lehrer...!“

Eva tat geheimnisvoll, sie war wieder ganz die Verführerin und ihre Stimme wurde weich und erfüllt von diesem sinnlichen Vibrieren...*wie sie diese verschiedenen Stimmungen beherrscht, mal kalt und herrisch, dann wieder schnurrend wie eine Katze, sie spielt wirklich auf meiner kompletten Klaviatur!*

Er musste sie anschauen, sie war eine Augenweide und sie wusste, wie schön sie ist. Er sah sie ein paar Mal auf die Fernsteuerung tippen und es kam eine Musik mit einer schwarzen Stimme, ein Song, der unter die Haut geht.

Sie baute sich lässig vor ihm auf, sie fühlte sich jetzt sicher, er saß fest gefesselt, hilflos vor ihr. Ihre Hüften fingen an sich im Takt der Musik an zu wiegen, ihre Hände strichen über die Stellen, die sich bewegten, als würden sie die Bewegung noch betonen.

Wooahh, die Frau kann tanzen, was passiert hier eigentlich mit mir, was mache ich hier nur?

Und sie ließ ihr Becken kreisen, die Arme bewegten sich im langsamen Takt der Musik. Sie öffnete bewusst langsam den Reißverschluss Ihres Kleides, drehte sich elegant um und ließ es einfach fallen. Aus dem Häufchen Chiffon entstieg eine Göttin in schwarzen Strapsen, einem String und einem Spitzen BH. Es war ein Anblick, der Michael sofort das Blut in den Penis pumpte, er durfte diesen Anblick voll genießen, denn das hatte sie ja geplant. Ihm wurde klar, wie recht sie hatte, ihn zu fesseln, er hätte sich sonst nicht auf seinem Stuhl halten können…

Sie drehte sich zu ihm und hielt beide BH-Hälften bedeckt mit ihren Händen. Sie strich mit beiden Händen langsam über ihre Brüste, dabei fuhr sie lustvoll mit den Fingern in den BH. Langsam zog sie das Körbchen über die Brust und hielt sie mit den Fingern bedeckt. Sie nahm ihre Brustwarzen und zog daran.

Michaels Brustwarzen richteten sich solidarisch auf. Er atmete inzwischen schwer. Sie leckte sich langsam über die Lippen. Er tat es ihr nach.

Die ganze Frau war Sex pur! Die Hüftbewegung war bestimmt einstudiert, sie war einfach zu perfekt! Sie kreiste noch einmal mit den Fingern über ihre Brust und streifte dann den BH ab, dazu drehte sie sich um, damit Michael sehen konnte, wie sie die Haken öffnete. Sie warf lasziv den BH in sein Gesicht, dann kam sie auf ihn zu und sah ihn herausfordernd an. Er grinste gierig und sein Blick löste sich nicht von ihren entblößten Brüsten, sie zogen ihn magisch an. Sein Mund stand halb offen, er atmete schnell. Und wie um die Aufmerksamkeit wieder auf ihr Gesicht zu lenken beugte sie sich hinab und küsste ihn. Intensiv, die Zunge suchte fordernd die Seine. Sie berührte ihn sonst nicht. Es war ein heißer, feuchter Kuss. Er ging ihm durch den gesamten Körper bis in die Haarspitzen.

„So gierig, so hungrig, dabei habe ich noch gar nicht richtig angefangen!“ Es klang, als ob sie mit einem kleinen Kind schimpfen würde, es war ein herablassender, spöttischer Ton. Michael nahm es nur dumpf war, er war völlig gefangen von ihrer sexuellen Ausstrahlung, er war hingerissen, ihr ausgeliefert.

Mach mit mir was du willst, nur mach etwas...!

Sie lächelte triumphierend, drehte sich um und nahm ihren String an dem dünnen Riemen, der durch ihre Pobacken führte. Sie zog fest daran und riss sich den zarten String ab. Dabei bewegte sie sich im Takt der Musik. Sie stand nun mit dem Rücken vor ihm, nur noch in Hüfthaltern, Strümpfen und Highheels. Sie streifte mit ihren Händen die Pobacken hinab und seitlich wieder hoch.

Ihr Anblick war atemberaubend. Er machte die Augen kurz zu, es wurde ihm schwindelig. *Träumte er gerade?* Sofort öffnete er sie wieder, er könnte ja etwas verpassen!

Wieder fuhr sie mit beiden Händen ihre Pobacken entlang und knetete sie fest, sie vibrierten unter dieser Bewegung, der Po war wirklich verdammt fest, kein Gramm Fett hatte sich hierher verirrt. Wenn er sie nur anfassen könnte, er wollte sie einfach nur noch ficken, sein Penis schmerzte, so prall war er...

Michael begann heftig zu atmen, sein Mund war trocken, er zerrte an den Fesseln. Sie drehte sich um, kam langsam auf ihn zu. Sie stellte ein Bein mit den Stiletto auf die Armlehne und zeigte ihm, was sie ihm zeigen wollte. Er stierte gierig auf ihre Scham, inzwischen fing er an, laut zu keuchen, er hatte sich kaum noch im Griff. Sie streckte ihre Hand aus und steckte ihm einen Zeigefinger in den Mund. Er saugte gierig daran, sie befeuchtete mit dem Finger seine trockenen Lippen, strich an ihnen entlang und mit eben diesem Finger berührte sie nun ihre Klitoris und fing an, sie zu stimulieren. Die andere Hand zog die Schamlippen auseinander und sorgte für ein wenig Spannung.

Eva sah ihn lüstern an, „findest du das geil, Michael!“ Sie fragte ihn herausfordernd, ihre Stimme war Sex pur, die Augen leuchteten. „Wahnsinn“, atmete er, „ich würde dich so gerne ficken, hier und jetzt!“.

Oh Gott, hoffentlich werde ich nicht ohnmächtig!

„Gut so“, ihre Stimme war wie das Schnurren einer Katze, „ich tue das nämlich jetzt für dich...“ Sie stöhnte leise, ihre

Finger rotierten schneller, Michael blickte abwechselnd ihr Gesicht und ihre feuchte Scham an, beides war so erregend, so betörend, er wusste, dass er selbst bald explodieren würde, der Druck stieg an wie bei einem Dampfkessel.

Eva hatte nun einen Ausdruck im Gesicht, den er kannte, es war pure Lust, animalische Gier, sie war kurz davor zu kommen und mit einem Mal warf sie den Kopf zurück und stieß einen lauten Lustschrei aus, der Michael durch und durch ging. Er war so unter Spannung, er stöhnte laut auf. „Eva, bitte, ich kann nicht mehr...!"

Eva stand keuchend über ihm, sie stützte sich mit den Armen auf die Lehnen auf, sie grinste ihn an mit einer Mischung aus Triumph und Lust. Ihr Blick war wild und ungezügelt. „Ich werde dich jetzt erlösen, denn ich glaube, du hast ein dringendes Bedürfnis..." Ihre Stimme drang wie durch Watte an sein Ohr, und er konnte kaum glauben, was er dann von Eva hörte: „...ich werde dich jetzt mit meinem Mund befriedigen!"

Michael zuckte, daran hatte er noch gar nicht gedacht, ja, sie konnte ihn mit dem Mund berühren!

„Oh ja, eine gute Idee!" Er atmete laut, sein Gesichtsausdruck spiegelte reine Gier wider. „Eva, ich bin so geil, ich könnte dich die ganze Nacht ficken und du müsstest absolut nichts tun, ich kriege schon von deinem Anblick einen Dauerständer!" Tatsächlich war sein Schwanz immer noch hart und beulte seine Unterhose aus. Eva war erstaunt über sein Stehvermögen.

Sie sah ihm lüstern ins Gesicht, „ich werde dir etwas Erleichterung verschaffen!" Sie grinste schamlos, Michael grinste zurück und nickte nur. Sie zog langsam die Unterhose ein Stück herunter und sein Glied sprang frei, sie betrachtete es, beugte sich beeindruckt nach vorn und nahm es in die Hand. Michael zerrte an seinen Fesseln, wenn er sich doch nur frei bewegen könnte!

„Ruhig, Michael, ich höre sonst sofort auf!" Eva drohte ihm spielerisch und stülpte dann genussvoll ihren Mund über seinen Penis.

Michael lehnte sich zurück und genoss ihr Zungenspiel.

Oh tut das gut, was für eine geile Frau!

Ihre Hände, ihre Lippen, sie waren überall. Sie brachte sein Blut nur mit Worten in Wallung, sie massierte den empfindlichen Punkt hinter seinen Hoden, ließ ihren Mund bis zum Rachen sein Glied aufnehmen und saugte genüsslich daran.

Michael röhrte wie ein brunftiger Hirsch, er konnte sich kaum beherrschen, seine Triebe waren losgelassen und Eva spielte mit ihnen wie ein Musiker auf seinem Instrument, sie beherrschte alle Oktaven. Er kam wie in einer Explosion, er spritzte in ihren Mund und sie schluckte, was sie kriegen konnte, als wäre es eine Delikatesse. Er hatte noch nie einen solchen Orgasmus, völlig unkontrolliert, sein Becken zuckte ein paar Mal. Sein Samen spritzte über seinen Bauch und Evas Gesicht. Er hatte das Gefühl, sie hatte etwas in ihm aktiviert, das er noch nicht kannte. Wilde, zügellose Gier.

Er saß schwer atmend auf dem Stuhl. Sein Körper war völlig ausgelaugt. Eva kniete vor ihm und sah ihn herausfordernd an.

„Genug, oder machen wir weiter?“

Er schüttelte den Kopf, zu mehr war er momentan nicht in der Lage. „Binde mich los, bitte!“

Sie öffnete die Knoten und fing an, seine roten Druckstellen zu reiben. Es war zwar eine sehr entspannte Haltung, aber die Seile rieben an den Gelenken. Es war unangenehm, obwohl er es bis jetzt nicht gespürt hatte. Sein Blut kam langsam wieder zurück. Eva kümmerte sich sehr aufmerksam um seine Blessuren.

Er sah sie forschend an. „ Hattest du dir den Abend so vorgestellt?“

Sie legte den Kopf schief: „Ehrlich, ich wusste nicht, dass ich so auf dich wirken würde...“

„Du hast wirklich keine Ahnung...“ Michael schüttelte den Kopf und lachte leise, als er seine Sachen zusammensuchte und sich anzog.

Sie stand jetzt vor ihm, nackt und nur mit ihren Strümpfen bekleidet. Er stellte sich vor sie hin und hob ihr Kinn mit seiner Hand an, dass sie ihn anschauen musste. „Ich würde alles geben, um dir zu helfen, Eva. Das ist mein Ernst. Du hältst dich vielleicht für einen hoffnungslosen Fall, aber das stimmt nicht, du hast dich alleine in den letzten Tagen schon verändert. Bitte, gib nicht auf! Es gibt so viele Möglichkeiten, möchtest du nicht doch vielleicht mal mit meiner Mutter...?“

Es war ein zaghafter Versuch, er wollte ihr wirklich helfen. Aber ihre Reaktion fiel zu seinem Bedauern heftig aus.

Sie wich erschrocken zurück - und verärgert. „Lass das, bei mir ist jede Hilfe umsonst, ich musste so sein, ich wurde so erschaffen, du wirst das auch nicht mehr ändern.“ Ihr Gesicht war wieder abweisend und kühl.

Michael nahm verzweifelt ihre Hand, „meine Mutter kann dir helfen, ich bin mir sicher!“ Er klammerte sich regelrecht an die Idee, dass er etwas ändern könnte.

Sie riss sich los, nun war ihr schönes Gesicht verzerrt und voller Wut. „Scher dich zum Teufel, ich brauche keine Hilfe, weder von dir, noch von deiner Mutter!“

Er starrte sie wortlos an, er hatte das falsche Thema angesprochen, das kannte er von ihr inzwischen nur zu gut. Es hatte keinen Zweck...

Verdammt..., du Idiot! Halt doch einfach deine Klappe....

Er nahm seine Sachen und ging ohne große Worte in seine Kabine. Sie schaute ihm hinterher, es war eine Mischung aus Trauer, Wut und Hilflosigkeit auf ihrem schönen Gesicht. Sie mochte ihn, wirklich, aber sie konnte nicht aus ihrer verdammten Haut...

Kapitel 15

Das Klingeln seines Handys riss ihn aus seinem Schlaf. Er hatte nicht wirklich ruhig geschlafen, er musste noch lange über Eva und den vergangenen Abend nachdenken. Sie beschäftigte ihn sehr. Er sah ungläubig auf das Smartphone neben sich. Es klingelte und vibrierte unaufhörlich.

Wer ruft ihn um 2.46 Uhr nachts an? Ein Notfall? Er war sauer, nahm aber trotzdem schlaftrunken ab.

„Ja?“

Er meldete sich nicht mit Namen, *wozu auch um diese Zeit?*

„Michael?“ meldete sich eine zarte Stimme vorsichtig.

Verdammt, es ist Sophie. Wieso, fuck..., ja, sie hat das Handy, sie ist es wirklich...!

„Sophie!“ Er musste sich schütteln, um wach zu werden. Er setzte sich auf. „Sophie!“ wiederholte er ungläubig, aber erfreut.

„Bist du ok, Michael?“ Ihre Stimme war so schön, so melodisch.

„Ich bin ok, Sophie, ich habe dich so vermisst!“ Es war tatsächlich so, er war ehrlich...

„Ich vermisse dich auch!“ Sophie klang bedrückt. „Da habe ich dein Handy genommen und dich einfach angerufen. Tut mir leid wegen der Uhrzeit...“

„Schon gut, du kannst zu jeder Zeit anrufen, das weißt du! Und es ist dein Handy...!“ Dabei fiel ihm ein, dass hier die Uhren eine Stunde vorgingen, Sophie musste wohl gerade aufgewacht sein.

Es entstand eine kurze Pause. „Ich muss mich wohl noch daran gewöhnen, dass etwas mir gehört. Wo bist du jetzt?“

„Ich bin mit deiner Schwester auf einem Schiff auf den Cayman Inseln.“ Michael entschied sich für die Wahrheit.

„Ist Peter auch dort?“ Sie hatte einen ängstlichen Unterton in ihrer Stimme. Es schien sie scheinbar nicht zu stören, dass er mit ihrer Schwester unterwegs war, er war darüber sehr erleichtert, vermutlich hatte er nur Gewissensbisse.

„Ja, er ist hier“, *und vögelt sich gerade mit irgendeinem Weibsbild sein Hirn raus...* dachte Michael, aber er unterdrückte diesen Teil des Satzes, vor allem, als er an seinen eigenen Abend mit Eva dachte. *Was für ein Spiel spiele ich da eigentlich? Es war einfach unfair Sophie gegenüber.*

„Ich vermisse dich, Michael, ich bin so allein...!“

Schmerzhaft wurde ihm bewusst, dass er Sophie auch vermisste, Eva war definitiv kein Ersatz. „Ich würde jetzt gerne bei dir sein, Sophie.“

„Ich auch...“

Warum sind Menschen eigentlich kurz nach dem Erwachen immer am ehrlichsten?

Es folgte eine Pause.

„Bist du morgen wieder zuhause?“

„Ja“, Michael freute sich darauf, sie wiederzusehen, „ich werde in meinem Wohnzimmer auf dich warten!“

Sie kicherte schüchtern. Er wusste, dass sie wieder rot wurde und stellte sich ihr Gesicht bildlich vor. „Ich freue mich schon so!“ und sie seufzte leise. Michael hielt sich das Telefon ganz nah ans Ohr. „Ich liebe dich, Sophie, ich vermisse dich!“

Es war still am anderen Ende. Stockend, fast schluchzend, kam die Antwort: „Ich dich auch, Michael. Ich werde da sein.“

Damit war es still, nur noch die Gedanken waren da, die Michael seit Tagen beschäftigten. Sein schlechtes Gewissen verfolgte ihn, wieso haben ihn die beiden Schwestern so im Griff? In ihrer Nähe scheint sich die Vernunft wie Wasser in Dampf aufzulösen. Die Hitze, die beide Frauen in ihm wecken, machte ihm Angst, er hatte noch nie eine solch ungezügelte Gier gespürt, nicht einmal mit seiner Frau Diandra. Das erotische Stelldichein mit Eva war jenseits der guten Sitten, er lächelte, als er die Bilder wieder vor Augen hatte. Er hatte eine persönliche Grenze überschritten, aber er fühlte sich gut dabei. Eva brachte ihn dazu, neue Wege zu gehen, warum sollte er ihr nicht folgen?

Erleichtert über seinen gedanklichen Schritt, den er geschafft hatte, schlief er irgendwann wieder ein.

***

Am nächsten Morgen wurde er vom lauten Flappern des Hubschraubers geweckt. Der Bankier aus Georgetown war da, Eva hatte es ja angekündigt! Er sprang aus dem Bett und machte sich fertig. Er brauchte 15 Minuten für Dusche und Anziehen, das war zügig. Er durfte auch keine Minute zu spät kommen. Eva stand schon mit den Herren von der Bank in ihrem Büro und besprach die Details.

Ein älterer glatzköpfiger Herr drehte sich ihm zu und reichte ihm die Hand. „Didier Montpellier, ich bin Bankdirektor der UBS Funds, freut mich, sie kennenzulernen!“ Seinem Akzent nach war er Franzose, aber sicher war er sich nicht.

Michael stellte sich kurz vor und besprach dann direkt mit dem Bankdirektor die Kontoeröffnung. Mithilfe des Assistenten wurden die Papiere fertig gemacht, unterschrieben und ausgehändigt.

Die beiden neuen Partner schüttelten sich die Hände und Mr. Montpellier und der Assistent verließen das Büro.

Eva hatte dem Ganzen nur halb zugehört, sie war dezent in den Hintergrund getreten und schien mit ihrem PC beschäftigt. Jetzt drehte sie sich zu Michael und sah ihn mit ihrem typisch coolen Blick an. Sie hatte noch kein einziges Wort mit ihm gewechselt und er fragte sich schon, ob der Abend gestern überhaupt stattgefunden hatte oder alles nur in seinem Kopf passierte. Jetzt zog er die Stirn in Falten. „Zufrieden?“

Eva antwortete nicht, sie zog nur kurz die Mundwinkel hoch.

„Michael, könntest du dir vorstellen, mit mir zusammenzuarbeiten? Ich habe gehört, dass du seit neuestem auch Megabit im Portfolio hast. Mit unserer Sicherheitstechnik ließe sich eventuell eine fruchtbare Kooperation aus unserer und deren Festplattenproduktion entwickeln.“ Eva kam in ihrer unnachahmlich direkten Art ohne Umschweife auf den Punkt.

Michael klappte der Kiefer nach unten. Er brauchte einen Moment, um zu begreifen, dass sie ihn als Geschäftspartner sieht. Was sollte das denn werden? Er ließ sich Zeit, um zu antworten.

„Mein Know-how besteht aus der Beurteilung von lukrativen Firmen und deren Kauf und Verkauf! Ich denke nicht, dass ich dir da groß helfen kann. Ich könnte aber den Kontakt zu Megabit herstellen, wenn du das wünschst.“ Michael versuchte, seine Emotionen zu unterdrücken und ernsthaft zu klingen.

„Ich war dieser Firma selbst schon ein paar Jahre hinterher, bisher scheiterte eine Geschäftsbeziehung aus Angst vor Betriebsspionage. Dabei sind wir eher um unsere Daten besorgt. Vielleicht kannst du uns dort die Tür öffnen?“

„Ich bin sicher, das lässt sich bewerkstelligen, ich kenne den Geschäftsführer inzwischen sehr gut. Hast du denn eine bestimmte Idee für ein neues Produkt?“

„Es gibt viele Gründe, Joint Ventures zu gründen, allen voran der Austausch von Wissen und Erfahrung! Ich brauche einen Hersteller von Festplatten, um mit diesem einen hardwaregestützten Datentresor zu entwickeln. Ich suche dazu nicht nur im technischen Bereich einen Partner, bei diesem Projekt könntest du noch mit einsteigen...“

„Brauchst du denn das? Ich dachte, dafür hast du Peter?“

„Nicht mehr, er ist Geschichte...“ Sie machte dabei eine wegwerfende Handbewegung. „Ich habe mit Peter die Fronten geklärt, ich bin seiner Mutterbrust entwachsen, ich möchte eigene Projekte auf die Beine stellen und ich habe einige Ideen. Wenn du möchtest, können wir uns zusammensetzen und tiefer ins Detail gehen. Aber grundsätzlich möchte ich wissen, ob du dir eine Zusammenarbeit mit mir vorstellen kannst?" Jetzt sah sie ihn herausfordernd an.

Michael war überrascht. „Peter ist so ohne weiteres gegangen?"

„Nun, ich habe etwas nachgeholfen, finanziell."

„Eva, ich muss erst darüber nachdenken, es ging alles ein wenig schnell in den letzten Tagen. Gib mir bitte Zeit!"

„Die habe ich nicht, Michael!"

Er verdrehte die Augen. „Ich werde nichts überstürzen, ok? Ich werde es mir gut überlegen und dir dann meine Entscheidung mitteilen. Setz mich nicht unter Druck!" Michaels Ton war energisch, er war erstaunt über sich selbst, aber er war eben Geschäftsmann, das war Routine.

Gut so, dann merkt sie nicht, wie sie mich abkocht.

Eva lächelte leicht. „Ok, ich gebe dir Zeit. Aber nicht zu lange." Man merkte, dass ihr der Zeitaufschub nicht passte, Geduld gehörte nicht zu ihren Stärken.

„Gehen wir frühstücken, ich habe Hunger!" Michael brauchte jetzt etwas im Magen, er fing an, zu rumoren. Er blickte auf seine Armbanduhr. Es war tatsächlich schon 11.00 Uhr!

Eva fixierte ihn mit ihrem Blick, dann nickte sie. „Geh nur, ich komme später nach, ich habe schon gefrühstückt! Wir sehen uns dann später zum Abflug!" Michael verließ ihr Büro mit Erleichterung, fast froh, erhobenen Hauptes aus ihren Fängen entkommen zu sein.

***

Nach dem Frühstück kam Jin mit dem gepackten Koffer von Michael zur Lounge und holte ihn ab Richtung Brücke. Der Kapitän grüßte im Vorbeigehen freundlich und sie hielten erst wieder direkt am Helipad, an dem Evas Helikopter bereit zum Einsteigen war. Cathy und Theo waren schon im Helikopter, Michael fragte sich, wo die beiden sich aufhielten, sie waren die ganze Zeit völlig untergetaucht.

Wie groß ist dieses Schiff eigentlich? Michael hatte die beiden gar nicht gesehen, scheinbar gibt es noch ein weiteres Deck nur für das Personal.

Eva saß konzentriert links vorne, hatte wie immer alles souverän im Griff. Keine zwei Minuten später hoben sie ab Richtung Georgetown, dort stand der Privatjet, der sie innerhalb von vier Stunden wieder nach Chicago brachte.

***

Es war später Nachmittag, als Michaels Audi aus dem Terminal rollte. Die Luft war regnerisch und etwas kühler wie sonst. Eine erfrischende Abwechslung zum Wetter in der Karibik.

Theo fuhr Michael noch in sein Büro, denn er hatte das Gefühl, dass er noch einiges aufzuarbeiten hatte. Dementsprechend spät kam er an diesem Tag nach Hause.

Je näher er seinem Penthouse kam, desto mehr freute er sich. Er würde heute Abend Sophie sehen, er schloss die Augen und stellte sich ihr liebevolles Lächeln mit den süßen Grübchen vor. Ja, diese Frau ist ein Engel, er würde alles für sie tun!

Sein Handy vibrierte und beamte ihn in die Gegenwart zurück. Es war eine unterdrückte Nummer. Genauso gut hätte auch Eva auf dem Display stehen können. Also nahm er ab und fing zu sprechen an, ohne seinen Namen zu nennen: „Na, schon zuhause?“

Eine Männerstimme antwortete: „Ich komme erst morgen nach Hause, ich hatte hier noch zu tun!“ Michael erschrak, das war nicht Eva, das war Peter!

„Woher hast du meine Nummer?“

„Ich bin Evas Geschäftspartner!“ Als würde das alles erklären und den Datenklau legitimieren.

„Was willst du von mir, Peter?“ Michael ging zum Angriff über, sein Misstrauen war nicht zu überhören.

„Ich möchte, dass du die Finger von Eva lässt.“ Peter kam ohne Umschweife zum Punkt. „Sie beginnt, Ideen zu entwickeln, die von dir beeinflusst sind. Ich kenne sie als ziemlich kluge und beinharte Geschäftsfrau, aber momentan trifft sie Entscheidungen, die ich nicht gut heiße. Ich habe nichts mit ihr und ich werde auch nichts mit ihr anfangen, aber geh ihr besser aus dem Weg. Sie ist…", und er zögerte ein wenig, als er es aussprach, „sie ist gefährlich!"

Brandgefährlich….

„Peter, ich bin kein Idiot. Dass sie mir gefällt und ich ihr, das war sicher nicht zu übersehen, aber ich werde mich weder von ihr noch von dir zu irgendeiner Entscheidung zwingen lassen. Alles andere macht Eva sowieso entsprechend, wie es ihr gefällt." Michael fand, dass er ziemlich genau ihre Handlungsweise beschrieben hatte.

„Ich möchte nicht, dass es so aussieht, als würde ich sämtliche Schritte Evas überwachen, sie liegt mir am Herzen, Sophie erst recht und es wäre Tollheit, wenn sie aus einer Laune heraus alles aufs Spiel setzen würde." Peters Stimme klang etwas milder.

„Von welchem Spiel ist denn die Rede!" Michael wurde hellhörig. Er lehnte sich im Wagen unwillkürlich nach vorn.

Peter war überrascht, „Du weißt davon nichts, hat sie dir denn nichts erzählt?" Er lachte hämisch am anderen Ende.

Michael verneinte, er spürte einen Stich in seine Magengegend, verheimlichte sie ihm etwas?

„Lucifer, der Mann der Sophie so lange quälte, ist noch auf freiem Fuß und er sucht Sophie, er will das zu Ende bringen, was er eigentlich längst vorhatte, er will sie töten!"

„Woher wisst ihr das?" stieß Michael hervor, wieso hatte Eva ihm nichts davon gesagt?

„Wir kennen ihn sehr gut, wir kennen seine Motive und verfolgen seine Bewegungen, soweit möglich. Er ist hochgradig pathologisch, ein durchgeknallter Sadist, der Kinder quält und tötet. Er war einmal Mitglied in unserer Gemeinschaft, aber er wurde ausgestoßen, seitdem versucht er immer wieder, Kinder unserer Mitglieder zu entführen. Eine furchtbare Rache, aber wir setzen alles daran, ihn zu finden. Eva hat mit ihren Methoden seine Schlupflöcher ausfindig gemacht, aber er entwischte immer wieder. Er hat wohl auch gute Informanten, er ist uns stets eine Nasenlänge voraus. Aber der Ring zieht sich immer enger, er wird eines Tages einen Fehler machen. Vielleicht geht er auch dann zum Angriff über, wie die Ratte, die in die Enge getrieben wird."

Michael atmete kaum noch. Dieses Thema ging ihm an die Nieren. „Was passiert, wenn er auftaucht?"

„Dann werden wir ihn ausschalten."

„Durch die Polizei?"

„Das FBI kooperiert in diesem Fall mit uns und wir werden ihn finden, er wird für Sophie keine Gefahr mehr sein."

„...und für Eva?"

Peter lachte leise. „Eva würde sich freuen, ihm die Eier abzuschneiden!"

Michael schluckte, er griff sich unwillkürlich in den Schritt. Ja, sie würde das tun, da war er sich sicher...

„Weiß Sophie, dass er noch da draußen rumläuft?"

„Ja, sie hat ziemlich Angst vor ihm. Sie wäre ihm schutzlos ausgeliefert, deshalb darf sie auch nicht raus aus der Wohnung oder aus unserer Überwachung."

Michael fiel der Abend in dem Club wieder ein, deswegen musste also Cathy unbedingt mit.

„Lucifer wurde vor zwei Tagen in der Nähe des Restaurants gesehen, an dem ihr beiden gegessen habt. Er scheint also zu wissen, wo Eva sich aufhält. Und da ist Sophie nicht weit.“

Er dachte an die Paparazzi, da war tatsächlich eine undichte Stelle, Eva hatte recht. Mein Gott, das sind keine guten Nachrichten.

„Ich bin morgen wieder in Chicago, dann habe ich neue Erkenntnisse. Ich werde dann Eva unterrichten.“

Michael verabschiedete sich. Er lehnte sich im Wagen zurück und musste alles erst einmal geistig verdauen. Das mit Lucifer erklärt so einiges, aber warum warnt ihn ausgerechnet Peter vor Eva? Seine Sympathie zu Peter hielt sich bis jetzt in Grenzen und es war sicher auch umgekehrt so. Es kam ihm fast so vor, als würde ihn Peter von etwas ablenken, das er nicht erfahren darf. Hat er etwas übersehen? Er traute diesem Menschen nicht, er traute keinem Mann, der Frauen wehtat.

Vor ihm tauchten die Umrisse seines Apartmentgebäudes auf, sie waren zuhause.

Kapitel 16

Nachdenklich fuhr er den Lift hoch. Noch bevor er sein Jackett und seine Schuhe ausgezogen hatte, wählte er Evas Nummer. Sie war beim zweiten Klingeln dran.

„Alles klar?“ Die Stimme klang so kühl und doch so vertraut.

„Ich bin mir nicht so sicher!“ Michael war ehrlich. „Peter hat mich angerufen...“

Sie sagte nichts, sie war wohl überrascht. „Was wollte er?“ kam es schließlich nach einigen Sekunden, ihr Ton war lauernd.

„Er erklärte mir, dass dieser irre Typ noch frei rumläuft und es auf Sophie abgesehen hat.“

„Ja, das ist richtig. Seit einigen Wochen haben wir Alarmstufe Rot!“

„Verdammt, warum weiß ich das nicht?“ Michael war ärgerlich, er hasste es, wenn man ihn im Unklaren lässt.

„Ich wollte dich nicht unnötig belasten, du bist auch nicht gefährdet. Solange du tust, was ich sage, kann nichts passieren. Sophie ist sicher hier.“

„Was passiert, wenn er sie findet?“

„Er wird sie nicht finden und wenn, werden wir ihn ausschalten!“

„Würdest du ihn töten?“ Michael überraschte sich selbst mit dieser Frage. Irgendwie wusste er die Antwort schon.

Er spürte die Kälte ihrer Worte durch das Telefon. „Ja, mit Vergnügen!“

Es entstand eine unangenehme Pause, aber Michael rang noch nach Fassung, er wusste nichts darauf zu erwidern. Seine freie Hand fuhr verzweifelt durchs Haar. Er schloss die Augen, „bitte tu nichts, was du später bereust!“

Er hörte sie nur abfällig lachen am anderen Ende und er hatte ihr kaltes Gesicht im Gedanken vor sich, in solchen Momenten erinnerte er sich, dass er sie von Anfang an als gefährlich einschätzte. Sie war es, definitiv!

Eva wechselte schließlich das Thema, als wäre Lucifer schon Schnee von gestern. „Sophie wacht diesen Abend früher auf, gegen 11.00 Uhr, wir haben den Zeitrahmen nach vorne gelegt, evtl. ist das für dich doch lebensfreundlicher. Professor Shelby hat sein OK gegeben.“

„Danke, das ist sehr rücksichtsvoll!“ Michaels Antwort kam einsilbig, als wäre er gerade mit seinen Gedanken weit fort.

„Morgen kommt Peter vorbei, er wollte noch etwas mit mir klären. Hast du schon wegen unserem Joint Venture nachgedacht?“

„Nein, Eva, ehrlich gesagt, habe ich mehr über uns beide nachgedacht.“ Er war wieder bei Sinnen.

„Was gibt es da nachzudenken?“ meinte sie spröde.

„Warum bist du so abweisend? Wir hatten doch einen schönen Abend auf dem Schiff, aber seitdem hast du mich nicht mehr groß beachtet. War es das? Bin ich jetzt nur noch als Geschäftspartner interessant?“

„Michael", sie holte tief Luft, „es wird keine sexuelle Beziehung mehr mit dir geben. Es hat sich auf dem Schiff so ergeben, ich hatte Lust auf dich, gut. Ich denke darüber nicht weiter nach."

Michael schluckte und schloss die Augen, gut dass sie sein Gesicht nicht sehen konnte. „Ja, natürlich, lass uns auf Sophie konzentrieren." Seine Kehle war trocken.

„Klingt vernünftig! Gute Nacht, Michael."

Eva legte auf. Er konnte nicht mehr antworten. Er fühlte sich so müde, seine Hand mit dem Handy sank nach unten. Er lehnte sich zurück und schloss die Augen. Sein Magen krümmte sich vor Schmerzen.

***

Er ging erst gar nicht schlafen, er blieb wach, seine Gedanken und Gefühle gingen auf Achterbahnfahrt. Er brachte keinen Bissen von Zoes Eintopf hinunter, was seine Hausdame extrem verstörte. Aber darauf konnte er jetzt keine Rücksicht nehmen, er war zu sehr mit sich selbst beschäftigt. Eva schien ihn links liegen zu lassen, er war immer noch fassungslos.

Oder will sie Sophie nicht im Wege stehen? Wieso hat er sich eigentlich in beide Frauen so verliebt? Gibt es so etwas überhaupt? *Ich existiere nur in deiner Phantasie*, ihr Satz ging ihm gar nicht mehr aus dem Kopf. War sie überhaupt real?

Kann es eine Frau wie Eva geben oder bildet er sich das womöglich alles ein, seine sonst so geordnete Welt schlug seit Tagen Purzelbäume. Nur der Gedanke an Sophie ließ ihn wieder ruhiger werden. Er schüttelte den Kopf und seufzte, wie um sich zu überzeugen, dass er noch bei Trost ist.

Er holte sich die Flasche mit dem Whiskey. Er brauchte etwas, um seinen Magen zu beruhigen. Er holte sich Eis aus dem Kühlschrank und schenkte sich ein Glas ein. Kühl floss die goldene Flüssigkeit seine Kehle hinab. *Das tut gut!*

Kurz vor 11.00 Uhr vibrierte sein Handy. Es war eine SMS von Sophie.

10.56 BIST DU WACH?

10.57 NATÜRLICH, ICH WARTE AUF DICH!

10.58 ICH KOMME DIESMAL MIT DEM LIFT!

10.59 SEHR VERNÜNFTIG…

Etwa zehn Minuten später öffnete sich der Lift im 26. Stock und Sophie kam heraus spaziert, Cathy blieb im Lift zurück und winkte ihm kurz zu. Er grüßte sie dankbar.

Sophie lief los, um Sekunden später Michael direkt in die Arme zu fallen. Sie lachte gelöst. Er hielt sie fest umarmt und gab ihr schließlich einen leidenschaftlichen Kuss, den sie erwiderte. Zum ersten Mal an diesem Tag fühlte er sich gut. Sophie war wie Balsam auf seiner Seele. Hier wollte er sein. Er hätte sie am liebsten hier und jetzt genommen, aber er konnte sich noch beherrschen.

Sie hatte diesmal einen Morgenmantel aus Seide über ihrem Nachtzeug an, immerhin etwas mehr als sonst.

„Was ist passiert", meinte Michael atemlos, „du kommst durch den Lift und hast sogar mehr als ein Höschen an?"

Sie lachte vergnügt, „ja, ich musste ein paar Bedingungen erfüllen, damit ich früher zu dir gehen kann. Ich hätte mir das sonst bestimmt nicht sagen lassen." Sie blickte ihn mit schiefem Lächeln an. „Das sollte dich aber nicht hindern, mich wieder auszuziehen!"

Das ließ sich Michael nicht zweimal sagen, er nahm sie auf den Arm wie ein Kind und sie quiekte vor Vergnügen, als er sie ins Schlafzimmer trug.

„Meine süße kleine Sophie ist unersättlich, mal schauen, was ich dazu beitragen kann, um deine erotische Stimmung noch zu steigern!"

Zärtlich ließ er sie auf das Bett gleiten. „Du glaubst gar nicht, wie sehr ich dich vermisst habe..." Michaels Stimme war ehrfürchtig, als hätte er ein Wunder vor sich. „...du machst dir keine Vorstellung davon!"

Er bedeckte sie mit leidenschaftlichen Küssen, sie gab sich ganz seinem Liebesspiel hin und beide vergaßen bald die Welt um sich herum.

***

Melinda hob überrascht den Kopf, als Michael fröhlich und beschwingt in sein Büro lief. Er machte sogar ein Kompliment über ihre neue Bluse und fragte nach einem starken Kaffee.

Sie sah ihm verwundert und erfreut hinterher, grinste über das ganze Gesicht und wandte sich kopfschüttelnd ihrer neuen Aufgabe zu. Sie sollte alles über einen gewissen Peter Sullivan herausfinden.

„Das wird für die Personalabteilung wieder eine nette Abwechslung", gluckste sie noch schelmisch, als sie den Hörer abhob und wählte.

***

Peter war der einzige Sohn eines reichen Reederers. Er studierte in Harvard Wirtschaft und konnte einen guten Abschluss erzielen.

Dumm ist er sicher nicht. Nur auf welcher Seite steht er? Kann ich ihm trauen?

Michael blätterte interessiert in den Unterlagen, die ihm Melinda noch für die Fahrt nach Hause mitgegeben hat. Wie immer zuverlässig und schnell recherchiert!

Peter arbeitete noch in verschiedenen anderen Firmen, bevor er seine eigene Werft mit Papas Hilfe aufbaute. Scheinbar trieb er sich aber immer noch in anderen Unternehmen herum, denn sein Name tauchte immer wieder in Form einer

Beteiligung oder im Aufsichtsrat auf. Zuletzt auch in Evas Unternehmen. Vermutlich war der Name seines Vaters und vor allem dessen Einfluss ein Aushängeschild für die jeweiligen Firmen. Geschickt zog er seine Fäden, kaufte sich ein und nutzte Abhängigkeiten. Peter lebte von seinen guten Beziehungen und das ziemlich gut!

Sein Lebenslauf ist fast schon mustergültig, wenn er nicht immer wieder wegen Frauengeschichten in die Schlagzeilen geraten wäre. Seltsamerweise nicht wegen seiner sexuellen Neigung, sondern wegen seiner häufig wechselnden Partnerinnen. Vermutlich versuchen die Gazetten immer wieder, einem attraktiven reichen Single Frau und Kind anzudichten.

Michael musste schmunzeln, als er die Liste der Frauennamen durchging. Eva war nicht darunter... er atmete unwillkürlich aus.

Peter war wohl nicht besonders wählerisch, was Frauen anging. Die Heirat mit Sophie würde sein Singleleben beenden – aber würde er das wirklich wollen? Würde so ein ungleiches Paar überhaupt zusammen leben können? Michael wischte diese Gedanken weg. Er musste Sophie vor ihm beschützen. Wenn Eva es schafft, die Milliarde aufzutreiben, dann würde er Sophie ein neues Leben schenken, ein Leben an seiner Seite?

Er konnte es immer noch nicht glauben, dass er sich von einem Tag auf den anderen in eine Frau verliebt hatte, die so jung und so problembehaftet war. Aber er wird es schaffen, sie von der Dunkelheit ins Licht zu führen, seine Mutter hatte ihn sehr darin bestärkt, dass Sophie eines Tages unbeschwert sein wird.

Bei Eva sehe ich allerdings eine große Baustelle, sie lässt sich nur schwer bis gar nicht helfen, sie ist wohl ebenfalls traumatisiert. Aber warum? Ihre Geschichte kenne ich noch nicht, sie weigert sich standhaft, etwas von sich preiszugeben, nicht einmal ihr Alter. War sie dabei, als Lucifer Sophie entführte? Die schrecklichen Narben auf Evas Rücken... ist sie deshalb so voller Hass? Ich muss ihr helfen... und ihr vertrauen!

Er saß an seinem Schreibtisch, mit den Ellbogen auf dem Tisch und den Kopf auf seinen Händen gestützt. Seiner Firma geht es gut, sie warf genug ab, um seinen Lebensstil zu finanzieren und noch einiges an Investments für die Zukunft zu tätigen. Die Banken und Partner vertrauten ihm, die Finanzpläne basieren auf einer gesunden Unternehmensstruktur, der Ebitda stieg von Jahr zu Jahr. Er hatte nichts zu verlieren, aber jede Menge zu gewinnen!

Er schluckte schwer, dann traf er eine Entscheidung, er griff zum Hörer. „Melinda, sie müssten noch etwas Wichtiges für mich erledigen. Bitte organisieren sie für morgen einen Termin bei meiner Bank. Ich muss 50 Millionen Dollar verflüssigen, machen sie am besten eine Liste der kurzfristig verfügbaren liquiden Mittel..."

Kapitel 17

Gegen 11.00 Uhr sah Michael es schließlich ein, dass er an diesem Vormittag nichts mehr Vernünftiges auf die Beine stellen konnte, packte seine Sachen zusammen und gab Melinda zu verstehen, dass er jetzt erst einmal zum Mittagessen gehen würde. „Erwarten sie mich nicht zu früh zurück, ich muss noch etwas besorgen!“ Er zwinkerte dabei mit dem Auge und Melinda ließ vor Schreck fast ihre Kaffeetasse fallen.

„Kann ich Ihnen irgendwie behilflich sein?“

„Ja, indem sie mir den Rücken frei halten!“

„Selbstverständlich, Mr. Clay, ich halte hier die Stellung! Denken sie aber daran, dass um 14.00 Uhr ihre Geschäftsführer von Megabit hier sind.“

Ihr Lächeln ermunterte ihn zu einem Lob, „sie sind ein Schatz, Melinda!“ Und sie wurde rot, so rot, wie er es noch nie bei ihr gesehen hatte. Und schon war er aus der Tür und mit den Gedanken weit weg...

***

Theo wartete bereits vor der Tür, als ihn die Eingangsdrehtür wieder ausspuckte. Seinen fragenden Blick beantwortete Michael mit einer kurzen Anweisung. „North Michigan Avenue, ich muss einen Ring kaufen!“

Theo hielt ihm die Hintertür auf, grinste und nickte. Er kannte den Weg. Es dauerte keine halbe Stunde, dann hielt der Wagen vor dem Graff Juwelier. Michael stieg aus und ließ Theo den Wagen parken.

„Guten Tag Mr. Clay, wir haben uns schon lange nicht mehr gesehen!“ Ein gedrungener älterer Herr im tadellosen Anzug kam freudestrahlend auf ihn zu. „Wie schön, sie wieder hier bei uns zu sehen!“ Und eine Oktave niedriger fügte er noch leise hinzu: „Ich weiß, was passiert ist, ich fühle ja so mit ihnen, welch eine Tragödie!“ Sein Gesicht verriet echte Bestürzung.

Michael blickte ihn ernst an und erwiderte nur kurz: „Ja, es hat sich seit dem letzten Mal einiges verändert...!“ Er atmete noch einmal tief ein und verkündete dann ganz tapfer: „Mr. Cougar, ich brauche heute einen außergewöhnlichen Ring, einen Solitär. Er soll jemandem sagen, dass es mir ernst ist.“

„ Oh, Mr. Clay, was für ein schöner Moment! Ich freue mich so für sie! Lassen sie mich schauen, was ich für sie habe.“

Er wackelte mit seinen dicken Beinen zu einer Vitrine, die zweifach versperrt war. Geschickt schloss er die beiden Schlösser mit einem Schlüssel auf und nahm zwei verschiedene Ringe fixiert auf Plexiglaswürfel heraus. „Wir haben hier auf dieser Seite einen wirklich außergewöhnlich verarbeiteten Diamanten. Der komplette Ring besteht aus zwei parallelen Ringen aus Platin, dazwischen haben wir einen 1,21 Karat lupenreinen gelben Diamanten gesetzt. Er dient als Verlobungsring." Dann nahm er den zweiten Ring in die Hand und ließ ihn Michael genauestens inspizieren. „Bei der Hochzeit setzen wir dann einfach nur noch ein weiteres Band mit rechteckigen kleinen Brillanten rundherum und fertig ist der Hochzeitsring! Sehen sie, ein wunderschönes Schmuckstück, außergewöhnlich gearbeitet und einzigartig! Sehen sie nur die Klarheit des Diamanten, der feine Schliff und das goldene Funkeln, dieser lupenreine gelbe Diamant ist wirklich, wirklich sehr selten!" Der Verkäufer war von seinem eigenen Produkt ganz verzückt, seine Augen glänzten noch mehr als der Diamant.

„So einzigartig wie sie...", murmelte Michael, als er sich über das glitzernde Schmuckstück beugte, um es zu betrachten.

Um ein kleines Vermögen ärmer, aber zufrieden, verließ Michael den Juwelier ein wenig später. Theo sah ihn aus der Tür treten, startete den Motor und fuhr das kleine Stück vom Parkplatz bis vor die Haustür, er stieg aus und ließ Michael ins Auto.

„Und wohin jetzt, Sir, zurück in die Firma?" Theo startete den Motor und sah ihn erwartungsvoll an. Michael sagte nichts, er saß nur da und drehte das kleine Schmuckkästchen zwischen den Fingern. „Bringen sie mich zu meiner Frau..." Es war ein Flüstern, aber Theo verstand ihn sofort, er fuhr ohne zu zögern los.

***

Der Graceland Friedhof liegt im Norden Chicagos, er zählt zu den Schönsten in der Stadt und ist letzte Ruhestätte für viele berühmte Menschen. Auch die Familie Clay hat dort ein Familiengrab, Michaels Großeltern lagen dort begraben.

Diandras Grab und das der Kinder hatten sie gleich daneben dazugekauft. Ein schlichter weißer Marmorstein und zwei kleinere links und rechts davon sind stumme Zeugen des grausamen Schicksals. Mit versteinerter Miene stand Michael jetzt vor den Gräbern seiner Familie und hielt in einem stillen Gebet seinen Kopf gesenkt. Als er fertig war, zog er das kleine Kästchen aus seiner Jackentasche und hielt es hoch.

„Hey, meine kleine Familie dort unten, hört mir mal zu!“ Er sprach leise, er wusste, dass sie ihn so oder so hörten. „Ich habe vor kurzem eine Frau kennen und lieben gelernt. Ich habe jetzt fast ein Jahr um euch getrauert und ich vermisse euch immer noch wie Hölle. Aber die Liebe zu dieser Frau hat mich wieder ins Leben zurückgerufen, denn mein Platz ist noch hier. Ich wollte, dass ihr wisst, dass ich euch nie vergessen werde, aber ab jetzt möchte ich wieder glücklich sein, so wie mit euch. Ich weiß, dass ihr das so gewollt hättet.“ Eine Träne kullerte seine Wange hinab, aber er wischte sie nicht ab. Es wühlte ihn zu sehr auf, trotzdem wusste er, dass es richtig war.

Er erwartete keine Antwort. Er schloss die Augen und versuchte, sich ihr Gesicht vorzustellen. Sie standen Hand in

Hand und winkten ihm zu, sie lächelten ermunternd. Er winkte ihnen zurück, drehte sich langsam um und ging den Weg wieder zurück, den er gekommen war. Es fing an zu regnen, er spürte es nicht. Diandra weinte mit ihm.

***

Die Geschäftsführer der Firma Megabit warteten schon auf ihn, obwohl er pünktlich zum Meeting wieder in seinem Office war. Sie wollten auf keinen Fall zu spät sein. Die drei neuen Köpfe seines hinzugekauften Investments hatten eine Präsentation vorbereitet, wie sie den Laden innerhalb weniger Monate wieder in Schwung bringen würden. CEO war eine erfolgreiche Wirtschaftsingenieurin in den mittleren Jahren, die selbst Männer an die Wand spielte. Natalie Berenger hatte Michael schon im Vorstellungsgespräch nachhaltig mit profunden Kenntnissen und einem bestechenden Selbstbewusstsein beeindruckt und auch jetzt war sie tonangebend in dieser Runde. Ein weibliches Alphatier mit kreativen Ideen, vermutlich – das ist ihr Plan - wird das Unternehmen noch Ende dieses Jahres an die Börse gehen, das sollte das gemeinsame ehrgeizige Ziel sein. Dann wird es ein Leichtes sein, die Firma wieder zu Geld zu machen.

Und darin lag der eigentliche Gewinn, der Mehrwert eines Unternehmens. Spitzenmanager bringen ein Unternehmen, das in Schieflage gekommen ist oder sogar schon gekentert wieder in tiefe Wasser, bringen es auf Fahrt, streichen es neu an und schon ist der Gegenwert wieder da. Oft wird dann an Strategen verkauft, die sich das wiedererstrahlte Unternehmen einverleiben. Lieber sind Michael aber weitere Investoren, die daran interessiert sind, das Unternehmen auch weiter zu pflegen.

Er ist Investor, kein Unternehmer, trotzdem hängt er sich oft und gerne mit ganzer Seele in seine Neuzuwächse.

Megabit war einer davon. Das durch Missmanagement und hohe Außenstände in die Insolvenz getriebene Unternehmen war ein Leckerbissen. Michael kaufte es mitsamt der Schulden, beförderte das alte Führungsteam auf die Straße und setzte seine Leute ein. Allein durch die Tilgung der Schulden war das Unternehmen schon wieder aus den roten Zahlen, die hohen Kreditzinsen hatten den Gewinn aufgefressen.

Es dauerte nicht lange und Michael war wieder völlig konzentriert bei der Sache, tauchte ein in die Welt des Turnaround Managements. Er fühlte sich jetzt wieder frei und ohne belastende Gedanken, er war mit seiner toten Frau, den Kindern und sich im Reinen.

Kapitel 18

Sophie saß an Rande ihres Bettes. Sie war gerade aufgewacht und kämmte ihr Haar. Es war kurz nach elf Uhr. Sie hatte bereits ihren Morgenmantel an, machte sich bereit, Michael zu besuchen.

„Wolltest du ausgehen, Sophie?“ Die leise gesprochenen Worte ließen sie zusammenzucken. Sie drehte sich zur Tür und sah Peter im Türrahmen stehen. Er stand dort wohl schon eine geraume Zeit und beobachtete sie. Er hatte die Hände vor der Brust verschränkt und lehnte lässig mit einer Schulter am Türrahmen. Seine Stimme war ruhig, fast schleppend. Er steckte in einer schwarzen Jeans und einem schwarzen T-Shirt. Seine blauen Augen funkelten im schwachen Licht der Nachttischlampe.

Sophie stand vom Bett auf und ließ die Hand mit der Bürste sinken. „Ich wollte Michael besuchen, er wartet sicher schon auf mich!“ Sie wollte so schnell wie möglich aus Peters Einflussbereich kommen.

Peter richtete sich gerade und kam langsam auf sie zu. Er blieb vor ihr stehen und starrte ihr in die Augen. Sophie senkte den Blick. Er nahm ihr Kinn und zog es nach oben, so dass sie ihn anblicken musste.

„Schau mich an, Sophie, wenn ich mit dir rede. Fickt Michael dich etwa schon?“

Sie wurde tiefrot, sie schluckte und konnte ihm kaum in die Augen sehen. Peters Augen verengten sich zu Schlitzen. „Fickt er dich?“ wiederholte er eindringlicher. Sophie nickte nur, es war ihr fürchterlich peinlich, von ihrem zukünftigen Ehemann ertappt zu werden.

Peter ließ sich scheinbar nichts anmerken, er nickte nur bestätigend, als hätte er es schon lange gewusst und meinte dann: „Du weißt, Sophie, dass du andere Männer haben darfst, erst wenn wir vermählt sind, gehörst du mir ganz alleine. So steht es im Großen Buch. Bis dahin sind wir beide frei. Ich werde dich also nicht bestrafen.“

Eine Welle der Erleichterung ging durch Sophies Körper, sie hatte Angst, dass er böse werden würde, wenn er es erfährt, auch wenn es für sie erlaubt war. Er war so schnell wütend.

Sie sah ihm in die Augen, nur seine angespannten Kiefermuskeln erinnerten daran, dass er noch an der Neuigkeit arbeitete. Sie hob die Hand und strich ihm über die Wange, als könnte sie ihn damit milde stimmen, aber er zog seinen Kopf ein wenig zurück, damit sie ins Leere griff und grinste nur kalt. „Ich hoffe, er besorgt es dir richtig, dann kommst du vielleicht auf den Geschmack!“

Sophie schloss die Augen, sie mochte die Grobheit Peters nicht, selbst mit Worten verletzte er sie zutiefst. Sie ließ die Hand wieder sinken.

„Michael behandelt mich gut, ich glaube, er mag mich“, versuchte sie unsicher, Michael zu verteidigen. Er sah sie mit seltsam blitzenden Augen an und mit gefährlich leiser Stimme stieß er hervor: „Ich habe dich auch gut behandelt, Sophie. Ich habe dich immer beschützt und unterstützt. Obwohl du mich nicht heiraten wolltest, habe ich dir teure Geschenke gemacht und dir damit meine Zuneigung gezeigt. Du bist undankbar, du steigst mit einem Mann ins Bett, weil du glaubst, er würde dich heiraten, dabei will er dich nur ficken. Oder meinst du vielleicht, er würde eine Milliarde Dollar für dich zahlen?“

Seine Stimme hatte inzwischen einen spöttischen Ton, sein Gesicht verzog sich zu einer höhnischen Fratze. Sophie gefror das Blut bei seinem Lachen. Irgendetwas war heute Abend so anders, er war so kalt und verletzend. Er erinnerte sie mit seinem Blick an die Frau in der Toilette, auch seine Pupillen waren ganz groß.

Sophie blickte ihn nicht mehr an und senkte niedergeschlagen den Kopf. Sie wusste, dass er recht hatte, selbst Michael hatte nicht so viel Geld und auch wenn, er würde sicher nicht so viel für sie bezahlen. Sie war dem Schicksal hilflos ausgeliefert!

Peter packte sie plötzlich am Arm, er hatte wohl eine Idee, denn er grinste jetzt seltsam, seine wechselhafte Stimmung war ihr unheimlich. Er kam mit seinem Kopf ganz nahe an sie heran und raunte verschwörerisch: „Ich werde dir meine Welt zeigen, Sophie. Und du wirst vielleicht sogar Gefallen daran finden. Komm, zieh dir ein Kleid und Schuhe an. Nimm das Netz aus Diamanten mit, das ich dir vor kurzem geschenkt habe!“ Seine Augen leuchteten verräterisch.

Sophie blickte ihn irritiert an. Dann lächelte sie und fragte vorsichtig: „Gehen wir tanzen?" Peter zögerte kurz, dann lächelte er spöttisch. „Ja, so etwas in der Art. Du kannst dort tanzen, wenn du magst."

Sophie war begeistert, sie drehte sich schnell um, ging in die begehbare Garderobe und zog ihr weinrotes Tanzkleid mit den passenden Pumps an. Sie packte die kleine schwarze Tasche und steckte - nach kurzem Überlegen - das Handy ein, das Michael ihr geschenkt hatte. Schließlich fiel ihr Blick auf die schwarze Samtschachtel, dort war das Diamantenkleid drin. Sie nahm es an sich und, da es nicht mehr in die kleine Tasche passte, behielt es in der Hand.

Peter stand schon an der Tür, er schien es auf einmal eilig zu haben, denn er legte ihr seinen schwarzen Umhang, den er immer trug, wenn er unerkannt bleiben möchte, um die Schultern. „Ich muß noch Cathy Bescheid geben, sie weiß ja sonst nicht, wo ich bin!"

„Das habe ich schon gemacht, mach dir keine Sorgen." Peter grinste, aber seine Augen funkelten irgendwie böse. Sophie zögerte, aber wenn er sie schon informiert hat, dann musste sie sich ja nicht mehr darum kümmern. Außerdem war sie ja mit Peter unterwegs, was soll schon passieren!

Im Flur war keiner zu sehen, sie kamen unbemerkt von den anderen in den Lift. Peter ließ Sophie auf der Beifahrerseite seines Sportwagens einsteigen, sie faltete sorgfältig den Mantel, um ihn nicht einzuklemmen. Peter stieg links ein und befahl ihr, die Kapuze aufzusetzen. Dann brauste er aus der Parkgarage. Sophie wurde in den Sitz gedrückt und ihr Magen wurde ganz klein. Sie hatte auf einmal große Angst. Sie versuchte, Kommunikation zu betreiben, um sich und Peter abzulenken. „Was ist das für ein Auto, ich habe so eins noch nie gesehen?“

„Ein SLS AMG Black Series, es gibt nur sehr wenige davon.“ Peter hielt seine Augen nach vorne gerichtet. „Ist der Wagen sehr schnell?“ Ihre Stimme kam leise unter der Kapuze hervor.

Jetzt schaute er sie an. „Ja“, sagte er spöttisch, „verdammt schnell und du möchtest das bestimmt nicht ausprobieren!“ Sophie sah ihn erschrocken an. „Ich fahre kein Auto, ich habe nicht mal einen Führerschein!“

Peter lächelte sie mitleidig an. „Ja, ich weiß“ sagte er, „du wirst auch keinen brauchen...“ Sophie war darüber sehr froh, sie wollte selbst gar nicht Auto fahren, sie hatte Angst davor. Die Geschwindigkeit, mit der sich Tonnen von Blech über die Straße bewegten, jagten ihr immer einen Schauer über den Rücken. Ihre Schwester war so begeistert von diesen Krawallschüsseln, sie liebte es auch, möglichst schnell zu fahren, für Sophie dagegen ist es jedes Mal der blanke Horror!

Die Fahrt dauerte nicht lange, Sophie war darüber sehr erleichtert. Sie hielten mit quietschenden Reifen vor einem Club, dessen Namen mit roten Leuchtbuchstaben auf dem Vordach prangte. „Lounge6“ konnte Sophie lesen, sie kannte diesen Club nicht.

Peter half ihr aus dem niedrigen Wagen und gab dem Türsteher den Wagenschlüssel. Er schien ihn zu kennen, denn er fragte nicht nach seinem Namen. Zielstrebig steuerte Peter auf eine der Türen zu und hielt sie für Sophie auf. „Willkommen in meiner Welt“, seine Augen blitzten amüsiert. Sophie zögerte noch kurz, dann betrat sie einen dunklen Raum, der mit schönen Glasornamenten schwach hinterleuchtet wurde, es war eine sanfte, dezente Atmosphäre. Sophie blieb stehen, um sich an die Umgebung zu gewöhnen, da war Peter schon hinter ihr und schob sie weiter. Er führte sie einen Korridor entlang, der in einer Art Rezeption mündete. Eine freundliche Dame lächelte Sophie ermunternd an und gab Peter einen Wink.

„Folge der Dame, sie zeigt dir, wo du dich umziehen kannst.“ Peters Stimme war leise. Sie drehte sich zu ihm. „Warum umziehen, ich wollte doch tanzen!“

„Ja, aber nicht in diesem Kleid, zieh das Netz an!“ Sein Ton war streng. Sophies Mund stand vor Schreck offen.

Tanzen, fast nackt? Mein Gott, er wird doch nicht...

Ab jetzt ging Peter in eine andere Richtung. Sophie wurde von der Dame in einen Raum geleitet, der mit rotem Samt ausgekleidet war.

Die Dame verabschiedete sich höflich. „Ich hole sie in ein paar Minuten wieder hier ab.“

Sophie war jetzt alleine. Ein Schauder ging durch ihren Körper. Peter hatte sie in einen seiner berüchtigten Clubs geführt, das war ihr nun klar geworden. Sie fing an zu zittern, dabei war es nicht kalt in diesem Raum. Sie griff in ihre kleine Tasche und zog das Handy heraus. Michaels Nummer war die einzige, die eingespeichert war und sie drückte nervös auf die grüne Taste.

***

Michael saß auf seiner Couch und las aufmerksam den Wirtschaftsteil der Tageszeitung, als er das Klingeln bemerkte. Er stand auf und griff das Handy, das noch auf der Küchentheke lag. Er lächelte, es war Sophies Nummer.

„Hallo Sophie, hast du heute verschlafen?"

Am anderen Ende hörte er einen erstickten Aufschrei. „Michael, bitte hol mich hier weg..." Ihre Stimme war kaum zu verstehen, sie war erschüttert von Schluchzern.

„Wo bist du!" Michaels gute Laune war mit einem Schlag verflogen und wich eiskaltem Entsetzen.

„Ich bin hier mit Peter in seinem Club..."

„Welcher Club? Wo ist das?" Michael wurde hektisch.

„Er heißt Lounge6, bitte, schnell...!" Ihre Stimme war zu einem Flüstern geworden. Dann legte sie auf.

Michael wusste sofort, was er zu tun hatte, Schuhe, Jacke, Handy, alle Bewegungen waren eins. Keine Minute später stürzte er mit dem Autoschlüssel in den Lift.

4781 - er jagte Evas PIN in das Keypad und der Lift setzte sich langsam – für Michael viel zu langsam – nach oben in Bewegung. Kaum öffneten sich die Türen rannte er schon zur Tür und klingelte Sturm. Die Tür ging auf und Cathy stand dort, in schwarzer Jeans und schwarzem Tanktop. Auf ihrem entstellten Gesicht zeigte sich ehrliche Überraschung. „Was...“

„Schnell“, unterbrach sie Michael, „ wir müssen Sophie aus einem Club holen, Lounge6, weißt du, wo das ist?“

Cathys Gesicht fiel, sie reagierte sofort. „Ja, es ist einer von Peters Clubs. Ich weiß, wo das ist!“ Sie lief zurück in ihr Büro und holte ihr Jackett und ein Schulterholster für ihre Waffe. Sie stürmten beide in den Aufzug und Cathy zog sich während der Fahrt in die Parkgarage das Holster und die Jacke an. Die Waffe prüfte sie noch einmal auf ihre Funktion. Ihr Gesicht war grimmig, sie war mächtig sauer, auch auf sich selbst, dass sie Sophie und Peter nicht gehen sah, auf der anderen Seite war sie schockiert, dass Peter ihr Vertrauen so ausnutzen konnte.

***

Die Dame, die Sophie schon in den Samtraum begleitet hatte, reichte ihr jetzt ein paar silberne High Heels, die zwar Sophies Größe hatten, aber zum Tanzen viel zu hoch waren. Sophie zog sie an und fühlte sich um zehn Zentimeter größer. Unsicher stakste sie der Dame hinterher, die sie nun wieder aus dem Raum heraus in einen größeren Saal brachte. Kurz vor Betreten des Saales gab sie Sophie noch eine silberne Augenmaske. Bisher hatte sie noch niemanden gesehen, wusste also auch nicht, warum sie eine Maske tragen sollte, aber sie zog sie sich über die Augen. Der Saal war sehr aufwendig geschmückt, sie nahm große Kristalllüster wahr, die von der Decke hingen und in der Mitte war eine gläserne Bar. Dort konnte sie auch die ersten Besucher sehen. Es waren meist Männer mit schwarzen Masken, aber auch Frauen waren zu sehen, knapp bekleidet oder teilweise nackt. Sie trugen alle eine Maske wie die ihre.

Sophie spannte sich unwillkürlich an, sie fühlte sich in dem Netzkleid entblößt. Einer der Männer an der Bar löste sich jetzt von seinem Gesprächspartner und kam auf sie zu. Er trug auch eine Maske und sein Oberkörper war nackt und übersät mit vielen Narben.

Es war Peter, er blieb vor ihr stehen und sah sie von oben bis unten ungeniert an. Sie hasste diesen gierigen Blick. Peter nickte der Dame zu und sie verschwand. Er bot Sophie seinen Arm. „Komm mit, ich möchte, dass du für mich tanzt!"

Sophie zögerte, aber er zog sie mit sich und führte sie zu einer kleinen runden Plattform mit einer Stange in der Mitte. Er packte sie bei den Hüften und stellte sie kurzerhand auf das Podest. Dann trat er einen Schritt zurück, nahm sich einen der Stühle, drehte ihn mit der Lehne zu Sophie und setzte sich rittlings darauf. Seine Oberarme ruhten verschränkt auf der Lehne. Er sah sie mit gespannter Miene an.

Sophie stand mit gesenktem Kopf dort. Sie war zutiefst verschämt. Er wollte, dass sie halbnackt hier tanzt, hier wo alle Männer ihr zuschauen können. Sie schüttelte verzweifelt den Kopf. „Ich kann das nicht, Peter! Nicht hier, vor all den Leuten!"

Peter legte den Kopf schief, er sah sie kalt und herrisch an. „Stell dir einfach vor, wir beide wären alleine. Ich will, dass du für mich tanzt, jetzt!“ Die anderen Besucher hatten sich schon neugierig umgedreht oder sich sogar ein paar Schritte näher gewagt. Sie wollten das hübsche Mädchen mit dem glitzernden Netz betrachten.

Sophie wollte am liebsten im Boden versinken. Sie konnte das einfach nicht, sie wollte hier nur weg! Sie fing an zu weinen und sank auf die Knie. Ihre Arme hatte sie um den Körper geschlungen, als müsste sie sich selbst festhalten.

Peter stand langsam von seinem Stuhl auf. Er wirkte in der Maske furchterregend, die Augen hinter der Maske funkelten böse, sonst wirkte er aber beherrscht, fast kalt.

„Du musst noch viel lernen, Sophie!“ Mit diesen Worten hob er sie mit seinen Armen hoch als wäre sie eine Puppe und trug sie aus dem Saal einen Korridor hinab. Hier war alles schwarz, ein Paar in Lack und Leder spazierte an ihnen vorbei, sie musterten das weinende Mädchen neugierig. Sophie versuchte es noch einmal: „Bringst du mich bitte wieder nach Hause, Peter? Bitte, es tut mir so leid, ich kann das nicht...“ Ihre Worte waren leise, verzweifelt. Aber Peter reagierte nicht darauf, seine Kiefermuskeln waren angespannt, das konnte Sophie sehen, aber er schien sie nicht zu hören. Schließlich ging er mit ihr durch eine der schwarzen Türen, stellte Sophie auf ihre hohen Schuhe ab, drehte das Türschloss in die Verriegelungsposition und nahm die Augenmaske ab.

Es war ein kleiner Raum, aber er war ausgestattet mit Dingen, die Sophie schon mal gesehen hatte. Sie erinnerte sich an das Haus von Lucifer. Auch er hatte einen solchen Raum und dort quälte er auch seine Opfer...

Es waren die furchtbare Requisiten eines Sadisten. Peitschen, Handschellen, Ketten, Masken. Der Anblick ließ sie vor Schreck zurückweichen. Sophie schrie auf, Peter konnte sie gerade noch festhalten, bevor sie das Türschloss entriegeln konnte. Er riss sie zurück und hielt sie fest. „Still Sophie, still!"

Sophie sah ihn entsetzt an. Sie hatte Angst, fürchterliche Angst! Ihr ganzer Körper zitterte, das was sie hier sehen konnte, erinnerte sie an ihre dunkelste Zeit mit Lucifer.

„Ich bin nicht Lucifer, ich werde dich nicht töten, Sophie! Ich werde dich nur für deinen Ungehorsam bestrafen, denn du hast meine Anweisungen nicht beachtet."

Sophie verspannte sich, er wollte sie bestrafen, weil sie nicht für ihn getanzt hat. Sie konnte kaum klar denken, kaum atmen. Die aufkeimende Panik blockierte ihren Verstand. Was hatte er vor? Sie musste Zeit gewinnen. Michael ist sicher schon unterwegs, er muss sie doch finden! Wieder überfiel die Panik ihren Körper wie Wellen. Ihre Füße versagten ihren Dienst.

Sie sank vor Peter nieder, umklammerte verzweifelt seinen Fuß. „Bitte tu mir nichts, ich kann nicht vor fremden Menschen tanzen. Versteh das doch!" Ihre Stimme klang nicht mehr echt, sie erkannte sie selbst kaum. Sie schluchzte und zitterte. Aber Peter zeigte keine Gnade, er zog sie hoch und riss ihr das Netz mit einem Ruck vom Leib.

Seine Menschlichkeit schien er mit seiner Augenmaske abgelegt zu haben. Er blieb von ihrer Angst völlig unbeeindruckt. Sein Gesicht verriet seine Lust an der Macht, die er jetzt über Sophie besaß. Seine Augen glänzten irreal, er atmete hörbar. „Ich habe dir versprochen, dir meine Welt zu zeigen. Du wirst sehen, wie einfach es ist, mich zu befriedigen, du bist so wunderschön und devot. Ich weiß, dass du perfekt bist für mich, wenn du nur tust, was ich sage!" Seine Worte waren eindringlich, fast verzweifelt.

Mit diesen Worten zog er sie hoch, umarmte sie und küsste sie wild auf den Mund. Sophie war völlig überrascht, er hatte sie noch nie geküsst und er zeigte auch sonst nicht diese Leidenschaft. Hart trafen sich Zähne und Zunge, als er seinen Mund auf Sophies Mund presste. Wie eine Zange hielten seine Hände ihren Kopf fest. Sie bekam kaum noch Luft, es war ein besitzergreifender, harter Kuss.

Er schien hier in diesem Raum mehr von sich preiszugeben, als das, was er sonst in seiner distanzierten Art sehr gut verbarg. Er zeigte zum ersten Mal richtige Gefühle. Eine gefährliche Mischung aus Leidenschaft und Wut, und es war diese Wut, die ihn so unberechenbar machte...

Sophie konnte seinen Schweiß riechen, die Nähte seiner Jeans drückten sich gegen ihre nackten Beine. Sie spürte seine Erektion, er war wie entfesselt!

Als er Sophie los ließ, war sein Gesicht schweißnass, sein Blick fiebrig, er atmete schwer als hätte er einen 1000m-Lauf hinter sich. Mit einem geübten Griff umfasste er ihre Handgelenke und riss sie zu sich nach vorne. Geschickt umwickelte er ihre Unterarme mit einem Seil, das er aus der Tasche zog, er hatte es wohl vorher schon eingesteckt, Sophie war überrumpelt. Er hielt die mit einem festen Knoten fixierten Hände fest, ging langsam vorwärts und drängte Sophie damit rückwärts. Erst als er stehenblieb, sah sie die Ringe und die Ketten an der Decke. Da war es zu spät!

Er zog ihre gefesselten Handgelenke nach oben und befestigte sie an einem dort hängenden Karabiner. Dieser war an einem Seil durch einen der Ringe befestigt. „Nein...", rief Sophie erstickt, aber Peter zog mit routiniertem Griff an dem Seil und Sophies Arme wurden unaufhaltsam nach oben gezogen, sie stand jetzt nur noch mit halbem Gewicht auf ihren High Heels. Ihr Körper hing straff vom eigenen Gewicht von der Decke, sie war einer Ohnmacht nahe.

Sie zitterte, die Tränen rollten unaufhörlich von der Wange. „Bitte tu mir nicht weh, tu mir nicht weh..." Es war wie ein Mantra, sie wiederholte es unaufhörlich, als würde sie ihn damit in seinem Tun beeinflussen.

Unbeeindruckt holte Peter aus einem der Regale das Instrument seiner Wahl. Es war Art eine Art Peitsche, nur kürzer, mit einem 20 cm langen geflochtenen Handgriff. Nach dem kurzen festen Anfangsteil verjüngte sich das Material, wurde weicher und blieb bis zum Schluss kunstvoll geflochten.

„Du kannst hier ruhig schreien, der Raum ist isoliert, es hört dich keiner!" Seine Stimme war heiser, langsam wie ein Tiger ging Peter auf seine Beute zu. Die Peitsche wiegte er bedrohlich in seiner rechten Hand. Er genoss den Anblick Sophies, ihre Hilflosigkeit, ihre Angst. Er leckte sich die Lippen, die Befriedigung war deutlich in seinem Gesicht zu lesen. „Dieser Abend wird für dich und für mich unvergesslich werden, du wirst nie wieder eine Anweisung verweigern und jederzeit tun, was ich von dir verlange." Peter sprach langsam und betonte jedes Wort, das war seine Welt, seine Obsession.

Sophie atmete hektisch durch den geöffneten Mund, ihre Brust hob und senkte sich schnell. Langsam hob Peter die Peitsche an ihren bebenden Körper, sie zuckte bei der Berührung zusammen. Er strich ihr mit dem Leder über die Brustwarze und umkreiste ihre Brüste. Dann wanderte Peters Hand nach unten, Sophie schrie angstvoll auf. Er schob ihr den Lederhandgriff zwischen die Beine und grinste wölfisch. „Diese Stelle lassen wir heute aus, ich werde mich heute Abend deiner Rückseite widmen und du wirst das niemals vergessen!" Er zog die Peitsche plötzlich wieder zurück.

Mit der freien Linken drehte er ihren Körper um 180 Grad, was sehr leicht war, denn Sophie hing mehr, als sie auf ihren Füßen stand. Er zeichnete die Konturen ihres Pos mit der hängenden Spitze nach. Sophie wimmerte auf, sie wusste, was nun folgte, sie kannte dieses Instrument nur zu gut. Sie hatte es schon oft gespürt. Dann schlug er zu, auf ihren Po, auf ihren Rücken, wieder auf ihren Po. Sophie schrie auf, es waren ungeheure Schmerzen. Rote Striemen blieben sofort nach jedem Schlag auf ihrer zarten Haut zurück. Die Schläge stachen massiv, diese Art Peitsche erzeugte fürchterliche Schmerzen, der Umgang damit war gefürchtet. Peter wusste um die brutale Züchtigung, aber er wollte es, er wollte, dass sie den Schmerz fühlte, dass sie ihn noch viele Tage fühlte, wie er auch seinen eigenen Schmerz.

Zwischen den Schlägen schrie und bettelte Sophie immer wieder, er solle ihr nicht wehtun, aber es törnte ihn ungemein an, je mehr sie bettelte, desto mehr fühlte er sich als Herr und Meister bestätigt. Er war wie im Rausch, seine Augen waren fest auf ihren Körper geheftet, er hörte sie schon lange nicht mehr.

Immer wieder zischte die schmale Peitsche auf Sophies Haut, die sich anfing, dunkelrot zu verfärben. An manchen Stellen, die er mehrfach traf, bildeten sich dunkle Blutergüsse.

Sophie schloss die Augen und versuchte, an nichts mehr zu denken, sie hatte keine Chance. Er wollte das, er wollte ihr heute Abend wehtun, das war sein Ziel, egal ob sie getanzt hätte oder nicht. Diese Erkenntnis zerbrach ihre Hoffnung. Sie gab auf...

***

Michael trieb die Dame vor sich her. Völlig verstört musste sie sich anhören, dass ihr Boss ein minderjähriges Mädchen in den Club geschleppt hatte und vermutlich sexuell missbrauchte. Sie hatte sofort reagiert und lief nun direkt auf den Raum zu, in dem sich Peter und das Mädchen befanden.

Michael rüttelte an der Tür, sie war verschlossen! „Die Schlüssel“, fauchte er ins blasse Gesicht der Dame, aber sie schüttelte erschrocken den Kopf. „Es ist ein einseitiges Schloss, nur von innen zu öffnen!"

Cathy holte ohne zu zögern ihre Waffe, entsicherte sie und schoss mit einem gezielten Schuss das Schloss in Stücke, sie trat die Tür auf und Michael stürmte an ihr vorbei ins Zimmer. Entsetzt hielt er inne, was er sah, ging ihm unter die Haut, die Szenerie war wirklich gespenstisch. Er sah die Folterinstrumente, die überall im Raum verteilt waren, die Haken und Karabiner an der Decke und mittendrin Sophie, die an ihren Händen aufgehängt nackt und regungslos von der Decke baumelte. Peter stand nur mit einer Jeans bekleidet vor ihr und hielt eine Peitsche in der Hand.

Er hatte sich überrascht umgewendet, als er die Schüsse an der Tür hörte. In diesem Augenblick dämmerte es Michael, was hier passiert ist. Ohne eine Sekunde zu zögern, rannte Michael mit wutverzerrtem Gesicht auf Peter zu, spannte die Faust und rammte sie ihm aus vollem Lauf in sein perplexes Gesicht. Michael hörte noch das Geräusch des brechenden Knochens, als die Faust auf Peters Jochbein traf und ihn wie einen nassen Sack zu Boden gehen ließ. Er blieb mit geballten Fäusten über ihn stehen, bereit nochmals zuzuschlagen. Aber der erste Schlag hatte Peter bereits k.o. gehen lassen, er rührte sich nicht mehr.

Cathy war sofort auf Sophie zugestürzt und hatte sie mit einem kräftigen Zug an der Schlaufe von der Decke gelassen. Jetzt hielt sie Sophie fest und versuchte die Handgelenke von dem Seil zu befreien. Sophies Gesicht hatte einen apathischen

Ausdruck. Es war, als würde sie gar nicht wahrnehmen, dass jemand hier war, um sie zu befreien.

Vom Adrenalin immer noch auf Hochtouren drehte Michael sich um und schrie die Dame an, die das Ganze mit Entsetzen mitverfolgte und jetzt gehörig zusammenzuckte: „Holen sie eine Decke, sofort und am besten gleich die Polizei!"

„Nein, Sir, keine Polizei, bitte, wir bekommen sonst wirklich Ärger und das wird Mr. Sullivan gar nicht gefallen." Sie zog eine Decke aus einem der Schränke und reichte sie Cathy.

Sie legte Sophie die Decke um den nackten Körper und wickelte sie vorsichtig ein.

Er schäumte vor Wut. „Peter wird sich dafür verantworten müssen. Er hat eine Minderjährige missbraucht und ich werde dafür sorgen, dass er das nie wieder tut! Rufen sie jetzt sofort die Polizei!" Die arme Frau war so eingeschüchtert von seinem aggressiven Ton, dass sie rückwärts an die Wand lief. Sie war völlig überfordert.

Cathy sah ihn irritiert an, auch sie war aufgewühlt, der Anblick Sophies hatte sie tief getroffen. „Mr. Clay! Die Polizei wird nichts tun, es ist in ihren Augen nichts Ungesetzliches passiert. Er hat natürlich Drogen genommen, das reicht für einen Drogenentzug, aber nicht für eine Anklage, alles andere ist keine Straftat. Vergessen sie nicht, Sophie wird niemals gegen ihn aussagen. Außerdem ist sie eine erwachsene Frau, sie ist freiwillig in diesen Club mitgegangen und gerade der ist bekannt für seine BDSM Praktiken. Ein guter Anwalt wälzt alles ab und er wird vielleicht noch Sophie die Schuld geben.

Seien sie vernünftig, Sir! Die einzige, die Peter wirklich hart bestrafen kann, wäre Eva. Sie weiß, wo sie ihn treffen kann!"

„Sophie ist erst 17 Jahre alt, Cathy!" Michaels Stimme war eindringlich, er bemühte sich sichtbar um Fassung, seine Gesichtsfarbe war aschfahl auf Cathys Erklärung hin geworden. „Sie ist eine Schutzbefohlene, er durfte sie gar nicht hierher mitnehmen!" Cathy blickte in sein erschüttertes Gesicht und seufzte schwer. „Es tut mir leid, dass ich ihnen das jetzt sagen muss, Mr. Clay, aber Sophie ist schon 24 Jahre alt!"

***

Michael hielt Sophie fest in seinen Armen. Er saß auf dem Rücksitz seines Audis und Cathy am Steuer. Er war noch nicht in der Lage, etwas zu sagen, war noch zu sehr aufgewühlt von den Ereignissen des Abends. Sophie weinte und schluchzte die ganze Zeit. Als Michael sie in dem Clubzimmer in seine Arme nahm und sie erkannt hatte, dass ihr Martyrium ein Ende hatte, fing sie damit an und hörte nicht mehr auf.

Die Stille im Wagen wurde nur von ihren Schluchzern unterbrochen. Michael streichelte ihr zärtlich über den Kopf. Er war zutiefst schockiert über so viel Brutalität gegenüber einer hilflosen Frau. Er ist in einer intakten und behüteten Familie aufgewachsen, seine Mutter und seine Schwester bedeuteten ihm sehr viel, Gewalt gegen Frauen war für ihn ein absolutes Tabu. Ihn schmerzte vor allem, dass immer wieder Sophie das

Ziel von männlicher Gewalt wurde, als würde sie solche Typen magisch anziehen. Vor dem skurrilen Hintergrund einer durchgeknallten Sekte war sie in die Opferrolle schon frühzeitig hineingeboren worden.

Aber am meisten schockiert - nein, förmlich die Füße weggezogen - hatte ihn heute Abend die Tatsache, dass Sophie schon 24 Jahre alt war. Er war natürlich davon ausgegangen, dass sie damals in seinem Wohnzimmer die Wahrheit gesagt hatte, hat nie an ihrer Glaubwürdigkeit gezweifelt. Wie konnte sie ihn nur so täuschen? Aber vermutlich hatte sie ihn gar nicht mit Absicht belogen, sie glaubte wirklich selbst, dass sie erst 17 war. Sie hatte wohl die meisten Geburtstage verschlafen, ihre Zeitwahrnehmung war durch die wenigen Stunden, die sie wach war, so getäuscht, dass sie nicht mehr wusste, wie alt sie wirklich war. Ihre Naivität hing auch mit ihrer fehlenden Lebenserfahrung zusammen, objektiv gesehen und den Wachstunden entsprechend war sie wirklich erst 17.

Meine Mutter wäre überglücklich, Sophie unter ihre fachliche Obhut zu nehmen, was für ein kurioser Fall!

Er sah ihr in das blasse, von nassen Strähnen umrahmte Gesicht. Sie sah ihn jetzt zum ersten Mal an diesem Abend an. Zärtlich streifte er die Strähnen hinters Ohr und streichelte ihre Wange. Ihr Blick ging ihm unter die Haut. „Es tut mir so leid, Sophie. Ich konnte nicht schneller da sein, es tut mir so leid..., ich wollte, ich hätte das verhindern können!“ Seine Stimme war fast ein Flüstern. In seinen Innersten bohrte sich wie ein glühender Eisenstab die ständige Frage durch seine Eingeweide, was er hätte tun können.

Sophie sah ihn einfach nur an, ihr Blick war ruhig, sie hatte endlich aufgehört zu weinen. „Liebst du mich noch?“ Ihre Stimme war voller Zweifel, sie sprach es fast tonlos.

Michael sah sie an, er wusste, dass er jetzt das Richtige sagen musste, etwas, das sie nicht anzweifeln durfte. Er holte tief Luft.

„Sophie, ich liebe dich! Ich würde morden, um dich zu retten. Ich bin fast gestorben auf dem Weg zu dir, weil ich wusste, dass du leidest. Ich hatte solche Angst um dich…“, seine Stimme brach, er rang sichtlich um Fassung. Seine Augen füllten sich mit Tränen. Sophie konnte es nicht fassen, was sie da gerade aus seinem Mund hörte.

„Ich möchte dich nicht verlieren, ich habe die Frau gefunden, die ich für den Rest meines Lebens lieben möchte. Ich möchte, dass du meine Frau wirst, Sophie. Möchtest du mich heiraten?“ Er flüsterte die letzten Worte in Sophies Ohr. Er zitterte fast vor Ergriffenheit. Er hatte es nicht geplant, es kam einfach so aus seinem Mund und es kam von Herzen. Sophie sah ihn nur an, ihre Augen füllten sich wieder mit Tränen, aber diesmal mit Tränen des Glücks und sie nickte langsam. „Ja, Michael, ich liebe dich, ich will dich heiraten, von ganzem Herzen…“

Und sie küssten sich, liebevoll, zärtlich, innig.

***

Ende Band 1

Ich bedanke mich bei allen Freunden und Bekannten,
die mir mit Ideen und Anregungen zu diesem Buch geholfen,
mich unterstützt haben oder einfach nur die Idee gut fanden.

Vor allem aber danke ich meinem Mann für sein Vertrauen und Rückhalt.
Dies war die größte Stütze bei meiner Arbeit.

Lesen Sie jetzt die Fortsetzung:

In diesem Band wird die Geschichte aufgelöst:

Eva weiht Michael Clay in das Geheimnis um ihre Schwester und der Verbindung zu Lucifer ein. Michael genießt ihr Vertrauen und ihre Nähe, bis sie von Peter verraten werden. Lucifer kehrt aus der Hölle zurück, es kommt zu einem schrecklichen Showdown…

Erschienen im

Magnifico Verlag

Düsseldorf

www.magnifico-verlag.de
info@magnifico-verlag.de